W0467965

LOS CUADROS DEL
ANATOMISTA

LOS CUADROS DEL

ANATOMISTA

Un joven médico a la caza de un enigmático criminal

ALEJANDRO ARÍS

SUMA de letras

© 2007, Alejandro Arís
© De esta edición: 2007, Santillana Ediciones Generales, S. L.
Torrelaguna, 60. 28043 Madrid
Teléfono 91 744 90 60
Telefax 91 744 92 24
www.sumadeletras.com

Ilustración de cubierta: Alejandro Terán
Diseño de interiores: Raquel Cané

Primera edición: abril de 2007

ISBN: 978-84-8365-020-2
Depósito legal: M-10.509-2007
Impreso en España por Unigraf, S. L. (Mostoles, Madrid)
Printed in Spain

Queda prohibida, salvo excepción prevista en la ley, cualquier forma de reproducción, distribución, comunicación pública y transformación de esta obra sin contar con autorización de los titulares de la propiedad intelectual. La infracción de los derechos mencionados puede ser constitutiva de delito contra la propiedad intelectual (arts. 270 y sgts. Código Penal).

A Marita

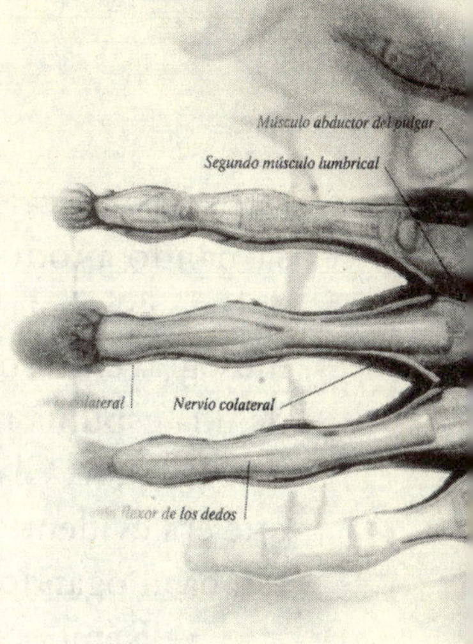

CAPÍTULO 1

1 de marzo de 1968. Claudio Simone comenzaba aquel día la rotación por el servicio de Urgencias como parte de su internado en cirugía. Hacía ya ocho meses que había llegado de Sicilia y la verdad es que el camino no había sido precisamente trillado. Después de aprobar el examen del Educational Council for Foreign Medical Graduates, había enviado sus calificaciones académicas y las cartas de recomendación de sus superiores a distintos hospitales con la esperanza de ser elegido por uno de los mejores. Su preferencia principal, la Universidad George Washington, no lo había seleccionado, pero su segunda elección, el Washington Memorial Hospital, lo había admitido y en julio había comenzado a trabajar como nunca hubiera imaginado. Su jornada laboral acababa a las cinco de la tarde, pero a días alternos debía permanecer de guardia hasta la mañana siguiente, para volver a comenzar un día de trabajo completo. Es decir, trabajaba 36 horas y descansaba doce, algo inimaginable en Italia. En Urgencias el horario era más suave. Trabajaba doce horas seguidas y descansaba otras doce, con un día libre a la semana.

Su primera guardia había sido de toma de contacto con el servicio, con la inestimable ayuda de miss Mullins, la enfermera supervisora, una sargentona que llevaba años desasnando a todos los internos que rotaban por Urgencias. A las ocho de la noche, una ambulancia trajo a un enfermo muy grave. Respiraba con mucha dificultad y su boca, llena de una espuma rosácea, producía enormes pompas cuando exhalaba aire. Claudio no había visto nada igual en su vida. Lo que era evidente es que aquel hombre, semiinconsciente, se estaba ahogando.

—Rápido, miss Mullins —dijo alarmado—. Laringoscopio y tubo endotraqueal.

Miss Mullins le miró con rostro severo.

—¿No es mejor que llamemos al anestesista de guardia?

—No hay tiempo —respondió él.

Con recelo, la enfermera le pasó el laringoscopio. No era habitual que un interno supiese intubar, pero Claudio lo había hecho infinidad de veces en la clínica que su padre poseía en Palermo. Abrió la boca del hombre e insertó la pala del instrumento con objeto de levantar la lengua e introducir el tubo en la tráquea, pero la espuma le impedía cualquier visión. Además, las mucosas de la boca y la lengua estaban totalmente recubiertas de sangre. La entrada del esófago se encontraba llena de unos gránulos blancos, como de arroz. Claudio comenzó a darse cuenta de que no podría intubar al hombre. Miss Mullins comprendió lo que estaba sucediendo y llamó al doctor Rosenberg, residente en medicina, que estaba explorando a un paciente en una habitación contigua.

—Déjame, Simone. Esto no es cosa de principiantes —dijo Rosenberg despectivamente.

Pero tampoco él pudo intubarle. El hombre se estaba volviendo azul. Su latido cardiaco se enlenteció y se hizo imperceptible. Claudio comenzó a hacerle masaje cardiaco externo, comprimiéndole el tórax.

—Déjalo, Simone. ¿De qué te sirve bombearle sangre si no está oxigenada? —le preguntó Rosenberg. Volvió a mirar el interior de la boca y observó los gránulos blancos—. No podemos salvar a este hombre —dijo—. Se ha bebido una botella de Drano.

En aquel momento, el hombre expiró.

—¿Drano? ¿Qué es Drano? —preguntó Claudio.

—Un producto para desatascar cañerías —respondió miss Mullins.

—Hidróxido de sodio. Sosa cáustica —explicó Rosenberg.

La idea de un suicidio cruzó la mente de Claudio, pero al mismo tiempo razonó que existen métodos más seguros y menos dolorosos.

Fue entonces cuando se dio cuenta de algo que le heló la sangre. Había visto cosas horribles durante sus prácticas en el hospital de Palermo, sobre todo en víctimas de la mafia, pero aquello sobrepasaba a todas. Al hombre que acababa de morir le habían cortado una oreja.

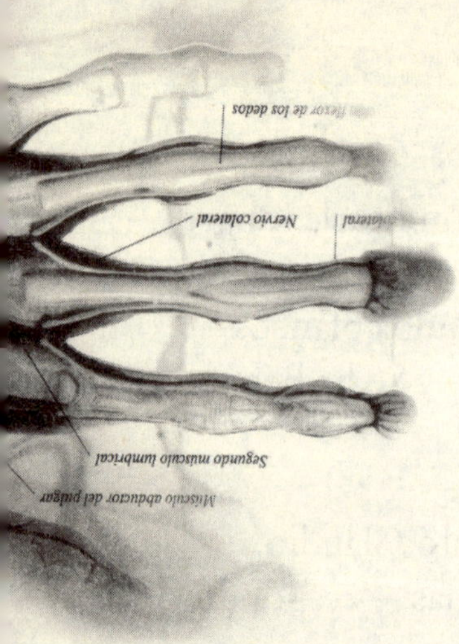

CAPÍTULO

2

Adiós, papá —se despidió Kenneth Philbin—. Te llamaré en cuanto esté instalado.

—Adiós, Ken. Que tengas buen viaje. Y no corras.

A Ken le pareció irónico que después de pasarse más de dos años en Vietnam, donde su vida había estado constantemente en peligro, su padre todavía se preocupase por un accidente de carretera.

Salió del apartamento de su padre llevando una pesada maleta y se dirigió a un aparcamiento próximo, en la calle 118 de Manhattan. Subió a su Volkswagen Escarabajo y comenzó su viaje a Washington. Se le había hecho tarde —eran tantas las cosas que había tenido que contar a su padre—, y sabía que seguramente no llegaría hasta la noche. En lugar de atravesar el río Hudson por el túnel de Lincoln y llegar a la New Jersey Turnpike para dirigirse hacia el sur, prefirió dar un rodeo para pasar por Brooklyn, donde había nacido.

Se dirigió al sur de Manhattan por la Riverside Parkway, que se continuaba con la West Side Expressway. A su derecha podía ver los transatlánticos que estaban amarrados en el puerto de Nueva York. De ellos, uno, el *Michelangelo* italiano, destacaba por su airosa chimenea. Al llegar a la parte baja de Manhattan vio un enorme agujero. Un letrero publicitaba: «Aquí estamos construyendo el World Trade Center. Dos torres gemelas de 415 metros de altura».

«Es lo último que Nueva York necesita. Dos nuevos rascacielos», se dijo.

Se adentró por la boca del túnel Brooklyn-Battery, en el extremo sur de Manhattan, y al poco rato se encontró en Brooklyn. Tras pagar los 35 centavos de peaje, prosiguió por la Queens Expressway en dirección al puente de Verrazano.

Mientras recorría el trayecto, iban apareciendo indicaciones que le traían recuerdos imborrables de su infancia: Prospect Park, Fort Hamilton Parkway, Bay Ridge... La carretera se curvaba para enfilar el Verrazano-Narrows Bridge, una colosal obra que unía Brooklyn con Staten Island, y cuyo nombre honraba al navegante florentino que había sido el primer europeo en explorar la bahía de Nueva York en 1524. Pagó los 50 centavos de peaje y cruzó el puente colgante más largo del mundo. Al llegar a Staten Island, el paisaje cambió. Parques alfombrados de césped, casitas con su propio jardín bien cuidado, niños yendo en bicicleta por la calle. Parecía mentira que aquello fuese uno de los cinco barrios de Nueva York.

Dejó la isla por el puente Goethals —otros 50 centavos— y llegó a New Jersey a la altura de Elizabeth. El paisaje cambió de nuevo, pero a peor. Enormes refinerías, cementerios de automóviles y barracones abandonados afeaban los dos márgenes de la New Jersey Turnpike, la autopista que le llevaría hasta Delaware. Puso la radio del coche. Tenía más de tres horas por delante y mucho tiempo para pensar en su futuro... y en su pasado.

Había llegado de Vietnam tres semanas atrás. Sus dos años obligatorios en el ejército se habían prolongado ocho meses más por estar trabajando en un proyecto médico que le entusiasmaba y que no quería dejar a la mitad. Se trataba de mejorar el transporte de soldados heridos en el frente para que pudiesen ser tratados en hospitales especializados. Era un concepto nuevo que se alejaba del de los hospitales de campaña en pleno frente bélico. Con ello, la mortalidad de los heridos había bajado considerablemente. Si bien se hallaba al inicio de su entrenamiento como cirujano, su trabajo había sido tan bueno que sus mandos le pidieron que prolongase su estancia hasta completar el proyecto.

Su paso por Brooklyn le hizo recordar su infancia y adolescencia, sus estudios en el instituto y sus notas excelentes que le permitieron entrar en la Facultad de Medicina de Tuffs, en Boston, becado, naturalmente, pues ni sus trabajos esporádicos ni el sueldo de su padre como profesor de Arte en el Brooklyn College le permitían costearse una carrera.

Tras hacer el internado y el primer año de residencia en cirugía en el Washington Memorial Hospital, entró en el ejército y, como la mayoría de los jóvenes de su quinta, fue enviado a Vietnam. Ahora, a su vuelta, proseguiría su residencia en el mismo hospital.

Los pensamientos de Ken fueron interrumpidos por la voz del locutor de la radio que daba las cifras oficiales de bajas de la semana: 509 soldados estadounidenses muertos y 2.766 heridos, lo que elevaba la cifra de víctimas desde el inicio de la guerra a 19.670 muertos y 139.801 heridos. El locutor comentó que la cifra de víctimas, incluyendo heridos y muertos, sobrepasaba a la de la guerra de Corea, aunque en ésta las víctimas mortales habían sido 33.000. La diferencia estribaba en que los heridos se salvaban, continuó el locutor. Ken no pudo dejar de sentir una satisfacción interior al pensar que esta reducción en víctimas mortales se debía en parte al buen hacer de médicos como él que procuraban que los heridos fuesen tratados en óptimas condiciones.

El viaje continuó por la New Jersey Turnpike. A su derecha quedaron ciudades como Trenton y Camden, muy próxima a Filadelfia. A las seis de la tarde, la radio lo sorprendió con una buena noticia: el presidente Johnson anunciaba que no iba a presentarse a la reelección. Y no sólo eso, también iba a limitar los bombardeos en Vietnam e iniciar unas negociaciones de paz con los norvietnamitas.

Ken no se lo podía creer. ¿Había leído el presidente su mente y la de millones de estadounidenses más? ¿O realmente no era tan estúpido y se había dado cuenta de que había que acabar de una vez con aquella guerra que estaba sangrando y separando a la nación?

Su paso por Vietnam le había marcado. Había visto morir a muchos jóvenes de su edad y, aunque por disciplina nunca se planteó la conveniencia de esta guerra, en su interior hervía el mismo descontento que se estaba manifestando en miles de jóvenes que se negaban a obedecer las órdenes de reclutamiento. El fenómeno había llegado a abrir una brecha generacional en la sociedad estadounidense. Los hijos de aquellos patriotas que habían luchado en Europa para salvarla del nazismo durante la Segunda Guerra Mundial ahora se negaban a servir a su país, una actitud absolutamente incomprensible para sus padres. Muchos emigraron —huyeron, sería más correcto decir— a Canadá. Pero el descontento entre los jóvenes y las manifestaciones en contra de la guerra ya no eran una exclusiva de los Estados Unidos y se habían extendido a otros países. Estaba naciendo un nuevo movimiento contestatario, con un pacifismo mucho más radical que el de los *hippies*, unos individuos que molestaban tanto a Ronald Reagan, ex actor y ahora gobernador de California, que dijo de ellos: «Se visten como Tarzán, tienen el pelo como Jane y huelen como Chita». En el centro del problema estaba el presidente Lyndon Johnson. Ken no tragaba a aquel hombre. Consideraba que John F. Kennedy nunca debió de haberle elegido vicepresidente. El asesinato de Kennedy propició que accediese a la presidencia, un puesto que, a juicio de Ken, le venía grande. Lo incomprensible era que en 1964 hubiese ganado las elecciones frente al republicano Goldwater por más de 15 millones de votos. Pero, por lo que parecía, este año ya no repitiría. Y quizá la guerra de Vietnam acabaría entonces.

La silueta del Delaware Memorial Bridge se dibujó delante de la puesta de sol. El puente, una monumental estructura de hierro de 140 metros de altura, cruzaba el río Delaware, a cuyo otro lado se iniciaba la John F. Kennedy Memorial Highway, la autopista que lo había de llevar a Baltimore y desde allí hasta Washington.

Tras cruzar el río Susquehanna —nombre de indudables raíces indias—, Ken se dio cuenta de que no iba a tener tiempo de llegar a Washington hasta bien entrada la noche. Su entrevista no era hasta el día siguiente, por lo que decidió pernoctar en ruta. Eligió uno de los moteles Howard Johnson's que, con sus típicos tejados de color naranja, festoneaban la mayoría de las autopistas del país.

Tras una buena cena —ternera a la parmigiana y un trozo de *strawberry shortcake,* pastel de fresas especialidad de la casa—, se acostó. Tardó largo rato en conciliar el sueño, excitado por la noticia del día y por la inminencia de su retorno a la institución que le había de formar como cirujano.

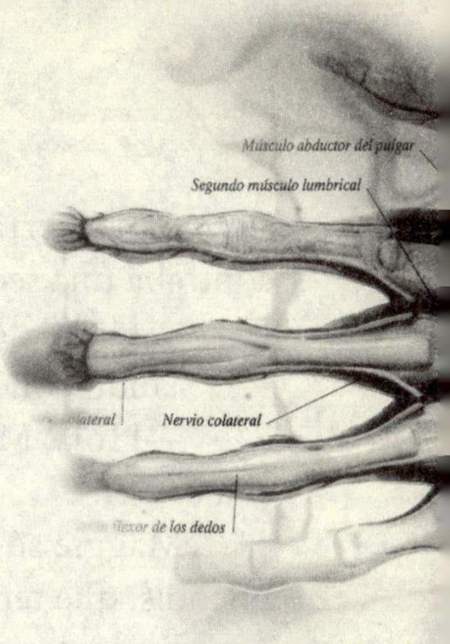

CAPÍTULO

3

Después de desayunar tres *pancakes* bañados en jarabe de arce y un café doble en The International House of Pancakes, uno de los templos de la gastronomía de carretera, Ken prosiguió su viaje hacia Washington. Penetró en el Distrito de Columbia y se dirigió hacia el Washington Memorial Hospital. Tras rodear el Hospital de Veteranos, el alto edificio de ladrillo rojo se le hizo aparente. Recordó su silueta con tan sólo verla. Allí había pasado momentos imborrables pero también había sufrido horarios demoledores que habían puesto a prueba su vocación quirúrgica. Aparcó su Volkswagen en el aparcamiento público y se dirigió a la puerta principal. El despacho del director de cirugía se encontraba en la segunda planta. Aguardó uno de los ascensores mientras la gente se arremolinaba a su alrededor.

—Lo que los hospitales necesitan son ascensores que funcionen. El corazón artificial puede esperar —comentó un médico que tambien aguardaba el ascensor.

Al llegar a la segunda planta torció a la izquierda por un largo pasillo y se detuvo frente a una oficina con un letrero que anunciaba: *Edward Nichols, M.D. Director de Ci-*

rugía. La puerta estaba abierta y tras un escritorio se encontraba una secretaria.

—Hola, doctor Philbin. Bienvenido a casa de nuevo —le saludó con una sonrisa.

—Hola, Maggie. ¿Está el doctor Nichols? Tengo una cita con él.

Maggie se levantó y entró en el despacho del doctor Nichols, que tenía la puerta cerrada.

El doctor Edward Nichols había sido nombrado director de cirugía hacía unos cuatro años. Su currículum avalaba la decisión del consejo de administración del hospital al elegirle. Era lo que se llama el típico cirujano académico. Formado en los mejores centros del país, había sido reclutado de la George Washington University, donde ejercía como profesor asistente de cirugía. De cabeza redonda y provisto de unas gafas de miope, no solía frecuentar el quirófano. Ken lo conocía de los dos años que había pasado en el hospital y, para él, era mejor organizador que cirujano. Durante su carrera había hecho mucha cirugía experimental —más que humana, maliciaba Ken— y había publicado múltiples trabajos en revistas de segunda fila con la peculiaridad de que para contentar a sus colaboradores, tanto superiores como inferiores, siempre incluía a todos como coautores, de forma que un breve artículo podía llevar la firma de ocho o nueve autores. Esto había hecho que un veterano cirujano del hospital comentase que en los artículos del doctor Nichols el número de autores siempre superaba al número de perros utilizados en los experimentos. Su aura de cirujano multidisciplinar quedaba mermada por el hecho de que su experiencia en cirugía cardiaca, una de las ramas que la dirección del hospital quería potenciar, se limitaba a la inserción de marcapasos, una técnica emergente y lucrativa pero que requería muy poca destreza quirúrgica.

La puerta se abrió y apareció Maggie.

—Pase, doctor Philbin. El doctor Nichols le espera.

—Ken, estamos muy contentos de que hayas decidido continuar tu residencia con nosotros —dijo el doctor Nichols—. No se te escapa que te hallas en una situación un tanto irregular, ¿verdad? —Ante la cara de extrañeza de su interlocutor, Nichols prosiguió—. Decidiste no aprovechar la oportunidad que el Plan Berry te ofrecía y te enrolaste en el ejército antes de acabar tu residencia. He oído referencias del excelente trabajo que has realizado en Vietnam, pero al prolongar tu estancia allí perdiste la oportunidad de comenzar tu tercer año el pasado julio. Tendrás que esperar hasta el próximo julio para reintegrarte en el programa académico que seguimos todos los hospitales.

Ken se esperaba una cosa así. Al acabar su carrera se enfrentó a las opciones que el Plan Berry le ofrecía. El Plan Berry había sido diseñado durante la guerra de Corea con el fin de conciliar dos posturas contrarias: el ejército necesitaba médicos pero los hospitales también. El doctor Frank Berry, a la sazón vicesecretario de defensa para asuntos de sanidad, creó un programa en el que se ofrecía al médico recién graduado tres opciones: entrar en el ejército despues del internado, entrar dos años después de haber obtenido el título, o entrar tras haber terminado la residencia en la especialidad. Esta última opción era la que muchos jóvenes médicos estaban eligiendo últimamente, alentados por la esperanza de que la guerra de Vietnam acabaría antes de que hubiesen terminado su residencia y no tendrían que ir al frente. El ejército no ponía reparos puesto que, a cambio de esperar unos años, recibía especialistas formados completamente. Pero Ken no quiso esperar y escogió la segunda posibilidad. Ahora comprendía que su situación era irregular y difícil de encajar en el engranaje docente de este y cualquier otro hospital.

—Sin embargo —continuó Nichols—, estoy seguro de que podemos encontrarte una actividad en la que todos salgamos ganando.

—¿Tiene algo pensado ya? —preguntó Ken.

—Bien, creo que hay algo muy interesante y novedoso en lo que encajas perfectamente. En primer lugar, están las Urgencias.

—¿Qué pasa allí abajo?

—Estamos desbordados. Las cosas han empeorado desde que te fuiste. En estos dos años hemos aumentado las visitas en un cincuenta por ciento. La delincuencia se ha incrementado mucho en el área de influencia del hospital y cada noche tenemos varios pacientes con traumatismos o agresiones graves.

Ken se olió por dónde iba el doctor Nichols.

—Pero yo... —intentó replicar.

—No te alarmes, Ken —prosiguió Nichols—. No te vamos a «enterrar» en Urgencias como temes. —El viejo zorro le había leído el pensamiento—. Existe un proyecto piloto por desarrollar y tú eres la persona idónea.

—¿De qué se trata? —Ken se estaba poniendo nervioso. Le inquietaban las novedades y más si venían de un hombre con miras tan cortas como Nichols.

—He tenido contactos con las más altas esferas del departamento de policía del Distrito de Columbia —dijo ampulosamente—. Ellos se quejan de que en ocasiones llegan a la escena de un crimen y la víctima todavía está viva, pero hasta que llega la ambulancia y la llevan al hospital pasa demasiado tiempo y más de uno se les ha quedado por el camino.

—¿Y cuál es la idea? —preguntó Ken impaciente.

—Creen, y yo no discrepo, que si se personase un médico en el lugar de un crimen o un accidente, podría atender a la víctima en el mismo lugar del hecho. Con ello se eliminarían esperas, se acondicionaría al paciente para el traslado, se intubaría en caso de que fuese necesario, se podría poner un suero si existiese hemorragia...

—¿Y quiere que lo haga yo? —lo interrumpió Ken.

—Creo que eres la persona indicada. Tienes experiencia en urgencias, has estado en el ejército y lo has hecho miles de veces. Sería como la labor que los paramédicos hacen en Vietnam.

El tiempo de transporte de soldados heridos había disminuido mucho desde la Segunda Guerra Mundial y la de Corea. La supervivencia de los soldados estaba directamente relacionada con la rapidez y las condiciones en las que se realizaba el traslado al hospital y en Vietnam se había llegado al increíble logro de que el ochenta y cinco por ciento de los soldados eran tratados de forma definitiva dentro de los noventa minutos posteriores a haberse producido sus heridas. Sin embargo, él era cirujano —por lo menos *quería* serlo— y no se veía patrullando las calles de Washington en un coche de policía.

Nichols adivinó su recelo y le explicó que su lugar de trabajo continuaría siendo el Washington Memorial Hospital. Sólo tenían que consensuar con la policía la logística.

—Mientras tanto, reforzarás las urgencias y tutelarás a los internos de cirugía. Ahora mismo hay un italiano muy espabilado que se está ganando el entrar como residente con nosotros el año que viene —concluyó Nichols. Descolgó un teléfono y antes de que Ken pudiera reaccionar dijo—: Maggie, el doctor Philbin se reincorpora hoy al hospital. Llame al departamento de personal para que le abran una nueva ficha. Que le den una tarjeta identificativa y una para el parking de los facultativos. Y que se pase por la lavandería para recoger los uniformes.

* * *

El servicio de Urgencias estaba ubicado en el sótano. La configuración orográfica del terreno donde se asentaba el hospital permitía que la planta principal, con su vestíbulo enmoquetado, estuviese a nivel de la calle, pero existía una suave pendiente que hacía que el sótano también tuviese una salida posterior, donde estaba la sala de Urgencias. Aquello era otro mundo. Toda la elegancia y suntuosidad de la planta superior desaparecía y por aquella puerta posterior entraban los casos más desgarradores de la patología humana, cuyos protagonistas acostumbraban a ser gente pobre, de color, con unos problemas que no eran sólo de salud, sino también sociales.

Nada más entrar en el que iba a ser su destino en los próximos meses, el sensible olfato de Ken percibió el olor característico de aquel lugar, en el que se entremezclaban el limpio aroma del desinfectante con la fetidez de una humanidad desaseada, hacinada y, en ocasiones, supurosa.

—Bienvenido, doctor Philbin. —La supervisora fue a su encuentro con una amplia sonrisa y le estampó un beso en cada mejilla—. Le hemos echado mucho de menos.

—Gracias, miss Mullins. Me temo que me van a ver tanto por aquí en los próximos meses que van a quedar hartos de mí.

—Doctor Philbin, buenos cirujanos como usted es lo que necesitamos. Seguro que estaremos encantados de que esté con nosotros. Venga, que le presentaré a los que van a trabajar con usted.

—Hola, Ken —le saludó Michael Rosenberg—. Me alegro de verte. Te recuerdo de cuando éramos internos. Seguro que vamos a necesitar tu experiencia en Vietnam para mejorar esta casa de locos.

—Gracias, Mike —respondió Ken. Le gustaba Rosenberg. Le había demostrado en épocas pasadas que era un médico absolutamente preocupado por el bienestar de sus enfermos—. ¿Está por aquí el interno de cirugía? —preguntó.

—Sí, está aquí dentro suturando una herida. Es un tipo muy especial. No sé dónde las ha adquirido, pero tiene muchas tablas.

—Sí, eso he oído. A veces estos graduados extranjeros engañan. Son mejores de lo que parecen.

La puerta de una de las salas de curas se abrió y apareció Claudio Simone.

—Claudio, ven aquí. Te voy a presentar a tu nuevo jefe —dijo Rosenberg.

—¿Cómo está usted, doctor Philbin?

—¿Cómo sabes mi nombre?

—El doctor Nichols ha llamado y ha comunicado que se incorporaría usted a Urgencias hoy mismo.

«Nichols no pierde el tiempo», pensó Ken.

—Además —continuó Claudio—, el doctor Ahmad ha bajado hace un rato y ha preguntado cómo era que usted aún no estaba trabajando.

A Ken se le atravesaron los *pancakes.* El doctor Ahmad ya le estaba buscando las cosquillas. Aquel individuo era una de las razones por las que Ken estuvo a punto de no aceptar la oferta del Washington Memorial Hospital.

—Bueno, estaba resolviendo algunos asuntos burocráticos, pero ahora mismo me cambio y empezaremos a trabajar. Estoy seguro de que nos llevaremos muy bien —contestó cortésmente.

El día transcurrió sin casos dignos de mención. Heridas contusas, alguna fractura, dolores abdominales que podían haber sido apendicitis pero no lo fueron, y varios traumatismos en borrachos que eran atendidos antes de recibir una lección moralizante tan contundente como estéril por parte de miss Mullins.

A las ocho de la tarde, justo antes de terminar el turno, apareció una ambulancia portando una chica joven. Los camilleros la depositaron sobre una mesa de exploración y dijeron que la habían encontrado en la calle, inconsciente, y que podría tratarse de una sobredosis.

Claudio y Ken examinaron a la recién llegada, que apenas respiraba. Las pupilas estaban contraídas, puntiformes, como dos cabezas de alfiler. Un examen rápido les confirmó que la chica era una yonqui. Tanto los brazos como las piernas presentaban unos endurecimientos en el trayecto de las venas, que estaban totalmente trombosadas. Era evidente que hacía tiempo que la chica se pinchaba.

Claudio intentó ponerle un gota a gota sin conseguirlo. No podía encontrar una vena permeable. Finalmente Ken pudo colocarle el suero en una vena del tobillo.

—Naloxona —ordenó Ken. Sabía que este antídoto de los opiáceos podía revertir el cuadro y hacer que la paciente recuperase la conciencia. Si no, habría que aplicarle respiración asistida—. Hay que tener mucho cuidado con la naloxona —dijo Ken dirigiéndose a Claudio, que lo miró interesado.

—¿Es peligrosa? —preguntó éste.

—Más que peligrosa es engañosa. El resultado suele ser espectacular y revierte los comas por sobredosis, pero como tiene una vida media más corta que la heroína, ésta puede volver a actuar cuando ha pasado el efecto de la naloxona. Por esto es muy frecuente que haya que repetir la dosis.

Miss Mullins trajo la medicación y al ver a la chica exclamó:

—Pero... ¡si es Connie!

—¿La conoce? —preguntó Ken.

—Claro, y usted también. Es Connie Mackintosh. Hizo sus estudios de enfermera aquí.

Ken no la recordaba. Le inyectó la medicación y se dispuso a esperar los resultados.

—Estoy segura de que es Connie —mascullaba miss Mullins—. ¿Dónde está su bolso?

Los camilleros de la ambulancia lo habían dejado en la recepción. Miss Mullins se hizo con él y lo abrió, dispuesta a demostrar a todo el mundo que no se había equivocado. Buscó una cartera con el permiso de conducir pero no la encontró. En el bolso había un paquetito, envuelto con papel fino. Miss Mullins lo abrió sospechando que podía contener droga.

Un grito horrible atronó todos los rincones del servicio de Urgencias. Todos se dirigieron hacia el punto de donde había partido. Allí encontraron a miss Mullins mirando con horror el contenido del paquetito. Era una oreja humana.

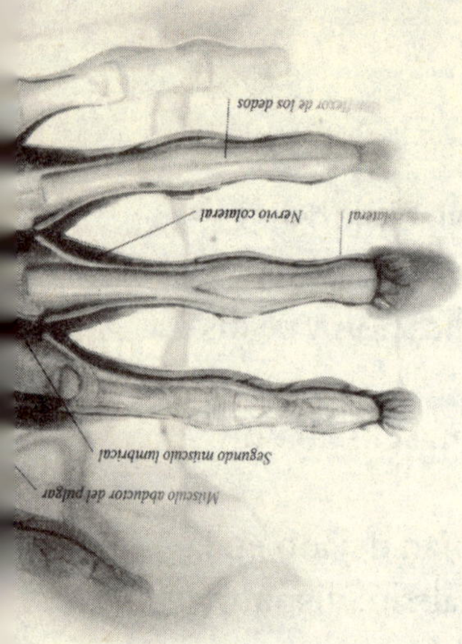

CAPÍTULO 4

Doctor Philbin, el doctor Nichols quiere que suba usted a su despacho —la voz de Maggie por teléfono sonaba apremiante.

Ken subió al segundo piso y al entrar en el despacho del jefe de cirugía se encontró con que no estaba solo.

—Ken, te presento al teniente Lyons, del departamento de policía.

—¿Qué tal, teniente? Soy el doctor Philbin.

—Ken —prosiguió Nichols—, el teniente está aquí por dos motivos. El primero es para coordinar contigo el programa de asistencia *in situ* del que te hablé ayer. Hemos pensado que un coche de la policía te recogerá en la puerta de Urgencias cuando se requiera la presencia de un médico en el lugar de un accidente o crimen. El primer coche que llegue al lugar valorará si se necesita un médico inmediatamente y, en caso de que sea así, llamará a otro coche para que te recoja. De esta forma se ganarán unos minutos preciosos. —Ken se encogió de hombros. No estaba demasiado entusiasmado con el trabajo que querían asignarle—. Además, el teniente está aquí por el asunto de la oreja cortada que apareció ayer en Urgencias.

—Sí, menudo *show*... Nunca había visto a miss Mullins tan alterada —comentó Ken.

—No sé si estás al corriente de que la noche anterior había fallecido un hombre en Urgencias. —Ken lo miró sin comprender qué quería decirle—. A este hombre le habían cortado una oreja.

Ken no sabía nada. Claudio Simone no se lo había comentado.

—¿Y cree que hay relación entre ambos casos?

—Doctor Philbin —intervino el teniente—, no cabe duda de que los casos están relacionados.

—¿Y de qué murió? —preguntó Ken.

—Se había bebido una botella de Drano —contestó Nichols.

—Ayer le hicieron la autopsia —dijo el teniente—. El forense me explicó que tenía todo el esófago y el estómago comidos por la sosa cáustica. Sus pulmones estaban hemorrágicos puesto que, según él, parte del producto le había entrado por la tráquea.

—¿Y saben quién era? —preguntó Ken.

—Sabemos su nombre. Se llamaba Jacob Jones y al parecer era un camello. Por eso queremos hablar con la joven que entró ayer aquí con una sobredosis y en cuyo bolso apareció la oreja. Él era un camello y ella es una yonqui. No es muy difícil establecer una relación.

—Por cierto, Ken, ¿cómo está Connie? —preguntó Nichols.

—Está mejor. Respondió muy bien a la naloxona, aunque hubo que darle tres dosis. Se debió de meter una buena cantidad de heroína en el cuerpo. La he visto esta mañana y aunque está todavía muy dormida, se encuentra fuera de peligro.

—¿Cree que puedo hablar con ella? —dijo el teniente.

—Creo que, si no la atosiga, podrá contestar a algunas preguntas.

Ken le hizo una señal con la cabeza y dejaron la oficina del doctor Nichols para dirigirse a Urgencias. Mientras bajaban la escalera, el teniente comentó:

—Primero me gustaría hablar con la enfermera que encontró la oreja.

—Miss Mullins.

—Sí, miss Mullins. He oído decir que conocía a la chica.

—Ella le explicará su historia.

El caso de Connie Mackintosh era patético, pero no por ello infrecuente. Era el típico viaje desde una posición envidiable en la vida a los mismísimos infiernos de la drogadicción. Había llegado a Washington para estudiar Enfermería en el Memorial Hospital. Era bajita pero muy guapa. Rubia, con ojos azules y una simpatía que traía de cabeza a cuantos internos y residentes se cruzaban en su camino. Acabó su carrera con las mejores notas y entró a trabajar en el mismo hospital, justo cuando Ken se fue a Vietnam. Con un buen sueldo en el bolsillo, Connie empezó a frecuentar amistades peligrosas. Encontró al hombre inadecuado en el momento inadecuado. Fue enganchada a la heroína por la misma persona que decía amarla. Tras dos escándalos relativos a la desaparición de drogas del armario en que se guardaban bajo llave y que ella debía controlar, fue despedida de su trabajo. Sin dinero para procurarse su dosis diaria optó por la salida más fácil, la prostitución. Hacía trabajitos aquí y allá por el barrio, con la única finalidad de financiarse su adicción. La sobredosis de la noche anterior no era la primera. Miss Mullins, con quien trabajó durante unos meses, la veía como a una hija descarriada aunque era consciente de que no podía hacer nada por ella.

—Connie está desnutrida, necesita ayuda psiquiátrica y entrar en un programa de deshabituación, tratamientos con metadona, asistencia social para encontrarle un trabajo y un domicilio estables... —finalizó su relato miss Mullins.

—¿Dónde está ahora? —inquirió el teniente.

—En un box de observación, esperando una cama en la cuarta planta para ingresarla.

—Hola, Connie. Soy el doctor Philbin y éste es el teniente Lyons.

Connie abrió los ojos.

—Le recuerdo, doctor Philbin. Está usted muy guapo.

—El teniente quiere hacerte unas preguntas —prosiguió Ken—, y creo que ya estás en condiciones de contestarle.

Connie se puso a la defensiva.

—No he cometido ningún delito, ¿qué quiere usted de mí? —preguntó, dirigiéndose a Lyons.

—Connie —dijo el teniente—, no estoy aquí para detenerte por prostitución, sino porque necesitamos tu ayuda. Ayer encontramos una oreja en tu bolso. ¿Sabes a quién pertenece o cómo llegó hasta allí?

—¿Una oreja? —exclamó aterrorizada.

—Sí. Una oreja humana. Y el día anterior llegó a Urgencias un hombre moribundo al que le habían cortado una oreja. Seguro que es la que encontraron en tu bolso.

—No tengo ni idea ni de quién era la oreja ni de cómo llegó hasta mi bolso.

—El hombre murió al poco de llegar al hospital. Se llamaba Jacob Jones. ¿Lo conocías?

Connie se derrumbó.

—Era un camello. *Mi* camello.

—¿Era quien te vendió la dosis que te inyectaste ayer noche?

—No. Ayer no se la compré a él. No le encontré.

—¿Y quién te la vendió?

Connie dudó antes de contestar.

—Mi novio —dijo finalmente.

«Hijo de puta», pensó Ken. «No sólo la engancha a la droga sino que encima se la vende. ¿Cómo se puede ser tan miserable?».

—¿Y cuánto le pagaste? Seguro que te vendió una buena dosis.

—Cincuenta dólares. Ayer tuve un día de suerte.

—¿Ah, sí? Cuéntamelo.

—A eso de las seis de la tarde se me acercó un individuo en un coche. Me dijo que me pagaría cincuenta dólares si le hacía una mamada.

—Y tú aceptaste, me imagino.

—Claro, por cincuenta dólares me podía tener toda la noche pero él insistió en que sólo quería una mamada. Así que me metí en el coche, le hice la mamada, me pagó y me bajé.

—¿Qué tipo de coche era?

—No sé. Uno muy vulgar. Quizá un Corvair. Lo único que sé es que no era muy grande. Estaba muy incómoda mientras le hacía el trabajito.

—¿De qué color era?

—Oscuro. Azul o verde oscuro.

—¿Cómo era el individuo?

—Apenas lo vi...

—Vamos, Connie, no me vengas con cuentos —le espetó el teniente.

—En serio. No bajó del coche. Fuimos a un lugar muy oscuro. No sé si era alto o era bajo. Yo diría que de estatura media. Raza blanca, esto sí que lo sé.

—Y luego, ¿qué pasó?

—Nada. Ya se lo he dicho. Cuando acabé, me pagó y me fui.

—¿Adónde?

—A buscar a Jacob. Con cincuenta dólares podía conseguir una dosis de lujo. Pero no le encontré. Así que Ralph me la vendió.

—¿Ralph?

—Sí, Ralph Strong, mi novio. Debió de venderme una heroína mucho mejor que la que me vende Jacob y por eso sufrí una sobredosis. Por cierto, no quiero que él sepa que estoy aquí.

—¿Le tienes miedo? —intervino Ken.

Connie dudó antes de contestar.

—Sí. He llegado al punto en el que el temor supera al amor.

Ken sintió una pena inmensa por aquella desgraciada. ¿Cómo podía alguien estropear su vida de tal forma?

—Connie —prosiguió Ken—. Ayer tuve muchas dificultades para encontrarte una vena. ¿Dónde te estás pinchando últimamente?

—En la lengua. Nunca falla.

El plexo venoso de la lengua, pensó Ken. Estos drogadictos conocen todos los trucos.

El teniente decidió que ya no podía obtener más información de Connie, así que salieron y se reunieron en una pequeña salita. Allí, en un rincón, estaba Claudio.

—Bien —comenzó a especular el teniente—. Tenemos un individuo, camello de profesión, que se bebe una botella de Drano y cuando llega al hospital le falta una oreja. Al día siguiente, una prostituta a la que el camello vendía droga regularmente ingresa con una sobredosis. Y en su bolso aparece una oreja. A falta de lo que diga el forense, debemos suponer que es la que le cortaron al camello. La chica estuvo en un coche con un desconocido, que le pudo meter la oreja en el bolso. Pero ¿por qué? ¿Cómo llegó la oreja a manos del desconocido? ¿Quién se la cortó al suicida?

—Si es que fue un suicidio... —dejó caer Claudio.

—¿Qué quieres decir? —preguntó el teniente.

—Yo presencié la muerte de ese hombre. Fue una agonía horrible. La gente no se suicida así. Se corta las venas, se chuta una sobredosis o se tira por la ventana de un quinto piso pero nadie puede tragarse una botella de Drano entera voluntariamente. Apenas en contacto con las mucosas, la sosa comienza a hervir y el dolor es insoportable. En casos de accidente doméstico, cuando un niño bebe de la botella, se traga tan sólo unos gránulos. Aun así, las quemaduras en la boca y en el esófago son terribles.

—Tiene razón —dijo Ken.

El teniente replanteó la situación.

—Alguien, por la fuerza, le hace beber el granulado al camello y le corta la oreja. Luego, se la mete en el bolso a una prostituta. El homicida tiene que ser la persona a quien Connie hizo la mamada.

—Van Gogh —dijo Claudio.

—¿Quién? —preguntaron al unísono Ken y el teniente.

—¿No han oído hablar de un pintor llamado Vincent Van Gogh, que se volvió loco y que en un arrebato se cortó una oreja y se la envió a una prostituta?

Ken y el teniente se miraron el uno al otro preguntándose si aquel chico les estaba hablando en serio o en broma.

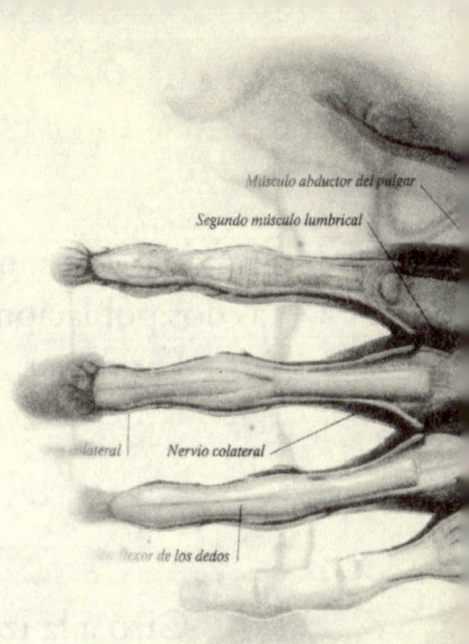

CAPÍTULO 5

El primer día que Ken tuvo libre lo dedicó a buscarse un sitio donde vivir. Durante su anterior estancia en el Washington Memorial Hospital había vivido en las habitaciones del último piso que se reservaban para los médicos que estaban de guardia. Como él lo estaba muchas noches, la habitación se convirtió en su hogar. Además, se ahorraba un montón de dinero, pues los apartamentos próximos al hospital estaban a unos precios que un interno o un residente de primer año no se podían permitir. Claudio también había adoptado este sistema durante su primer año. Pero ahora Ken quería alquilar un apartamento, tener su propio espacio, tener un buen equipo de música y ponerlo a todo volumen sin molestar a su compañero de habitación, tener una nevera donde guardar sus cervezas y sus platos congelados y un horno donde cocinarlos. Y un dormitorio donde, si se terciaba, pudiera copular en total intimidad.

Cogió su Volkswagen y se dirigió hacia el norte, a los municipios de Takoma Park y Hyattsville. Allí visitó diversos complejos de apartamentos sin encontrar lo que buscaba. O eran demasiado grandes y lujosos, o no estaban amueblados. Ken tenía claro que quería un apartamento no muy grande y con muebles. Acabada su búsqueda estéril por estas dos poblaciones se dirigió al este por la ruta 202 hasta llegar a Landover. En la carretera, un gran letrero anunciaba:

DODGE PARK
Apartamentos en alquiler

Giró a la izquierda y entró en un centro comercial en cuya parte posterior se encontraban los apartamentos. El centro comercial no era muy grande pero contenía lo indispensable. Un supermercado A & P, una farmacia, unos almacenes en que vendían de todo un poco, una tienda de licores, una peluquería, un banco y un cine, en cuya marquesina se leía:

EN EL CALOR DE LA NOCHE
Nominada para dos Oscar, al mejor actor
y a la mejor película

Ken recordaba que le habían alabado el magnífico papel de Rod Steiger como policía de una población sureña.

Se adentró en el complejo de apartamentos y se detuvo ante la oficina del encargado. Más que la oficina era la vivienda, por la que correteaban cuatro niños de corta edad. El encargado estaba adormilado enfrente de un televisor.

—Estoy interesado en alquilar un apartamento. ¿Me los puede enseñar?

—Naturalmente —dijo el encargado, un individuo mal vestido y sin afeitar—. Tenemos de uno y dos dormitorios, todos amueblados. ¿Cuál le interesa?

—Con un dormitorio será suficiente —respondió Ken.

—Son ciento diez dólares al mes. El gas y la electricidad corren por su cuenta.

El precio no era excesivo y el nombre del lugar le gustaba. Dodge Park. Le recordaba a los Brooklyn Dodgers, su equipo favorito de béisbol, a cuyos partidos le llevaba su padre hasta que, en 1958, el equipo se trasladó a Los Ángeles.

—Mi esposa se lo enseñará —dijo el encargado—. Gladys, ven aquí —chilló.

De una de las habitaciones salió una belleza espectacular. Morena, de ojos negros, con una cabellera que le caía hasta la cintura. Llevaba un vestido escotado muy ceñido, bajo el cual se adivinaba un cuerpo increíble.

El encargado se dio cuenta del efecto que su mujer había causado en Ken. Seguro que estaba acostumbrado y a la vez orgulloso.

—Le presento a mi esposa, Gladys. Es puertorriqueña. Y como puede ver, nos mantenemos ocupados —dijo soltando una risotada y señalando a los cuatro niños quc había en la habitación. Se dirigió a ella—: Gladys, cariño. Este señor quiere ver un apartamento de una habitación. Creo que el 2-D está por alquilar. ¿Se lo quieres enseñar?

—Naturalmente, Chuck —respondió Gladys mirando a Ken a los ojos. Aquella mujer sabía que gustaba a los hombres—. ¿Le gusta mi vestido?

Ken se azoró. Se dio cuenta de que no había podido apartar sus ojos del escote de Gladys.

—Se lo ha hecho ella. Es muy habilidosa con las manos —dijo Chuck, guiñando un ojo a Ken.

—Venga conmigo. Le enseñaré el apartamento.

Gladys caminaba unos pasos por delante de Ken, contoneando sus nalgas caribeñas.

—¿Cómo se llama usted? —preguntó la belleza.

—Ken. Ken Philbin. Soy médico residente en el Washington Memorial.

—¡Oh! Un médico —dijo admirativamente Gladys—. Es justo lo que nos faltaba en estos apartamentos. Normalmente a los médicos, y sobre todo a sus esposas, les gusta vivir en lugares más caros.

—Es verdad. Pero yo no estoy casado y voy a estar tan ocupado que me va a quedar poco tiempo para disfrutar del apartamento.

—¿Sabe, Ken? Me está usted gustando cada vez más.

Los distintos bloques de apartamentos eran de dos pisos. Una escalera común daba acceso al piso superior, donde había cuatro apartamentos por rellano. Llegaron al 2-D y Gladys abrió la puerta. El apartamento era amplio, amueblado con gusto y muy luminoso. Tenía todo lo que Ken necesitaba. Un salón comedor, una pequeña cocina con nevera, un baño completo y una habitación grande con una cama de matrimonio.

—¿Le gusta? —preguntó Gladys.

—Es perfecto. Justo lo que necesito.

—Pues si quiere alquilarlo, pásese por la oficina. —Gladys se acercó tentadoramente a Ken y bajando la voz dijo—: Y recuerde que, si necesita algo, yo le puedo ayudar a conseguir *todo* lo que busca.

Ken intuyó que Dodge Park iba a ser un buen sitio para vivir.

Completados los trámites administrativos, se instaló en su nuevo apartamento. Le faltaba dotarlo de las pequeñas comodidades que lo harían más confortable. Había leído que en los almacenes Korvette, en Rockville, había unas ofertas de equipos estereofónicos que no podía dejar pasar. Con muchas horas libres por delante, cogió su coche y entró en la Beltway, una autopista que rodea Washington como un cinturón. Tomó la salida de Rockville, hacia el norte. En unos minutos llegó a los almacenes Korvette. El joven que le atendió le recomendó un amplificador con receptor de radio de la marca Fisher. Se decidió por el modelo 220.

—Este modelo tiene un sensor. Cuando capta una emisora que emite en sonido estéreo, se enciende esta lucecita roja —dijo el joven.

—¿Hay emisoras que emiten en estéreo? —Su estancia en Vietnam le había dejado al margen de los progresos tecnológicos de los últimos años.

—Desde luego. La mayoría de las que emiten música clásica lo hacen en estéreo.

Completó su equipo con un plato tocadiscos Garrard y dos impresionantes altavoces de la prestigiosa marca Acoustic Research.

Pasó por el departamento de discos para comprar algo de música. Se decidió por uno de Herp Albert y sus Tijuana Brass, uno de Paulo Mauriat, la versión de Broadway del musical *My Fair Lady,* con Rex Harrison y Julie Andrews, y la *Suite del Gran Cañón,* de Grofe.

Metió todo su nuevo equipo en el coche y volvió a la tienda. Quería comprarse un televisor y un sillón reclinable para ver la televisión en una posición lo más cómoda posible. Sabía por experiencia que, al final del día, las piernas de un cirujano están tan cargadas que parecen de plomo. Encargó el sillón, que le sería entregado en dos días —estaba seguro de que, si estaba trabajando, Gladys estaría encantada de facilitar la entrada al transportista— y compró un televisor Westinghouse de dieciséis pulgadas.

Cuando iba a salir, pasó por el departamento de fotografía donde había una oferta de cámaras Polaroid. Estaban liquidando las existencias del modelo Automatic 135, que se había dejado de fabricar. Siempre había querido tener una de esas cámaras. Le fascinaba el hecho de que en pocos segundos pudiese tener la fotografía revelada, aunque la calidad no fuese óptima. El precio de 69,95 dólares era tentador y una minucia comparado con todo lo que llevaba gastado aquella tarde. Sucumbió a la tentación y salió de Korvette con su televisor y su nueva cámara fotográfica.

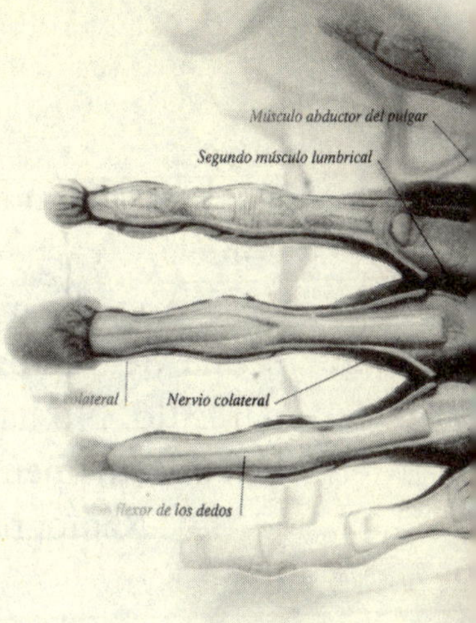

CAPÍTULO

6

Al día siguiente, Ken se dirigió al hospital. Estaba a unos veinte minutos en coche. Cerca de Dodge Park pasaba la ruta 50 que iba a Annapolis, sede de la famosa academia naval. Tomando esta ruta en dirección a Washington entraba en la capital por la avenida de Montana, que le llevaba prácticamente a las puertas del hospital.

Puso la radio. La voz del locutor desgranaba una serie de nombres y su procedencia. «Paul Goodman, de Boston, Massachusetts; Steven Lightfoot, de Sioux City, Dakota del Norte; John Treisman y Robert Baker, de Peoria, Illinois; Mark Lieberman, de Troy, Michigan; George Pennybecker, de Wauwatosa, Wisconsin...». Eran los nombres de las bajas que se habían producido el día anterior en Vietnam. La letanía duró más de cincuenta nombres.

«Dios mío», pensó Ken, «¿cuándo acabará esta sangría?».

Todos jóvenes, muertos a miles de kilómetros de distancia en un país que la mayoría no entendía por qué tenían que defender. «Espero que el próximo presidente, sea quien sea, nos saque de esta guerra», deseó.

Dejó su Volkswagen en el aparcamiento de los médicos y se dirigió a Urgencias. La inefable miss Mullins ya estaba trabajando y Claudio Simone comenzaba el turno con él.

A media mañana llegó un accidentado, un atropello de coche. Se trataba de un hombre de raza negra, joven y bien parecido. No había perdido el conocimiento pero se quejaba continuamente de un dolor en el flanco izquierdo.

—Radiografías de tórax, pelvis y columna lumbar —ordenó Ken.

Las radiografías no mostraron ninguna fractura. Ken decidió hacer un poco de docencia con Claudio.

—Vamos a ver. Las radiografías demuestran que no hay ninguna fractura, pero este hombre, además de huesos, tiene músculos y vísceras. Por la localización del dolor, ¿qué vísceras podrían estar afectadas?

—El bazo.

—Bien. Podría tener una rotura de bazo, en cuyo caso habría sangre en el peritoneo. Pregúntale si le duele el hombro izquierdo.

Claudio le miró sorprendido.

—¿El hombro izquierdo? Pero si lo que le duele es el flanco.

—Ya lo sé. Pero en casos de rotura de bazo, la sangre que hay en la cavidad abdominal irrita el diafragma y esto se manifiesta por dolor en el hombro. Es lo que se llama un dolor referido.

Claudio le preguntó al hombre por un posible dolor en el hombro y, ante su negativa, Ken prosiguió.

—¿Qué otra víscera hay por aquí que nos pueda preocupar?

—El riñón izquierdo.

—Muy bien. ¿Y cómo puedes saber si el riñón está afectado o no? —Claudio dudó—. ¿Para qué sirve el riñón? Estoy seguro de que esto te lo han explicado en la facultad.

—Produce orina.

—¿Y cómo es la orina de este paciente?

—No lo sé.

—Pues deberías saberlo. Si es clara, seguramente el riñón está indemne. Si hay sangre, puede tener una lesión y habrá que llamar a los urólogos.

Claudio pidió un frasco a una enfermera pero el paciente no podía orinar.

—¿Lo sondamos? —dijo Claudio.

—Bueno, un sondaje no está exento de peligros, pero en este caso el beneficio que podemos obtener supera al riesgo de complicaciones.

Claudio sondó al paciente con gran habilidad.

—La orina está limpia —anunció.

—No estés tan seguro. La gonorrea es invisible al ojo humano —bromeó Ken—. Seguramente tiene tan sólo una contusión. Lo dejaremos en observación veinticuatro horas y, si no hay nada nuevo, le daremos de alta mañana.

Dentro de las tareas asignadas a los internos había algunas que no eran propias de la especialidad, pero, en aras de una «experiencia global» que disfrazaba una falta de personal evidente, los pobres tenían que pechar con exploraciones y tratamientos muy rutinarios pero que les sobrecargaban de trabajo. Así, cuando se iban acumulando los casos en la sala de espera, un interno de medicina era conminado a suturar una herida, mientras uno de cirugía tenía que leer el electrocardiograma de un paciente con un posible infarto.

Había una tarea que a Claudio no le desagradaba pero que le producía una enorme desazón por las connotaciones sociales que tenía. Se trataba de la exploración de jóvenes, en su mayoría de raza negra, que acudían a Urgencias con infecciones venéreas.

Claudio había realizado muchas exploraciones vaginales en la clínica de su padre, pero lo que estaba viendo en Washington no lo había visto nunca.

Existían tres camillas de exploración ginecológica, una al lado de otra, separadas por unas cortinas. La exploración se hacía en presencia de una enfermera. El hospital había impuesto esta normativa para evitar las denuncias, falsas o no, de posibles abusos. Miss Mullins buscó a Claudio.

—Doctor, cuando usted quiera. Tengo a tres pacientes preparadas para que las examine. Me parece que es lo de siempre.

Claudio se dirigió a la primera. Era una joven de unos veinte años, que se quejaba de un dolor en el bajo vientre y de un flujo vaginal muy espeso. Claudio la examinó y comprobó la secreción purulenta que le salía de la vagina. Era la típica infección pélvica de origen sexual. Le tomó una muestra, le prescribió un antibiótico y le aconsejó que su novio usara preservativos si no quería verse en la misma posición en menos de una semana. El segundo caso era idéntico al primero. Los mismos hallazgos, el mismo diagnóstico y el mismo tratamiento.

Al llegar al tercero, Claudio vio a una chiquilla aterrada. Estaba caliente. Su temperatura era de 38,2 grados. Se quejaba, como las otras pacientes, de un dolor muy intenso por debajo del ombligo, a ambos lados de la línea media. Al palparle Claudio el abdomen, soltó un chillido de dolor. Procedió a la exploración vaginal. Con tan sólo colocar el espéculo, salió una abundante cantidad de pus fétido. Tras limpiar la vagina, vio que el pus asomaba por el orificio del cuello del útero, que estaba totalmente enrojecido. Era una infección pélvica brutal que podía abocar a una peritonitis. Miró la gráfica de la paciente buscando la edad. ¡Once años!

—Miss Mullins, vamos a tener que ingresar a esta paciente.

—Doctor Simone, eso es imposible.

—¿Cómo que es imposible? Esta niña puede desarrollar una peritonitis, si es que no la tiene ya.

—Usted lo ha dicho, doctor. Es una niña y en este hospital no se admiten pacientes menores de doce años.

—Eso es una tontería y una incongruencia. Yo no le voy a dar el alta.

Ken percibió que algo ocurría tras las cortinas.

—¿Qué pasa, miss Mullins?

—El doctor Simone quiere ingresar a esta paciente y no podemos admitirla. Tiene tan sólo once años.

—¿Y qué hay que hacer con ella? —preguntó Claudio.

—Pues ingresarla en el Children's Hospital.

—No te preocupes, Claudio —terció Ken—. Yo hablaré con el médico de guardia del Children's y estoy seguro de que la aceptarán.

Claudio se quitó los guantes y se alejó meneando la cabeza. Una niña que ingresa en un hospital infantil con el diagnóstico de peritonitis venérea. ¿En qué país se había metido?

Al poco rato, ya más apaciguado, Claudio atendió a una mujer joven con un corte muy profundo en el antebrazo. Le exploró la movilidad de la mano y se cercioró de que no hubiese ningún tendón seccionado. Con todo, decidió llamar a Ken.

—Es un corte muy profundo pero no ha afectado a ningún nervio ni ningún tendón.

Tras examinarlo, Ken llevó a Claudio fuera de la sala de curas y le dijo:

—Será mejor que llames al cirujano plástico.

—¿Por qué?

—Es una chica joven y agraciada. Le harán una sutura intradérmica y apenas le quedará cicatriz.

—Yo también le puedo hacer una sutura intradérmica.

—¿Tú? ¿Y dónde has aprendido a hacerla?

—Déjame hacerla y te lo explicaré.

Intrigado, Ken aceptó, no sin antes prevenirle.

—Si no queda bien, se nos va a caer el pelo a ti y a mí.

Claudio se introdujo en la sala de curas, aplicó anestesia local y procedió a suturar la herida.

Ken se quedó fuera observando. Claudio cosía la herida con movimientos rápidos y precisos. Cuando terminó, le hizo una señal para que entrase a ver el resultado. El trabajo era impecable. De la herida tan sólo quedaba una fina línea. No se veían rastros de sutura, pues la piel había sido cosida por dentro. Ni el más habilidoso cirujano plástico lo hubiese hecho mejor. Esperó a que el interno vendase a la paciente y le diese la gráfica a miss Mullins para decirle a Claudio:

—Ven, vamos a tomarnos un café.

Los dos se sentaron en una pequeña salita. Ken se sirvió una taza de café y le ofreció otra a Claudio. Éste tiró la mitad del café y, sacándose un sobre de café instantáneo del bolsillo, lo vació en el vaso.

—Pero ¿qué haces? —le preguntó Ken.

—Aquí en América tenéis cosas muy buenas y otras muy malas. Y de las peores es el café que os bebéis. No sabéis lo que es un buen café. Daría medio sueldo por tomarme un verdadero café *espresso,* pero, como no puedo, me lo hago corto y fuerte, con la ayuda de un sobre de café instantáneo.

Ken decidió que era el momento de desentrañar el misterio que aquel chico, día a día, le planteaba. ¿Quién era? ¿De dónde había salido? Desde luego, su formación como cirujano estaba muy por encima de la media, así como su cultura y su *savoir faire*.

—Claudio, explícame un poco de tu vida. He conocido a muchos internos y tú estás muy por encima de ellos.

—Ken, no querría resultar irrespetuoso pero la culpa es vuestra. Miráis a todos los graduados extranjeros a través del mismo prisma. Carne de cañón que hacen todo el trabajo y a los que consideráis inferiores. Pero no todos somos iguales. Sé perfectamente que somos necesarios, pues el número de graduados de las facultades de medicina norteamericanas cada año no llega a cubrir las necesidades que tienen los hospitales. ¿Sabías que somos más de cincuenta mil extranjeros practicando medicina en tu maravilloso país? El treinta por ciento de todos los internos y residentes somos extranjeros. Los hospitales dependen de nosotros para funcionar, para que todas las guardias estén cubiertas, para que los cirujanos tengan suficientes ayudantes. La mayoría son asiáticos. Filipinos, libaneses, sirios, persas e hindúes llenan vuestros hospitales, con las carencias que supone ser médico sin que se les haya restringido el acceso a la facultad de medicina, como ocurre aquí. Pero yo soy diferente. Pude estudiar medicina porque mi padre me pudo pagar la carrera, pero, créeme, no fue fácil. Sin embargo, no tengo que negarte que su posición me ayudó. Es uno de los ginecólogos más importantes de Sicilia y posee su propia clínica. Casi le da un infarto cuando le dije que quería especializarme en los Estados Unidos en vez de entrar a trabajar con él. Desde el tercer año de carrera le he venido ayudando en el quirófano. Me ha enseñado muchas cosas, no sólo de técnica quirúrgica, sino de cómo relacionarme con los enfermos. Estoy seguro de que he cerrado más barrigas que tú...

—Claudio, aunque seas un niño bien, te aprecio y valoro tu trabajo —sonrió Ken.

«Código Azul, Código Azul», se oyó por los altavoces del hospital.

Ken y Claudio se miraron. El Código Azul era una llamada en clave que se hacía cuando ocurría un paro cardiaco. Habitualmente iba seguida del lugar donde se había producido para que aquellos médicos que se hallaban cerca acudiesen a resucitar al paciente. Pero en esta ocasión la operadora no indicó la localización.

«Código Azul, Código Azul», volvió a repetir la operadora. Ken y Claudio volvieron a mirarse interrogadoramente.

«Código Azul... en el jardín, ala oeste», se oyó finalmente.

Aquélla era una situación inusual. Por lo general, a la gente no se le para el corazón en el jardín de un hospital. Tienen muchísimas más probabilidades de que les ocurra *dentro* del hospital.

—Vamos —le dijo Ken a Claudio. Y salieron corriendo por la puerta de Urgencias.

Se dirigieron a la fachada oeste y allí vieron a dos personas alrededor de una mujer tendida en el suelo. Al momento llegaron tres médicos más, con un equipo de resucitación. La mujer tenía la cabeza destrozada. Todos los médicos se miraron entre sí y coincidieron en que, a la vista de la masa encefálica desparramada por la acera, no existía ninguna posibilidad de resucitación. Ken miró detenidamente al cuerpo, cuya cara era irreconocible. Vestía una bata del hospital. Se fijó en sus brazos, totalmente asaetados por pinchazos.

—Dios mío, es Connie —dijo.

Y elevando su vista hacia la fachada oeste del hospital vio una ventana abierta en la cuarta planta. Era la puerta de escape que Connie había atravesado para poner fin a todos sus problemas.

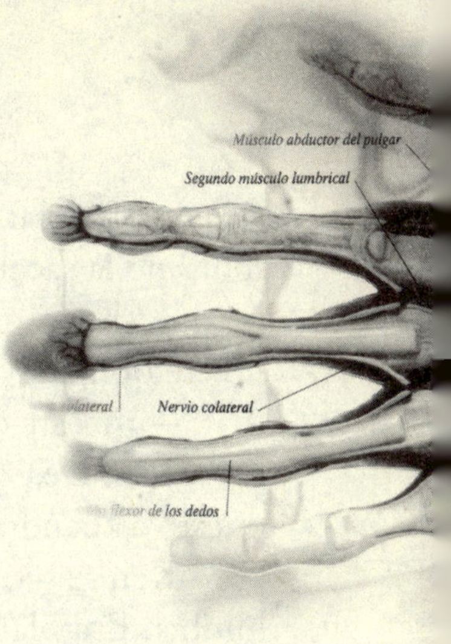

CAPÍTULO

7

En la oficina de los apartamentos Dodge Park, Gladys se estaba enfundando un sucinto vestido pensando en su próxima presa y deleitándose por anticipado. Aquel médico nuevo. Su marido había llevado a los niños a un parque cercano y era la ocasión perfecta. Había estado estudiando sus movimientos y sabía que no podía tardar. Parecía un tipo formal, pero ella tenía un truco que nunca le había fallado.

Ken llevaba más de una semana trabajando en Urgencias. Sus temores, expresados al doctor Nichols en su primera entrevista, se estaban haciendo realidad. Todavía no había habido ninguna cooperación con la policía e intuía que su destino iba a estar ligado al servicio de Urgencias hasta que comenzase su tercer año de residencia oficial en julio.

Al acabar su turno, se dirigió al aparcamiento. Una potente motocicleta casi lo atropella. La motocicleta se detuvo y su conductor se quitó el casco. Era Claudio.

—Claudio, ¿qué haces con esta moto?

—Es mía. Me la traje de Italia.

Ken se fijó en la magnífica máquina. Una Guzzi de 500 centímetros cúbicos. Le sorprendió que Claudio llevase moto. En marzo todavía hacía bastante frío y los que tenían moto no la sacaban hasta bien avanzada la primavera. También le chocó que Claudio llevase casco. En Washington no era obligatorio.

—¿Y éste es tu vehículo? —preguntó Ken.

—Sí. Dejé a muchas novias en Sicilia pero no estaba dispuesto a abandonar mi Guzzi.

Ken se fijó en la matrícula. No era del Distrito de Columbia. Era blanca con números y las letras PA escritas en azul.

—¿Y esta matrícula?

—Es de Palermo. El otro día me paró la policía. Debería haber cambiado la matrícula a los seis meses de llegar aquí, pero no lo hice.

—¿Y qué te dijeron?

—Les dije que era de Pensilvania, y los muy tontos se lo creyeron —rió Claudio, y luego arrancó dejando en el aire el sonido de su potente motor.

Ken se dirigió a su Volkswagen y, cuando lo iba a abrir, un lujoso Cadillac Eldorado se detuvo a su lado.

—¿Necesitas un abrelatas par abrir este trasto? —le dijo el conductor.

Era Rasheed Ahmad, el jefe de residentes.

—No, gracias, con la llave es suficiente —contestó Ken.

—Ya nos veremos —dijo Ahmad arrancando el coche.

La visión de Rasheed Ahmad le enfureció. Su rivalidad era manifiesta. Habían sido internos y residentes de primer año juntos. Ahora, Rasheed era jefe de residentes y él aún no había comenzado su tercer año. Por culpa de sus dos años en Vietnam aquel tipo se le había adelantado y ahora era su superior, una posición que, sin duda, Rasheed iba a explotar y disfrutar.

«¿Cómo diablos un residente de cirugía se puede permitir el lujo de pagar un Cadillac?», se preguntó Ken mientras abandonaba el aparcamiento.

Recordó la conversación que había tenido con Claudio sobre los residentes extranjeros. La mayoría eran asiáticos. Los filipinos eran muy dicharacheros pero trabajadores. Los hindúes, mucho más reservados y menos preparados. Y los de origen árabe —libaneses, persas y sirios— eran los más espabilados, aunque no se podía confiar en todos ellos. Algunos seguían un patrón común del que Rasheed Ahmad era el paradigma. Trapacero, mentiroso, egoísta, siempre quedaba bien delante de sus superiores, no dudaba en ponerse medallas aunque él no hubiese hecho el trabajo y gustaba de humillar a los que estaban por debajo de él. Físicamente era atractivo y su acento al hablar inglés le daba un tono exótico. Tenía mucho éxito entre las mujeres, aunque las consideraba seres inferiores, en consonancia con la educación machista que había recibido. Ken todavía recordaba el revuelo que se armó entre las enfermeras de quirófano el día que dijo un refrán de su país: «Las mujeres son como las aceitunas. Cuanto más se las golpea, mejor saben».

Había nacido en Persia, hijo de un acaudalado comerciante que gozaba del favor del sha, y con su labia se había ganado el aprecio de muchos cirujanos, a los que adulaba sin rubor. En uno de sus últimos días en el hospital, antes de partir hacia Vietnam, Ken le había desenmascarado delante de muchos compañeros al revelar que el trabajo que Rasheed había presentado en un congreso nacional no lo había hecho él sino que se lo había encargado a un interno bajo su tutela, al que ni siquiera había recompensado citándolo en la lista de autores. Desde aquel día, Rasheed lo había declarado su enemigo.

En la radio del coche comenzó a sonar una música que Ken reconoció perfectamente, ya que estaba sonando en la mayoría de las emisoras por aquel entonces. Se trataba de *Mrs. Robinson,* cantada por Simon y Garfunkel, de la banda original de la película *El graduado,* que se estaba proyectando en muchísimos cines del país.

Where have you gone, Joe DiMaggio?
Our nation turns its lonely eyes to you,
woo, woo, woo

Ken se identificó con la letra. ¿Adónde se habían ido los héroes? América estaba huérfana de ellos, como lo fue aquel célebre jugador de béisbol. Los negros tenían a Martin Luther King, o al boxeador Mohamed Ali, al que habían desposeído de su título de campeón del mundo de los pesos pesados por negarse a entrar en el ejército. Pero desde el asesinato de Kennedy, la mayoría de los estadounidenses estaban perdidos, confundidos y, lo que era peor, divididos. En el trasfondo de esta división estaba la guerra de Vietnam.

Ken llegó a Dodge Park. Al pasar por delante de la oficina, vio a Gladys mirando por la ventana. Subió a su apartamento y llamó a su padre.

—Papá, ya estoy instalado. Hace casi una semana, pero no he podido llamarte antes.

Le dio su dirección y número de teléfono y se alegró de saber que su padre vendría a Washington pronto.

—¿Y para qué vienes? —le preguntó.

—Tengo que dar una conferencia en el Club Cosmopolitan. Pero no me quedaré a dormir. Tengo que regresar a Nueva York la misma noche. Podríamos quedar para comer y charlar un rato.

—Será fantástico, te iré a buscar al aeropuerto.

Ken se sentó en su sillón reclinable dispuesto a ver un rato la televisión. Sonó el timbre de la puerta. Era Gladys. Llevaba tan sólo un minivestido. Sus pezones, duros por el frío, se marcaban a través de la ropa. Portaba un sobre marrón en la mano.

—Hola, Ken. Me gustaría que vieses unas fotos que me han hecho.

Extrajo unas fotografías tamaño 18 x 24 del sobre. Eran en blanco y negro. En todas, Gladys estaba completamente desnuda. En una de ellas estaba tumbada boca abajo, sus rotundos pechos rozando el suelo. En otra, se los aguantaba con las manos, ofreciéndolos sensualmente al fotógrafo. En una tercera estaba sentada con las piernas abiertas, mostrando sus genitales por debajo de una mata enorme de vello negro. En otra, en la que estaba a cuatro patas, el fotógrafo había destacado sus nalgas en primer término, centrando la imagen en su orificio posterior. Eran pura pornografía. La única con cierto valor artístico jugaba con luces y sombras sobre sus múltiples curvas. Ken sintió una erección al mirarlas. El cuerpo de Gladys era mucho mejor de lo que había imaginado.

—Son preciosas, Gladys. ¿Quién te las ha hecho?

—Un amigo. Quiere publicarlas en una revista para adultos.

—¿Y qué dirá tu marido?

—No pienso decírselo. Además, necesito el dinero. Con lo que él gana, no nos llega ni para comer y a mí me gusta darme un capricho de vez en cuando.

Ken se dio perfecta cuenta de lo que Gladys pretendía al enseñarle las fotos. Y no podía ocultar que lo había conseguido.

Gladys se dio cuenta de su erección.

—¿Qué pasa, chico? Veamos qué es eso que tenemos aquí.

Con gran habilidad, le bajó la cremallera del pantalón, extrajo su pene turgente y se lo metió en la boca. Ken comenzó a experimentar un placer del que hacía tiempo que no disfrutaba. Si no recordaba mal, la última vez que se ejercitó sexualmente había sido en enero, con una prostituta de confianza de Saigón.

Gladys lo hacía de maravilla. Su pene había crecido tanto que Gladys se atragantó y comenzó a toser. Ambos se pusieron a reír. Ken metió las manos por debajo de aquella cortísima falda con la intención de acariciar las nalgas de Gladys. Entonces se dio cuenta de que no llevaba bragas. Aquello le excitó todavía más. Le quitó el vestido. Tampoco llevaba sostén. Gladys se mostró en su espléndida desnudez, todavía mejor que en las fotos. Ken la llevó al dormitorio y la estiró en la cama. Comenzó a acariciarle y a besarle los pechos, aquellos pechos que había deseado ver y tocar desde el primer día que la vio. La mujer se dejó tocar, con la superioridad que da el saber que se está controlando una situación. Era evidente que lo había hecho miles de veces antes y que lo haría miles de veces más, después de aquella noche.

De pronto, Ken se detuvo y se levantó.

—¿Qué haces? —gritó Gladys.

—Un momento. Quiero ponerme algo.

Ken abrió un cajón y sacó un preservativo. Aquello no agradó a Gladys.

—¿Qué pasa? ¿Tienes miedo de que te pegue alguna enfermedad o algo así?

—No, guapa. Lo hago por ti. Tengo millones de espermatozoides ansiosos por salir corriendo y no quiero que ninguno te embarace.

La explicación satisfizo a Gladys y se enzarzaron de nuevo en el juego sexual que tanto había excitado a Ken.

Le excitaba aquella mata de pelo negro en el pubis. La recorrió con la lengua, hasta llegar a sus labios inferiores. Gladys se arqueó y dio rienda suelta a la sexualidad que hasta entonces había ocultado. Comenzó a retorcerse, a agarrar a Ken por el pelo, a arañarle la espalda, a gemir sin ningún recato. Ken la penetró. Su monte de Venus se tornó volcánico, moviéndose al unísono con la pelvis de Ken. A pesar de la goma, éste percibía el calor y la humedad que lubricaba el interior de Gladys. Finalmente, coincidiendo con el orgasmo de ella, Ken notó cómo un líquido caliente se desparramaba por el interior del condón. Sonrió al pensar en los millones de espermatozoides que habían quedado atrapados.

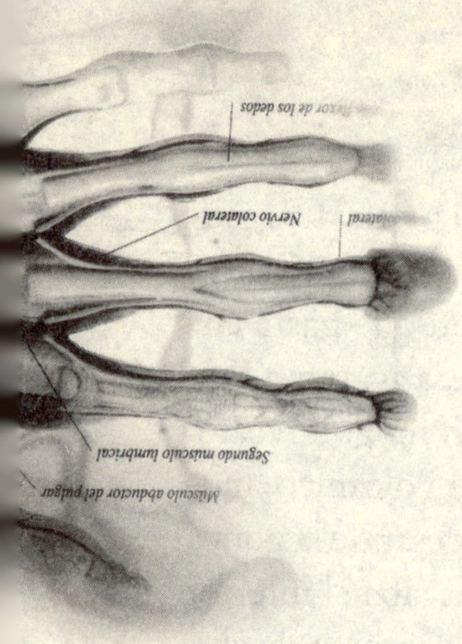

CAPÍTULO

8

Ken estaba en Urgencias enseñando a Claudio su nueva cámara Polaroid.

—Doctor Philbin, el teniente Lyons le llama por teléfono —anunció miss Mullins.

Ken se levantó y acudió al teléfono.

—¿Kenneth Philbin?

—Sí, soy yo.

—Ken, me parece que hoy te vas a estrenar con nosotros. Ya sé que es muy tarde pero me han anunciado que hay un hombre malherido en el Wharf. Mandaré un coche a recogerte.

—De acuerdo, teniente.

Ken se puso el abrigo encima de su uniforme blanco y se metió la cámara fotográfica en el bolsillo. Al poco, un coche de la policía le recogía en la puerta de Urgencias. Era noche cerrada y, con las luces rojas del techo destellando, se dirigieron hacia la avenida Maine, donde estaba el Wharf, una zona ribereña de la ciudad que se había hecho muy popular. La margen del río estaba ocupado por muelles donde atracaban barcas de pesca. A su alrededor habían ido creciendo tiendas y restaurantes donde vendían pescado, y sobre todo marisco, de la vecina bahía de Chesapeake. Al bajar del coche, Ken se vio sorprendido por el olor de aquel lugar. A la humedad reinante, que acentuaba el frío que hacía, se añadía un molesto tufo de pescado y agua estancada. Se dirigió por un muelle de madera hacia una zona donde estaban reunidos varios policías con el teniente Lyons.

—Ken, me temo que te hemos hecho venir en vano. Este hombre está muerto.

—¿Qué hombre? ¿Qué muerto? —preguntó Ken.

Lyons señaló con la cabeza el borde del muelle. Ken no vio nada. Se acercó y miró hacia abajo. En el muelle contiguo, tan cercano que prácticamente se podía saltar de uno a otro, había un hombre semidesnudo. ¡Y estaba crucificado! Ken había visto cosas horrorosas en los dos últimos años pero aquélla las superaba. Le habían clavado unos clavos, no en las palmas de las manos, sino a través de las muñecas usando los postes de sustentación del muelle como maderas de una cruz. Al fondo, una chalupa flotaba en el agua. Sintió un escalofrío y se metió las manos en los bolsillos. Al hacerlo, palpó su cámara e, instintivamente, la sacó, la abrió e hizo una foto. La luz del flash llamó la atención de los policías.

—Ken, ¿qué diablos estás haciendo? —preguntó Lyons.

—Lo siento, teniente. Llevaba una cámara en el bolsillo y no he podido contenerme de hacer una foto. Es de éstas que se revelan al momento.

—¿Ah, sí? Pues veamos lo que ha salido.

En treinta segundos la imagen se hizo visible. La foto era impresionante. Tomada desde arriba, la luz del flash acentuaba los claroscuros. Por debajo del crucificado se veía la chalupa flotando. Al examinar la foto, Ken se dio cuenta de un detalle que nadie había advertido y que el flash había puesto de manifiesto.

—Teniente, ¿qué es este papel que hay aquí, clavado en la madera?

—¿Un papel? ¿De qué estás hablando? A ver, déjame verlo.

Ken estaba en lo cierto. Por encima de la cabeza del hombre había un papel clavado en uno de los postes.

El teniente se estiró boca abajo en el muelle y, dejando caer su brazo por el borde, intentó coger el papel, sin resultado; estaba demasiado lejos.

—A ver, vosotros —se dirigió a dos policías que observaban la escena conteniendo la risa—. Agarradme por los tobillos mientras me dejo colgar un poco más.

El teniente tenía casi medio cuerpo fuera de la superficie del muelle. Al fin, sus dedos tocaron el papel. Lo agarró y lo arrancó con un gesto brusco.

Se enderezó y se puso de pie, dispuesto a leer el papel.

—Mierda, lo he emborronado.

—¿Qué quiere decir, teniente?

—Mira, la tinta se ha corrido. ¿Quién diablos escribe todavía con pluma, hoy en día? Con la humedad que hay en este lugar...

Era verdad. Ken tocó el papel, que estaba mojado por la humedad de la noche. Había escrita una palabra: «Salvador». En el resto del papel el texto estaba emborronado e ilegible.

—Salvador. ¿Qué querrá decir?

—Y a mí qué me cuentas —gruñó el teniente, todavía molesto por el contorsionismo que había tenido que practicar para hacerse con el papel—. Salvador, muy propio para un crucificado, supongo.

—No le sigo, teniente.

—Pues *Salvador de los hombres* o *Salvador nuestro*. ¿No es esto lo que ponía encima de la cabeza de Cristo crucificado?

—No, teniente. Ponía *Jesús Nazareno, rey de los judíos.*

—Y qué más da. Quienquiera que pusiese este papel aquí, seguro que sabía tanto del Evangelio como yo. Venga, chicos, descolgad a este desgraciado y que se lo lleven al depósito en una ambulancia. Tendremos que esperar a la autopsia para saber cómo murió. Ken, gracias por venir. Siento que hayas llegado tarde. El cuerpo lo encontró un policía que hacía la ronda y creyó que todavía respiraba cuando nos avisó. Desde luego, no nos dio ningún detalle de lo peculiar de la situación.

—De nada —dijo Ken, pero se quedó inmóvil, sacudiendo la cabeza—. Teniente, hay preguntas que tengo sin respuesta. ¿Quién es el muerto? Obviamente no tenemos su ropa aquí y por lo tanto no tenemos su identificación.

—No te preocupes, muchacho. De esto nos ocuparemos nosotros.

—Por otro lado, en cuanto a su muerte...

—¿Qué quieres decir?

—Es evidente que el hombre no murió por ser crucificado.

—¿Ah, no? Pues hace dos mil años hubo un caso semejante y el hombre sí que murió por ser crucificado. Y te puedo decir que, en mi iglesia, nos lo recuerdan continuamente. —El teniente soltó una risotada celebrando su ocurrencia.

Ken hizo caso omiso del comentario y prosiguió.

—En el caso de que el hombre ya estuviese muerto cuando lo crucificaron, ¿se imagina lo difícil que debe de haber resultado hacerlo? Hay que tener una gran fuerza y sobre todo una gran envergadura para clavarlo allí abajo. Acuérdese de lo que le ha costado arrancar el papel. Y eso que estaba por encima de la cabeza.

Lyons se empezó a poner de mal humor. ¿Qué se creía ese medicucho? ¿Que estaba a cargo del caso? Le fastidiaban los investigadores diletantes.

—Todo esto nos lo dirá la autopsia —dijo secamente. Luego se dirigió al policía que había traído a Ken—: Sargento, lleve al doctor a su hospital. Gracias de nuevo, Ken.

—Teniente, quiero pedirle un favor.

—¿Qué es?

—Me gustaría asistir a la autopsia.

—Bien, mañana a las nueve en la morgue —refunfuñó el teniente Lyons.

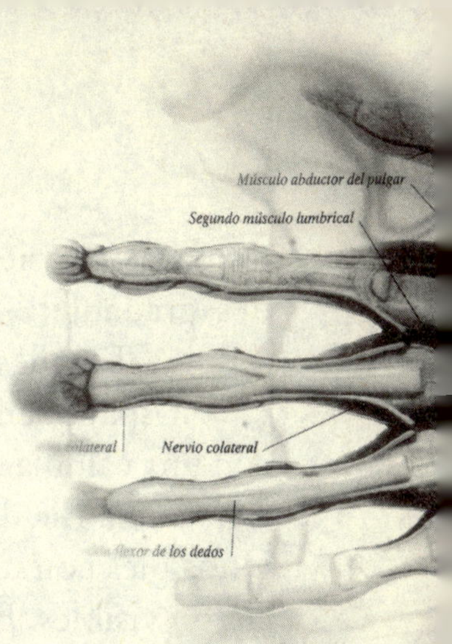

CAPÍTULO 9

Ken llegó a la morgue unos minutos después de las nueve de la mañana. Se dirigió a la recepción pero antes de formular ninguna pregunta pudo ver al teniente Lyons en un moderno despacho acristalado. Le acompañaba un hombre corpulento, con el pelo ligeramente gris.

—Ken, te presento al doctor Roderick Payton. Él será quien realice la autopsia.

—¿Cómo está usted, doctor Payton? —dijo Ken estrechándole la mano.

—Por favor, llámame Roddy. Al fin y al cabo somos colegas, ¿no? Pasemos a la sala de autopsias.

Al entrar, Ken quedó gratamente impresionado. Aquello no tenía nada que ver con la tétrica sala de autopsias del hospital donde había estudiado la carrera. Se trataba de una amplia habitación provista de unas lámparas de quirófano que para sí las quisieran muchos hospitales de la ciudad. Por la superficie acerada de la mesa corría continuamente un chorro de agua que la mantenía impoluta. El material quirúrgico era de última generación e incluía una sierra eléctrica para cortar los huesos. Había una balanza de altísima precisión para pesar los órganos y todo parecía recién estrenado. Incluso el olor no resultaba desagradable.

—¿Dónde está el cadáver? —protestó Roddy Payton.

Un ayudante azoradísimo se excusó y salió de la sala con una camilla. A través de un cristal, Ken vio cómo se dirigía a una fila de puertas de acero inoxidable y abría una. Unos pies con una etiqueta atada a uno de los dedos se hicieron visibles. El ayudante tiró de un asa y el cadáver salió por completo de su cubículo. Sin demasiados miramientos, lo depositó sobre la camilla y se dirigió a la sala de autopsias. Sobre la puerta de ésta, un letrero rezaba:

HIC LOCUS EST UBI MORS GAUDET
SUCCURRERE VITAE

El teniente Lyons lo miró y dijo:

—Siempre me he preguntado qué significa este latinajo.

—«En este sitio la muerte se complace en ayudar a los vivos» —contestó Roddy.

—Por cierto, ya sabemos quién es el muerto —prosiguió Lyons.

—¿Quién? —preguntaron al unísono los dos médicos.

—Ralph Strong. El novio de Connie. Como la mayoría de los camellos de esta ciudad, estaba fichado. Lo hemos identificado por sus huellas dactilares.

Ken emitió un silbido. Roddy le miró con ojos interrogantes.

—Vendía droga —continuó Lyons—. Su novia se suicidó el otro día, tirándose por la ventana del hospital.

—¿Cree que este crimen tiene que ver con el de la oreja? —cuestionó Ken.

—¿Qué oreja? —preguntó el forense.

—La que te trajimos el otro día. Tú certificaste que era del hombre que murió por ingerir sosa cáustica.

—Sí, ya recuerdo el caso —dijo Roddy, poniéndose unos guantes de goma—. ¿Qué número usas? —preguntó a Ken.

—Un siete y medio.

Ken se enfundó los guantes que le dio el forense. Lyons negó con la cabeza, sin deseo alguno de mantener cualquier contacto con el muerto.

—Bueno, vamos a empezar. Antes de abrir ninguna cavidad, vamos a reconocer externamente el cadáver. ¿Algo te llama la atención? —dijo dirigiéndose a Ken.

—No sé. Quizá el color.

—Exacto. Es azulado. Esto nos indica que el hombre murió por falta de oxígeno.

Se notaba que el forense era un hombre muy preparado y que disfrutaba teniendo a alguien a quien enseñar.

—La piel dice muchas cosas —comentó, mientras inspeccionaba toda la superficie cutánea. Exploró los brazos y tocó las venas—. Debía de ser un camello pero no se chutaba. No tiene las venas trombosadas como las tienen los drogadictos. Espera, aquí hay la marca de un pinchazo —apuntó. Ken y el teniente se acercaron para ver lo que Roddy les señalaba—. Este punto, todavía rojizo, nos indica que es reciente.

—Puede que le inyectasen algo —apuntó el teniente—. A lo mejor heroína.

—No, teniente. Si hubiese muerto de una sobredosis de heroína tendría las pupilas muy contraídas —observó Ken.

—Eso es verdad en los vivos, Ken. A la que uno fallece, sea por la causa que sea, las pupilas se dilatan y quedan fijas, sin reaccionar a la luz. Precisamente, hace poco he leído un artículo sobre los hallazgos oculares en autopsias.

Lo hicieron en un hospital de la India. En ciento cuarenta autopsias realizadas, las pupilas estaban dilatadas en el cien por cien de los casos. O sea que no hay que descartar que muriese por una sobredosis de opiáceos. Pero esto nos lo dirá el examen toxicológico de la sangre. —Roddy Payton continuó examinando la superficie cutánea. Al llegar al cuello, observó otra marca de aguja—. Es raro encontrar esto. Nadie se inyecta nada en el cuello. Puede que sea un pinchazo por cualquier otra causa —concluyó.

A continuación, pasaron a examinar las marcas de los clavos en las muñecas del muerto. Tal como había observado Ken, los clavos atravesaban el espacio interóseo entre el radio y el cúbito.

—Curiosa forma de crucificar a alguien —observó el forense, atravesando el orificio con una sonda metálica.

—Me imagino que así el peso del cuerpo se aguanta mejor —sugirió Ken.

—Es posible, pero va en contra de toda la iconografía de la crucifixión. Veamos los pies.

Observaron que un solo clavo había atravesado ambos pies a través de los metatarsianos.

—Aquí no lo han pasado entre la tibia y el peroné —dijo Ken.

—Claro, porque el clavo de los pies no aguanta peso, tan sólo los fija a la madera para evitar que cuelguen grotescamente —apuntó Roddy.

El teniente Lyons se impacientaba.

—¿Podéis decirme de una vez de qué murió? —les preguntó.

—Calma, Lyons. No es tan fácil. De entrada te diré que hoy no lo sabrás. Necesitamos realizar pruebas de toxicología y eso lleva su tiempo —le espetó el forense.

—Maldita sea —mascculló Lyons.

—Pero es posible que podamos llegar a una serie de conclusiones interesantes, si nos dejas tranquilos.

—¿Como qué?

—Pues si murió en la cruz o si murió antes y luego fue crucificado.

—Adelante —dijo Lyons con tono resignado.

—Veamos las livideces —prosiguió Roddy.

Con mucho cuidado, volteó el cuerpo y fue anotando la localización y extensión de unas manchas violáceas que cubrían determinadas partes del cadáver. Cuando hubo acabado, volvió a dejarlo en su posición original.

—Interesante. Hay livideces paradójicas —comentó.

—¿Y eso qué es? —preguntó Lyons.

Roddy ignoró al teniente y se dirigió a Ken, de la forma que el profesor se dirige al alumno.

—Las livideces cadavéricas son estas manchas violáceas que hay en algunas partes del cuerpo. Son debidas a la extravasación de la sangre de los capilares. Después de la muerte, la sangre se estanca en las venas y de allí pasa a los capilares. Por gravedad, sale de los capilares y tiñe la piel. Por lo tanto, las livideces nos pueden dar una idea de la posición del cadáver en las primeras horas después de la muerte.

—¿Y eso de las livideces paradójicas que has dicho?

—Pues es cuando aparecen livideces donde no tendrían que estar, de acuerdo con la posición en que se encontró el cadáver.

—Entonces, son un signo de que el cadáver ha sido movido de posición, ¿verdad?

—Exactamente. Y este cadáver las tiene.

—¿Dónde?

—Primero, empecemos por las que te esperarías encontrar. El hombre fue crucificado, ¿no?

—Sí.

—Pues fíjate en la parte inferior de los brazos y en las axilas. —Ken miró estas zonas. Estaban llenas de livideces—. Son partes declives y, por gravedad, la sangre se almacena aquí. También en las extremidades inferiores. —Ken constató que así era—. Ahora, fíjate en la nuca.

—También las hay y no tendría que haberlas. No es una parte declive —dijo Ken, sacando de su bolsillo la fotografía Polaroid que había hecho la noche anterior. En ella se veía perfectamente que la nuca estaba en una situación superior.

—A no ser que hubiese estado echado un tiempo después de muerto —aclaró Roddy.

—¿Cuánto tiempo?

—No se puede precisar con exactitud, pero sí de una forma aproximada. Veamos, las livideces aparecen a partir de la primera hora de la muerte. Son más precoces en casos de muerte por falta de oxígeno, como podría ser este caso. Y las livideces pueden cambiar durante las primeras doce horas. Más allá, ya no se modifican. Si tiene livideces en la nuca, quiere decir que estuvo echado, después de muerto, por lo menos una hora y fue crucificado a continuación. Por eso, se formaron las livideces en los brazos y en las axilas.

—¿Y a qué hora murió? —preguntó el teniente Lyons.

—Eso lo tenemos que calcular por el *rigor mortis.*

—Cómo os gustan los latinajos a los forenses —dijo Lyons.

—Es la rigidez cadavérica. Aparece a partir de las tres horas en los músculos de la cara y se va extendiendo por todos los músculos del cuerpo. A las quince horas está en plena fase creciente y a las veinticuatro es completa. Por la rigidez que presenta yo diría que murió hace unas doce o quince horas. ¿A qué hora lo encontrasteis?

—Sobre las diez de la noche.

—¿Y estaba rígido?

—En absoluto. Cuando lo desclavamos sus brazos cayeron como los de un pelele. No sabes lo difícil que fue sacarlo de allí. Un poco más y se nos cae al agua —comentó Lyons.

—Pues entonces no debía de llevar muchas horas muerto, tres o cuatro a lo sumo.

—O sea que debió de ser sobre las seis de la tarde —concluyó Lyons.

—Vamos a abrir el tórax y el abdomen —anunció Roddy.

Con mano diestra, realizó una incisión en Y, desde las clavículas hasta el pubis. Cortó las costillas con la sierra y todo el contenido visceral de ambas cavidades quedó expuesto. A Ken le recordó una de esas láminas que aparecían en los libros de anatomía. El forcnse se movía con rapidez. Extirpó de cuajo los metros de intestino delgado que colgaban del peritoneo. Asimismo, extrajo el hígado y el bazo. En el tórax, tomó el corazón en su mano y clavó hábilmente una aguja en su punta. A continuación, aspiró con una jeringa y salió sangre oscura.

—¿Qué haces? —preguntó Ken.

—Tomo muestras para toxicología. La sangre, siempre del corazón. Es donde hay más y está menos contaminada.

A continuación, clavó otra aguja en la vejiga urinaria y extrajo orina.

—También para examen toxicológico. Hay que comparar la sangre con la orina.

—¿Para qué?

—Bien, todo lo que circula por la sangre acaba saliendo por la orina, a no ser que sea metabolizado por el hígado. Pero, aun en este caso, se pueden encontrar metabolitos, productos de degradación de la sustancia, que nos pueden dar una pista. En el caso de las drogas, tardan unas setenta y dos horas en excretarse por la orina. En el consumidor habitual, la concentración en orina es alta, pero en el caso de una única dosis que resulta letal, aparecerá una concentración alta en la sangre y mínima en la orina, porque no ha tenido tiempo de llegar a eliminarse por los riñones.

A Ken le impresionó cuánto sabía el doctor Payton. Desde luego, la medicina forense era un campo fascinante.

—Veamos el hígado —dijo Roddy.

Con un enorme cuchillo lo fue seccionando en láminas de unos tres centímetros de grosor. Cuando hubo acabado, expuso la muestra ante los ojos de sus invitados.

—¿Qué trozo le pongo? —dijo bromeando, dirigiéndose a Lyons.

—No como carne. Mi religión me lo prohíbe —le devolvió éste la pulla.

—El hígado nos confirma lo de las livideces. Y nos afina el tiempo del cambio de posición.

—¿Cómo? —preguntó Ken.

—Lo que ocurre en la piel, ocurre también en los órganos. Se llama hipostasia. La sangre se sitúa también en las zonas declives. Pero se modifican menos que las livideces con los cambios de posición. Fíjate, la parte posterior del hígado está más oscura que la anterior en todos los cortes. Esto quiere decir que el cuerpo estuvo echado boca arriba durante un tiempo. La hipostasia hizo que la sangre se fuera para atrás. Pero al colgarle, ya no se modificó. También podría significar que no llevaba mucho tiempo crucificado. —Ken asintió.

Tras el abdomen, el forense se dedicó al tórax. Extrajo en un solo bloque el corazón y ambos pulmones. Al cortar la tráquea salió una espuma sanguinolenta. Cortó un bronquio y la misma espuma estaba presente. Abrió otro bronquio. También apareció espuma. Se detuvo y habló pausadamente.

—Antes te comenté que hoy no te iba a decir la causa de la muerte, pero, con lo que he visto en los pulmones y basado en mi experiencia, te puedo apostar dos entradas para el próximo partido de los Red Skins a que este hombre murió de una sobredosis.

—¿En qué te basas? —preguntó Ken, impresionado por la seguridad del forense.

—Esta espuma rosácea que llena los bronquios y la tráquea es típica del edema pulmonar. Y el cincuenta por ciento de las muertes por sobredosis se producen por edema pulmonar. Añádele que hemos encontrado rastros de un pinchazo en un brazo y verás que mi apuesta no es tan descabellada.

Ken y el teniente Lyons se miraron y éste encogió los hombros.

Roddy resumió el caso en pocas palabras.

—Tenemos a un hombre que ha muerto por falta de oxígeno a juzgar por el color del cadáver. No ha sido estrangulado porque no presenta ningún signo de violencia en el cuello, ni el surco de una cuerda ni marcas de dedos. Tampoco presenta el típico piqueteado hemorrágico que aparece en los ojos y en la cara de las víctimas de estrangulación.

—Se llaman petequias —dijo el teniente Lyons, mirando a Ken con suficiencia.

El forense continuó.

—Creo que la causa es una posible y más que probable sobredosis. No sabemos cuál es el fármaco, pero el examen toxicológico nos lo dirá. Ha muerto en un lugar y, al cabo de pocas horas, ha sido trasladado a otro y, allí, crucificado con unos clavos que le atravesaban la parte inferior del antebrazo. Bien, me parece que no os podéis quejar de lo mucho que habéis aprendido hoy —dijo a modo de despedida.

—He visto muchos casos raros durante mi carrera pero éste los sobrepasa a todos. Crucificar a un muerto. ¡Qué ocurrencia! —dijo el teniente Lyons a Ken mientras abandonaban la morgue.

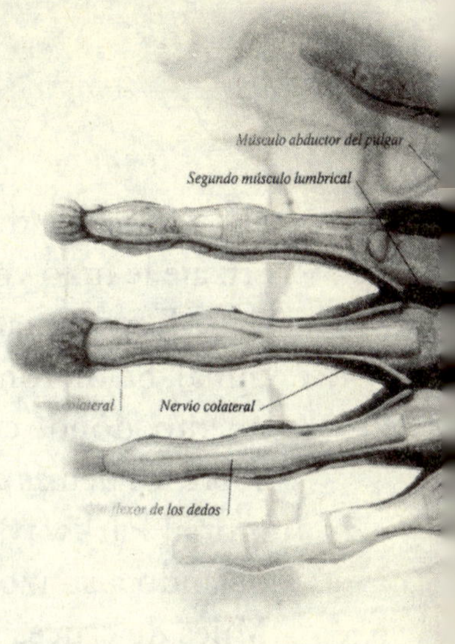

CAPÍTULO 10

El avión de John Philbin llegó con media hora de retraso. Tenía ganas de estar con su hijo aunque fuese por pocas horas. La invitación del Club Cosmopolitan a dar una conferencia le había venido al dedo. Vería a su hijo y además recibiría unos generosos honorarios por su conferencia.

Mientras sobrevolaban Washington esperando pista para aterrizar, se dio cuenta de que no había salido de Nueva York desde que enviudó, hacía ahora casi dos años. Su mujer había fallecido durante el primer año que Ken estaba en Vietnam. Aquello supuso un giro radical en su vida. Vendió su casa de Brooklyn donde Ken había nacido y aceptó la oferta de la Universidad de Columbia para ocupar un puesto de profesor adjunto de Historia del Arte. Se tuvo que acostumbrar a la soledad del viudo, pero el puesto docente, de más categoría que el que tenía en el Brooklyn College, le llenaba muchas horas, sobre todo preparando las clases para aquella exigente institución. Vivía en uno de los apartamentos de la calle 118 que la universidad ponía a disposición de sus profesores. Era amplio y digno aunque aún no había logrado recolocar los miles de libros de arte que tenía y que en su casa de Brooklyn ocupaban dos habitaciones.

El golpe de las ruedas del avión sobre la pista de aterrizaje le hizo volver al presente.

Ken le estaba esperando en el pasillo principal de la terminal. Se dieron un abrazo y se dirigieron hacia el aparcamiento, donde el rojo rutilante de su Volkswagen destacaba sobre los demás coches. Tomaron la George Washington Memorial Parkway, que discurría por la orilla del río Potomac dejando a su izquierda el cementerio militar de Arlington. Miles de cruces blancas, perfectamente alineadas, llenaban las colinas cubiertas de césped honrando a aquellos que habían dado su vida por la patria. En medio de una de las colinas, un grupo de gente se arremolinaba frente a una cruz.

—Mira, Ken. Parece que están enterrando a alguien.

—Papá, con esta guerra que estamos librando, me temo que van a tener que ampliar el cementerio.

Pasado el cementerio, quedaba el monumento a los infantes de Marina, un impresionante grupo escultórico que representaba a unos marines en el momento de clavar una bandera estadounidense en un monte de la isla de Iwo Jima.

—¿Sabías que esta escultura se hizo a partir de una instantánea que hizo un fotógrafo de guerra? Me parece recordar que se llamaba Joe Rosenthal. Gustó tanto que, cuando se decidió dedicar un monumento a los marines, no pudieron dejar de reproducir la foto en bronce. Las figuras son cinco veces mayores que el tamaño natural.

—No, papá. No lo sabía.

A Ken le hacía gracia que su padre no pudiese dejar de darle lecciones de historia como cuando era niño.

Cruzaron el Potomac por el puente Theodore Roosevelt y al llegar al otro lado se les presentó el conjunto monumental que presidía la ciudad: el monumento a Lincoln, el obelisco a Washington y, al fondo, el Capitolio.

—¿Sobre qué trata tu conferencia, papá?

—Sobre la patología que se ha encontrado en la Gioconda de Leonardo da Vinci.

—¿Patología?

—Sí. Cayó en mis manos un ensayo escrito por un médico español, el profesor Cruz Royo, y me pareció muy interesante, así que le pedí a un alumno mío que me lo tradujese y sobre sus observaciones he estructurado mi conferencia. Por cierto, no tienes que asistir si no quieres. Mis anfitriones me han insistido en que me acompañarán al aeropuerto.

—Asistiré, aunque no sé si me podré quedar hasta el final. Como se ha hecho un poco tarde, ¿qué te parece si vamos directamente al Club y comemos allí?

—Gran idea. Por cierto, te traigo una carta que llegó a mi casa, pero es para ti. Es de un tal Robert Rogers.

—Gracias. Es un amigo que todavía está en Vietnam —dijo Ken, metiéndosela en el bolsillo.

Enfiló la avenida New Hampshire, rodeó el Dupont Circle y continuó por la avenida Massachusetts, hasta detenerse frente al Club Cosmopolitan. Era un palacete construido a imagen y semejanza de un palacio francés, que en días pasados había sido una embajada. Tenía una gran escalinata central, varios salones de reuniones, un gran comedor, una biblioteca concebida al estilo de un club inglés —varones silenciosos fumando y leyendo el periódico— y un bar forrado en madera, que era el lugar más frecuentado de todo el edificio.

Ken y su padre se sentaron en una mesa y pidieron dos *gin-tonics* y un bocadillo vegetal cada uno.

—Bueno, Ken. Explícame. ¿Cómo te están tratando en el hospital?

Ken pasó a explicarle su doble papel, en la sala de Urgencias y de apoyo a la policía. Lógicamente le relató el episodio del Wharf.

—Fue horroroso, papá. A aquel desgraciado lo colgaron como a un Cristo.

Entonces recordó que todavía llevaba la fotografía en el bolsillo.

—¿Quieres verlo? Hice una foto Polaroid.

—No sé, Ken —titubeó su padre.

Ken se la enseñó. Su padre abrió la boca incrédulamente.

—Dios mío. El Cristo de Dalí.

—¿Qué estás diciendo?

—Esta foto es idéntica a un cuadro de Dalí que está en Glasgow. Lo exhibieron en Nueva York en 1952. Yo fui a verlo. Es impresionante. Cristo está visto desde arriba, como el hombre de la foto. Y también hay una barca en la parte inferior del cuadro. Se llama *El Cristo de san Juan de la Cruz.*

—¿No era éste un místico español?

—En efecto. Se dice que tuvo una visión de Cristo durante un éxtasis y al recuperarse la dibujó. Y sobre este boceto, Dalí pintó el cuadro.

—¿Un éxtasis? Pero si no existen. Al parecer, estos famosos éxtasis no eran más que la consecuencia de un estado epiléptico.

—Eres un iconoclasta.

—¿Por qué?

—Te has cargado de golpe un mito de la hagiografía. Estos santos decían que veían a Dios y ahora resulta que tenían una enfermedad de la corteza cerebral. Si esto no es ser iconoclasta... En cualquier caso, estoy seguro de que han querido reproducir el cuadro de Salvador Dalí.

—Papá, ¿qué has dicho?

—Que han querido reproducir el cuadro de Dalí.

—No, no. Has dicho el cuadro de *Salvador* Dalí.

—Claro. Dalí se llamaba Salvador de nombre.

Ken se quedó tan anonadado que preocupó a su padre.

—¿Qué pasa, Ken?

—No te lo creerás, pero en el papel que ves en la fotografía, clavado encima de la cabeza, habían escrito la palabra «Salvador».

—¿Y nada más?

—Sí. Había algo más escrito pero la tinta se emborronó.

—Puede que fuera «Dalí».

—¿Por qué?

—Ken. Por lo que me has dicho, esto fue un asesinato. Y el asesino hizo una puesta en escena siguiendo el modelo de un cuadro de Dalí. ¿Qué más lógico que quisiese firmar el cuadro?

—Tiene lógica —dijo Ken—. También hay un detalle que me llamó la atención. Aquí no se ve muy claro pero estuve en la autopsia y los clavos no atravesaban la mano, sino las muñecas, lo que no es habitual en un cuadro de la Crucifixión.

—Tienes razón. En el cuadro de Dalí no se ven, pero en algunas crucifixiones los clavos atraviesan las muñecas.

—¿Y por qué?

—Verás. Después del Renacimiento hubo discusiones entre teólogos y artistas respecto a la localización correcta de los clavos de la crucifixión. Mientras que los primeros defendían la palma de la mano, siguiendo la tradición, algunos artistas, más racionales, sostenían que la palma de la mano no tenía suficiente consistencia para aguantar el peso de un hombre y que acabaría por desgarrarse. Por ello, es posible que los clavos atravesasen los huesos de la muñeca, mucho más fuertes. Rubens y Van Dyck fueron de los que pintaron así sus crucifixiones.

—Pues, en este caso, lo clavaron entre el radio y el cúbito, por encima de la muñeca.

—No hay duda de que, quienquiera que fuese, sabía lo que hacía. Escucha, hay un magnífico libro escrito por un francés, Yves Jablin, que se titula *La Crucifixión en el Arte.* Te lo recomiendo. Allí está todo lo que quieras saber sobre crucifixiones.

La conversación quedó interrumpida por la llegada del presidente del club.

—Querido profesor Philbin. Es un honor tenerlo hoy aquí entre nosotros. ¿Quiere que pasemos al salón? Allí podrá repasar el material iconográfico.

El salón era muy amplio, con dos balcones que daban a la fachada principal de Dupont Circle. Habían corrido las cortinas para evitar que el sol de la tarde impidiese ver las transparencias del profesor. A pesar de lo intempestivo de la hora —cuatro de la tarde de un domingo— ya había algunas personas sentadas, dispuestas a escuchar la conferencia. El club, que languidecía por falta de proyectos, había decidido reflotar su prestigio y su tesorería organizando estas conferencias. Los miembros, presumiblemente, se quedarían después de la conferencia a tomarse unas copas en el bar, y con reserva previa podían quedarse a cenar, a partir de las seis y media de la tarde.

Al lado del podio del conferenciante, una enorme foto de la Gioconda sonreía a la audiencia. Bajo ella se leía el título de la conferencia: «¿Estaba enferma la Gioconda?».

A las cuatro y media en punto, John Philbin comenzó a hablar. Tras agradecer la invitación a la directiva del club comenzó su charla con un toque humorístico:

—La Gioconda siempre sonríe porque está en París.

A continuación empezó a desgranar una serie de enfermedades que podían haber aquejado a la protagonista del más famoso de los retratos en la historia de la pintura.

Comenzó por la falta de cejas y pestañas, algo que no se daba en otros retratos que pintó Leonardo. Lo atribuyó a un *defluvium capillorum*. Ken se quedó asombrado de la osadía de su padre al hablar de enfermedades que no conocía. ¡Ni él mismo sabía lo que era un *defluvium capillorum!* Sin embargo aquel apabullante diagnóstico pareció impresionar a la audiencia.

A continuación se extendió en la sonrisa. ¿Qué ocultaba aquella misteriosa sonrisa? Según varios especialistas de garganta que habían estudiado el cuadro, la expresión facial de la modelo era un claro síntoma de anginas. Aparentemente, los afectos de esta enfermedad adoptan la expresión de labios apretados como la Gioconda. Por otra parte, otros especialistas atribuían la sonrisa con la boca cerrada al hecho de que, a pesar de su juventud, la mujer pudiese tener una dentadura en muy mal estado debido a la piorrea o, incluso, que le faltase alguna pieza dentaria.

Continuó su conferencia insinuando que tal vez la modelo estuviese embarazada. Tras exponer los débiles argumentos de su teoría —vestido ancho, las manos sobre el vientre—, pasó a examinar las manos y señaló sobre el retrato que anunciaba la conferencia una pequeña tumoración en el borde de la mano derecha. En efecto, todo el mundo pudo verla. El profesor proyectó una ampliación de la mano en la pantalla. A nivel del segundo metacarpiano se apreciaba un abultamiento, justo por encima de la base del pulgar.

—Es evidente que este bulto no tendría que estar aquí. He consultado con el profesor de cirugía de la Universidad de Columbia, el doctor Thaman, y él se inclina por creer que se trata de un tumor benigno, un lipoma o un fibroma.

Ken estuvo de acuerdo con el diagnóstico. Sin embargo, por muy original y sorprendente que fuese la conferencia de su padre, no podía concentrarse en lo que éste iba explicando. De todo lo que había dicho aquel día, lo único que le importaba era que la foto que había hecho en el Wharf era idéntica a un cuadro de Dalí. Ken intuía que estaba delante de algo importante, aunque no sabía exactamente qué era. Miró el reloj. Las cinco y cuarto. Si se daba prisa aún podría llegar a tiempo para comprar el libro que le había recomendado su padre, quien, en ese momento, estaba insinuando que la Mona Lisa podía estar bebida —un poco «achispada», dijo— cuando Leonardo pintó su sonrisa. Según un investigador español, era muy parecida a la del cuadro de Baco que Leonardo también había pintado. Sin embargo, su curiosidad por las crucifixiones era superior, en aquellos momentos, a su incondicionalidad filial. Haciendo una seña de despedida a su padre, abandonó la sala.

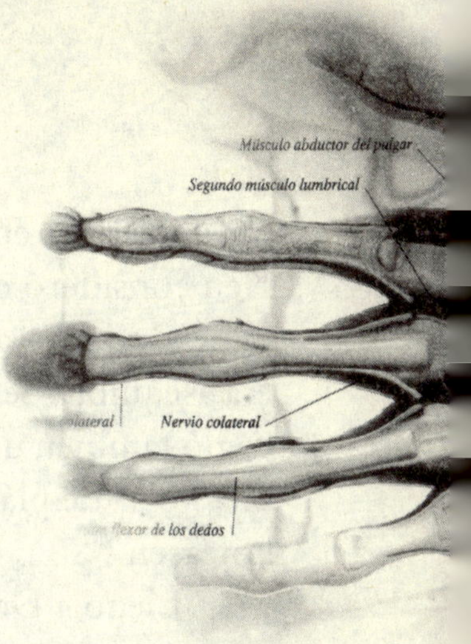

CAPÍTULO

11

El Volkswagen salió de la ciudad por la ruta 1, en dirección norte, y marchó hacia Hyattsville, donde se ubicaba el centro comercial Prince Georges Plaza. Ken aún no lo conocía pero se lo habían recomendado como el mejor de la zona. Los domingos cerraban a las seis. Llegó a las seis menos diez. Se dirigió a la librería Brentano's, directamente a la sección de arte. Lo primero que vio fue un libro sobre Dalí, lujosamente encuadernado, con una cubierta dorada. Lo abrió y pasó las hojas con rapidez. En la página 111 encontró lo que buscaba. *El Cristo de san Juan de la Cruz*, que el asesino del Wharf había recreado. No se apreciaba ningún clavo. Incluso parecía como si las manos no tocasen la cruz, pero todos los demás detalles coincidían con la imagen de su foto: la posición del cuerpo visto desde arriba, la barca al pie del cuadro, el papel clavado en la madera.

Ken miró el precio del libro: 35 dólares. Un poco caro para su salario. Además, ya había visto lo que quería. Preguntó por el tratado de Yves Jablin y una dependienta, ya un poco inquieta por la hora de cierre, se lo facilitó. Ken lo hojeó. La calidad distaba mucho de la del libro de Dalí. Las reproducciones eran en blanco y negro pero había tantas que Ken consideró que, si realmente quería saber sobre crucifixiones, aquél era el libro a comprar. El precio, 14,99 dólares, era asequible. Se dirigió a la caja, a punto de cerrar, y al pagar cogió también un ejemplar de *Playboy,* que estaba dentro de una bolsa de plástico cerrada para evitar que los curiosos la hojeasen.

Llegó a Dodge Park. Antes de llegar a su apartamento se cruzó con Gladys, que venía de tirar la basura.

—Hola, guapo. ¿De dónde vienes?

—De una librería.

—¿Y qué libro has comprado? ¿El *Kamasutra,* para que practiquemos un rato? —A Ken le desarmaba el desparpajo de aquella mujer—. Si quieres, después de acostar a los niños te puedo hacer una visita.

—No, Gladys. Tengo cosas que hacer.

—Tú te lo pierdes —dijo la mujer mientras se alejaba contoneándose.

Tras una cena rápida, Ken se dispuso a estudiar el libro. Por el índice de ilustraciones, vio que había más de cuatrocientas reproducciones de cuadros sobre la crucifixión de Cristo. Lo primero que aprendió fue que en cada uno de estos cuadros el autor elige, según sus preferencias o las tendencias estéticas de la época, representar a Cristo muerto o vivo, y dentro de este último grupo, agonizando o claramente consciente. Esta particularidad se remonta incluso al siglo XII, donde algunos crucifijos muestran al crucificado con los ojos abiertos. Más adelante encontramos Cristos agonizantes e, invariablemente, con el cuerpo torcido, cuyo paradigma es el Cristo de Cimabue, el que fuera maestro de Giotto. No es hasta el Renacimiento cuando la figura de Cristo comienza a parecer real, ya que deja de ser un motivo religioso para convertirse en uno pictórico. El artista ya no pinta al hijo de

Dios sino a un hombre semidesnudo sufriendo. Por ello, el tema de la crucifixión ha sido abordado por muchos pintores desde el Renacimiento, pasando por el Barroco, hasta nuestros días.

Durante los siglos XIII y XIV, los artistas se dedicaron a pintar crucifixiones en las que el tormento de la cruz era el tema principal del cuadro, pero no el único. Guerreros con armaduras, soldadesca jugando a los dados, transeúntes y curiosos se entremezclan con otros protagonistas de la pasión —María, san Juan y la Magdalena— en obras en las que no faltan caballos, lanzas y ángeles sobrevolando la escena. Son cuadros multitudinarios y coloristas, como los de Van Eyck, Tadeo Gaddi, Birago, Ferrari, Gatti y Paolo Veronese. Algunos añaden al fondo la vista de una ciudad, caso de Mantegna y Bramantino. Muchos de ellos representan no sólo a Cristo, sino también a los dos ladrones, Dimas y Gestas, crucificados junto a él.

A Ken le llamó la atención que, en muchos de estos cuadros, los ladrones no estaban clavados a la cruz, sino atados, a pesar de que en el Evangelio no se hace mención explícita de este hecho. En la crucifixión de Antonello da Messina, los ladrones están atados a unos árboles secos, en vez de a cruces.

Algunos, como Fra Angélico, quien pintó muchas crucifixiones, el Greco, Perugino, Bassano o Delacroix, con su impresionante realismo, representan a Cristo con dos o tres personajes al pie de la cruz. En ellos, la Virgen lleva, por lo general, una túnica azul. Paolo Veronese y Tiziano pintan la crucifixión sobre un cielo oscuro, de acuerdo con el relato evangélico. Algunos —El Greco, Vasari, Rafael, Gaddi y Giotto— pintan unos ángeles recogiendo la sangre que mana de las heridas de Cristo, en clara alusión a la eucaristía. Otros —Fra Angélico, Pieter Kempeneer y Rubens— reproducen el momento en el que el centurión Longinos clava la lanza en el costado de Cristo.

Pero lo que más impresionó a Ken fueron las reproducciones de los cuadros en los que Cristo aparece solo. Obras de Velázquez, Murillo, Bellini, Van Dyck, El Greco, Zurbarán y Goya en las que todo el genio del pintor se muestra sin necesidad de efectismos. Pura técnica pictórica, sin más, con un dominio total de los juegos de luces y sombras. El autor del libro criticaba la crucifixión de Goya. Aceptaba que la cara de Cristo es la perfecta representación de un agonizante, pero la postura del cuerpo no invita a la emoción que pueden despertar otras obras suyas. Es una postura falsa, impropia de un crucificado. La mirada de Ken se dirigía, en cada cuadro, a los clavos de las manos. En todos, éstas se hallaban atravesadas a nivel de la palma. Recordó un comentario de su padre y buscó las obras de Rubens en el índice. Encontró tres. En la primera, una magnífica crucifixión en la que los dos ladrones también aparecen atados a la cruz, los clavos estaban en la base de la mano, no en la palma. En la segunda, *La elevación de la cruz*, un tríptico en el que aparecían hombres musculosos haciendo un esfuerzo para izar a Cristo en la cruz, los clavos estaban a nivel de la muñeca. En la tercera, los clavos también atravesaban el carpo.

Ken siguió buscando. En una crucifixión de Van Dick, también los clavos atravesaban las muñecas en vez de la palma de la mano, tal como había dicho su padre. Encontró un cuadro desgarrador debido al pincel de Matthias Grünewald. Era un tríptico del altar de Isenheim. En el retablo central, un Cristo agonizante tiene el cuerpo totalmente marcado por la flagelación, con espinas clavadas sobre él, como si se hubiesen desprendido de la corona. Sus manos, con los dedos abiertos y algo contraídos, evidencian dolor y sufrimiento.

Ken se fijó en los clavos: ¡el de la mano izquierda atravesaba la madera y salía por la parte posterior de la cruz! Sin duda, era la crucifixión más terrible que Ken había visto.

Continuó buscando. Dos crucifixiones le llamaron la atención. En ambas, el cuerpo de Cristo aparecía casi descolgado. Era una visión nueva, chocante, que se apartaba de la habitual. En una, de Nikolai Ge, los pies estaban sin clavar, lo que hacía que el cuerpo quedase suspendido por las manos. En otra, de Giovanni Battista Langetti, los brazos estaban en posición casi vertical. En ambos cuadros, los clavos atravesaban el espacio interóseo entre el radio y el cúbito, como en el crucificado del Wharf. ¡Por fin lo había encontrado! No podía establecer ninguna conexión puesto que Langetti era del siglo XVII y Nikolai Ge de finales del XIX, pero el hallazgo confirmaba que no era desbarrado colgar a un crucificado clavándolo a la cruz a través de las muñecas en vez de las palmas de la mano. Anatómicamente, era mucho más seguro.

El último capítulo del libro estaba dedicado a crucifixiones del siglo XX. Curiosamente, a pesar de que las tendencias y gustos pictóricos habían ido cambiando desde el Barroco, todavía algunos pintores habían pintado crucifixiones desde el comienzo de siglo. Graham Sutherland pintó más de una. En la de Emil Nolde, de 1912, los personajes que rodean las cruces van grotescamente maquillados. Un año después, Max Ernst pintó otra crucifixión con dos mujeres vestidas con ropas contemporáneas. Franz von Stuck cambió la cruz por dos maderos en T. A sus pies, un hombre sostiene a una mujer vestida de azul, inequívocamente la Virgen. Otto Dix, Georges Rouault y Picasso pintaron crucifixiones coloristas durante el periodo de entreguerras. Renato Guttuso, un italiano que combatió al fascismo con sus cuadros, pintó también una provocadora triple crucifixión

—de nuevo con los ladrones atados— en la que aparece María Magdalena desnuda. Y, desde luego, Salvador Dalí. En su *Cristo de san Juan de la Cruz,* que sirvió de modelo para el asesino del Wharf, no se advierten los clavos, e incluso parece como si las manos no estuviesen en contacto con la cruz. En otro cuadro gigantesco titulado *Corpus hypercubus,* un Cristo ingrávido, con el cuerpo en hiperextensión y las manos agarrotadas, flota delante de una cruz formada por ocho cubos superpuestos. A sus pies, Dalí retrató a su mujer Gala. Y en otra crucifixión de 1965 se permitió la licencia de situar la herida de la lanza en el costado izquierdo.

«Menudo empacho de crucifixiones. Necesito desahogarme», pensó Ken cerrando el libro.

Se metió en la cama y cogió el *Playboy*. Rasgó la funda de plástico y comenzó a hojearlo. En la portada aparecía una mujer con la espalda desnuda en la que estaba pintada la cabeza de un conejo con corbata de pajarita, logotipo de la revista. Era la presentación de un reportaje del interior sobre arte corporal en el que se mostraban diferentes chicas desnudas con diversos motivos pintados sobre su cuerpo: un mapa de la ciudad de San Francisco, un billete de un dólar o un bikini simulado.

Otro reportaje mostraba escenas no vistas —eufemismo de censuradas— de *Barbarella,* la última película de Jane Fonda.

En la foto desplegable de la página central aparecía la Playmate del mes, una preciosa morena de Pasadena, de pechos enormes, completamente desnuda, sosteniendo una guitarra. La revista persistía en buscar chicas con cuerpos espectaculares sin acudir a agencias de modelos; las elegía entre la población corriente y moliente. Muchas de ellas habían accedido a la página central por fotografías que novios, amigos, o incluso madres, habían enviado a la redacción. Los editores de la revista se ufanaban de que la Playmate podía ser «la vecina de al lado», aunque Ken nunca había tenido —ni conocía a nadie que hubiese tenido— una vecina que pareciese una Playmate. Además de la foto central, el reportaje incluía varias fotos más, tomando un baño de espuma, mirando lánguidamente por una ventana o retozando en su dormitorio.

—¿Cuándo se atreverán a mostrar el vello púbico? —se preguntó Ken.

No pudo dejar de comparar aquellas fotos, artísticas, en color, producidas en un estudio, a las que le había mostrado Gladys, en blanco y negro, de ambiente sórdido, mostrando los genitales sin pudor. Su cuerpo, sin embargo, no tenía nada que envidiar al de la Playmate, pero ésta mostraba una inocencia picante mientras que Gladys destilaba lujuria.

Un chiste a toda página llamó su atención. Representaba a un individuo en una cama de hospital, rodeado de máquinas que le mantenían artificialmente vivo. Un respirador, una máquina de diálisis renal, una bomba circulatoria, una sonda de alimentación permanente. A sus pies, un reportero, bloc en mano, le hacía una entrevista. El texto del pie decía: «Y dígame, mister Simpson, ¿cuál es el secreto de su longevidad?».

A Ken le gustó el chiste pero no el mensaje que llevaba implícito. ¿Llegaría el día en que se mantendría artificialmente viva a una persona, sin ninguna posibilidad de recuperación y con las funciones cerebrales abolidas? Deseó que ese día no llegase. Por lo menos, él no había estudiado medicina para eso.

Recordó entonces la carta de Bob Rogers que su padre le había traído. Se levantó de la cama, la buscó en el bolsillo de su americana y se puso a leerla. A medida que lo hacía, sentía cada vez más fuerte un nudo en la boca del estómago. Lo que Bob le contaba era atroz. El 16 de marzo, la compañía Charlie, de la undécima brigada ligera de Infantería, a la que Bob pertenecía, había iniciado una ofensiva de «limpieza» y habían entrado en una aldea llamada My Lai. Allí, según explicaba Bob, las tropas habían comenzado una orgía de sangre, matando gratuitamente a cerca de quinientos aldeanos indefensos. Todo ser viviente, sin distinción de edad ni sexo, fue víctima de aquella locura. Jóvenes, ancianos, niños, incluso bebés fueron asesinados a sangre fría. Algunas mujeres fueron violadas. Incluso mataron al ganado y lo echaron a los pozos de agua con objeto de contaminarlos. Según Bob, algunas compañías se negaron a participar pero la crueldad y el ensañamiento de que hicieron gala los que participaron le hacían sospechar que muchos estaban drogados. Ken sabía que la marihuana era una fiel compañera de las tropas que combatían en Vietnam.

Bob terminaba diciendo: «No podía asistir a la masacre sin hacer algo. Con dos compañeros más, nos enfrentamos a unos soldados y conseguimos salvar a doce campesinos. Es un pobre balance, considerando el recuento total de víctimas, pero lo cierto es que ha abierto una enorme brecha entre nosotros. Hay personas a las que nunca podré volver a mirar a los ojos.

»Por favor, mantén esto en silencio. Mi carta es una válvula de escape porque necesitaba contárselo a alguien, pero aunque sé que, si hay un Dios en el cielo, esto llegará a saberse y castigarse, no quiero ser yo quien lo saque a la luz. En cualquiera de los casos, es un hecho vergonzoso que ensombrece nuestro papel en esta guerra. Me temo que cuando se sepa dará alas a todos estos jóvenes que, según las noticias que nos llegan, están manifestándose en contra de nuestra presencia aquí. Espero que nos veamos pronto. Bob».

La carta le había dejado un regusto amarguísimo. Ken conocía a Bob y sabía que le había contado la verdad y también que era muy capaz de enfrentarse a sus propios compañeros para evitar una injusticia. Se prometió no contar a nadie el contenido de la carta. Hasta el momento, nada relacionado con la masacre había trascendido a los medios de comunicación.

—Ojalá Robert Kennedy nos saque de este infierno —dijo Ken para sus adentros, disponiéndose a dormir.

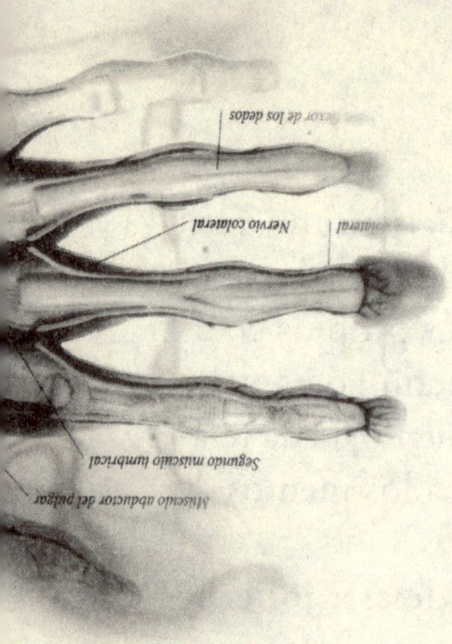

CAPÍTULO

12

El teniente Lyons estaba en su oficina cuando sonó el teléfono.

—Teniente, le llama un tal doctor Philbin —le anunciaron.

—Pásamelo.

—Teniente. Tengo una historia increíble que contarle acerca del crucificado, pero no sé si hacerlo por teléfono.

—Ken, no creo que nos podamos ver hoy. De hecho, yo también quería hablarte de él. Roddy me ha confirmado que murió por una sobredosis de heroína. Encontraron una gran cantidad en su sangre pero apenas en la orina, o sea que sus sospechas eran ciertas. También encontraron otras sustancias.

—¿Qué tipo de sustancias?

—No sé. Me dijo unos nombres químicos imposibles de pronunciar y, menos, memorizar.

—Podría habérselos apuntado —le recriminó Ken. Le fastidiaba el poco rigor profesional del teniente.

Éste emitió un sonido de desagrado. Ya estaba de nuevo este sabiondo enmendándole la plana.

—Bueno, Ken. ¿Qué querías decirme?

—Tengo la explicación del papel en que ponía «Salvador».

Ken pasó a explicarle la conversación con su padre, la coincidencia de la *mise en scène* en el Wharf con el cuadro de Dalí y lo que había aprendido sobre los clavos de los crucificados.

—¿Me estás diciendo que alguien ha cometido un crimen recreando un cuadro y nos ha dejado una pista con el nombre del autor?

—Sí, teniente. Esto es exactamente lo que le estoy diciendo.

Lyons tuvo un fugaz recuerdo del comentario de Claudio sobre la oreja de Van Gogh, pero desechó la coincidencia.

—Muchas gracias, Ken. Ya estaremos en contacto —se despidió.

Ken se quedó trabajando en el hospital hasta muy tarde. Regresó a su casa justo a tiempo para las noticias de la noche, que se abrieron con una noticia estremecedora: el reverendo Martin Luther King Jr. había sido asesinado. Un hombre blanco —James Earl Ray— le había disparado mientras descansaba en un motel de Menfis. Aquello no eran buenas noticias. Ken recordaba los disturbios raciales que se habían producido tres años atrás en Los Ángeles, que se saldaron con treinta y cuatro personas muertas. Su padre le había escrito a Vietnam el verano pasado diciéndole que los disturbios se habían repetido en Detroit y en Newark. Ken intuía que algo parecido podía ocurrir.

Últimamente, el liderazgo de Martin Luther King estaba siendo seriamente cuestionado. Líderes negros mucho más radicales como Eldridge Cleaver o Stokely Carmichael, fundador de las Panteras Negras, abogaban por el empleo de la violencia para conseguir unos derechos que los igualasen a los blancos. Mientras King y sus seguidores adoptaban la actitud de Gandhi y su campaña no violenta ante los ingleses, estos líderes eran partidarios de posturas mucho más revolucionarias.

Sus ejemplos a seguir eran los Mau-Mau, que se habían levantado contra los británicos en Kenia, y el Che Guevara. El reverendo King apaciguaba estas luchas internas diciéndoles: «Siempre que el faraón quería que sus esclavos siguieran siendo esclavos, se ocupaba de que se peleasen entre sí». Paralelamente, el FBI, con el inefable J. Edgar Hoover a la cabeza, había espiado a King durante años. No pudieron encontrar nada ilegal, pero pudieron probar la promiscuidad sexual del reverendo. Y no es que él persiguiese a las mujeres, sino que eran ellas las que le perseguían allá por donde fuese. El acoso llegó a su cenit cuando el FBI envió a King y a su esposa una serie de grabaciones comprometedoras acompañadas de una nota en la que se sugería que la única forma de resolver el embrollo sería quitarse la vida. King, el líder carismático, el que «había tenido un sueño» de una América igual para todos, estaba siendo abucheado en los últimos mítines en los que había participado, viendo desazonado cómo la audiencia, otrora entregada, levantaba el puño en alto al grito de «¡Poder Negro!». Martin Luther King había demostrado también cierta tibieza en contra de la guerra de Vietnam. Fue el último líder negro en denunciarla explícitamente y no fue hasta el pasado enero, al día siguiente de que el presidente Johnson leyese el discurso sobre el Estado de la Nación —un discurso que levantó pocas expectativas de reformas liberales—, que el reverendo convocó una marcha multitudinaria en Washington para protestar, según sus propias palabras, por una de las guerras más crueles y sin sentido de la historia. A juicio de muchos analistas la convocatoria llegaba demasiado tarde, teniendo en cuenta que, a pesar de que los negros representaban tan sólo el once por ciento de la población, el veintitrés por ciento de los soldados combatientes en Vietnam eran negros.

—Ahora, el héroe en declive se ha convertido en mártir —pensó Ken.

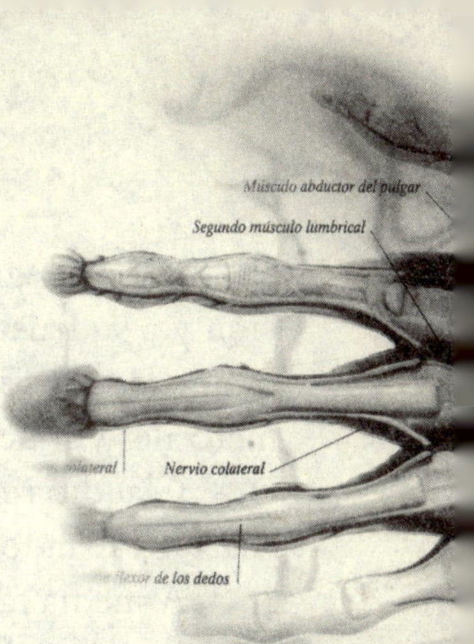

CAPÍTULO 13

Para ir al hospital Ken tenía que atravesar una zona de viviendas habitadas por gente de color. Aquella mañana, tuvo cierta prevención al hacerlo. A pesar de ser gente pacífica y trabajadora, le lanzaron unas miradas entre acusadoras y amenazantes cuando atravesó la zona con su coche rojo. La mayoría de los coches llevaban los faros delanteros encendidos en señal de duelo.

Llegó al hospital cuando la televisión comenzaba a informar de desórdenes raciales en muchas ciudades del país, incluyendo Washington. El doctor Nichols convocó a todos los internos y residentes de cirugía.

—Por decisión de la dirección del hospital les comunico que se ha declarado una alerta permanente. En consecuencia, nadie puede abandonar el hospital hasta nueva orden. —Murmullos de desaprobación llenaron la sala—. Vamos a necesitar la ayuda de todos. Además, no creo que Washington sea una ciudad muy segura en los próximos días.

Nichols no se equivocaba. Los heridos comenzaron a llegar a media mañana. Gente quemada, con cortes, con contusiones, gente de color en su mayor parte.

—¿Qué está pasando? —preguntó Claudio, totalmente desconcertado por la situación.

—Los negros están dando rienda suelta a su indignación y a su frustración. Les han matado a su líder. He oído que en algunos sitios están quemando negocios y locales comerciales y muchos están saqueando los supermercados.

Claudio recordó los augurios de su padre ante su marcha a los Estados Unidos.

A media tarde, la calle 14, a escasas manzanas del hospital, estaba en llamas. Se oían las sirenas de los bomberos y la saturación en Urgencias era total. Se establecieron turnos de guardia. Las reservas de sangre estaban bajo mínimos. Las ambulancias no paraban de traer heridos. Ken, con su amplia experiencia en Vietnam, se encontraba en su salsa. Organizó la zona de *triage,* dando preferencia a los heridos más graves, que eran trasladados rápidamente a los quirófanos, y puso a todos los internos a hacerse cargo de las contusiones menores.

La actividad se prolongó hasta bien entrada la madrugada. Ken, completamente derrengado, se acostó en una de las habitaciones de los internos.

Al levantarse, se dirigió directamente a la sala de Urgencias, donde todo estaba mucho más calmado. Decidió llamar a su padre para tranquilizarle.

—Hola, papá. Sólo quiero que sepas que estoy bien. Estamos en alerta, en guardia permanente, pero creo que lo peor ya ha pasado.

—Ken, te llamé ayer noche a tu casa pero no contestaba nadie.

—Claro, estaba aquí, en el hospital. Por cierto, me gustó mucho tu conferencia. Muy provocadora. Siento que no me quedase hasta el final pero quería comprar el libro que me habías recomendado. ¿Para qué me llamaste?

—Un amigo mío, profesor de la Universidad de Georgetown, ingresó ayer en tu hospital.

—¿Estaba herido? ¿Fue a consecuencia de algo relacionado con el asesinato de Martin Luther King?

—No, no tuvo nada que ver. Sufrió un infarto y lo ingresaron en la Unidad Coronaria. Me gustaría que lo fueses a saludar y vieses que está bien atendido.

—De acuerdo, lo haré. ¿Cómo se llama?

—Goodman. Barry Goodman.

—En cuanto tenga un momento iré a verle.

—Gracias, hijo. Cuídate.

Tras desayunar en la cafetería del hospital, Ken se dirigió a la Unidad Coronaria. Ésta había sido remozada recientemente y dotada de los últimos adelantos en cuidados cardiacos, con nuevos monitores, circuito cerrado de televisión y desfibriladores de última generación. Una enfermera estaba sentada frente a los ocho monitores de la estación central que mostraban el electrocardiograma de los pacientes ingresados, presta a detectar cualquier alteración del ritmo cardiaco. La unidad era, sin duda, el buque insignia del hospital y el lugar donde la extensa fauna de senadores y diplomáticos que poblaban Washington purgaba sus infartos.

Lo primero que vio Ken al entrar fue el paisaje de Washington a través de los ventanales de las habitaciones. Decenas de columnas de humo se elevaban hacia el cielo.

El jefe de la unidad estaba de baja y su ayudante, el doctor Mendelton, con la mediocridad propia de los segundones, había tomado una decisión radical. Aquella mañana, dado su delicado estado cardiológico, a los pacientes no les estaba permitido leer el periódico, para evitar cualquier tipo de ansiedad. Lo que no había contemplado el obtuso Mendelton era que la vista de Washington ardiendo sin que nadie les diese explicaciones generaba una ansiedad todavía mayor entre los pacientes.

Ken preguntó por el médico de guardia.

—Ha salido a desayunar. ¿Puedo ayudarle en algo?

—Vengo a ver a un amigo. Se llama Barry Goodman.

—Sí. Está en el box 5. Ingresó ayer con un infarto.

—¿Y cómo va?

—Ahora está estable, pero ha tenido muchos extrasístoles durante la noche. Le hemos tenido que poner un gotero con lidocaína.

Ken sabía lo peligrosos que eran los extrasístoles ventriculares. Durante las primeras horas e incluso días del infarto, había unas zonas del corazón que podían generar arritmias. De todas ellas, los extrasístoles ventriculares eran las más temidas. Si ocurrían con mucha frecuencia podían desencadenar una fibrilación ventricular, en la que las fibras del corazón no se contraen uniformemente, produciendo un paro cardiaco.

El monitor del box 5 mostraba un electrocardiograma con un ritmo regular aunque, de vez en cuando, aparecía una onda enorme, amenazante, que no se correspondía con un latido normal.

—Mire, ahí va otro extrasístole —le mostró la enfermera.

—¿Y qué dicen los médicos?

—Si logramos frenar esta arritmia, las posibilidades de que el infarto siga un curso normal son muy altas.

A Ken le intranquilizaba que no hubiese ningún médico en la unidad.

—Voy a ir a saludarlo —dijo, dirigiéndose al box 5.

El señor Goodman era un hombre corpulento, de media edad, con un gran bigote. Estaba leyendo un libro.

—Mister Goodman, soy el doctor Philbin, hijo de su amigo John Philbin. ¿Cómo se encuentra?

El hombre le miró. Pareció tranquilizarle la visita de Ken, aunque inmediatamente puso cara de preocupación.

—Verás, me encuentro bien, pero desde hace dos horas vuelvo a tener el mismo dolor que tuve ayer.

—¿Se lo ha dicho al médico o a una enfermera?

—No. He pensado que ya se me pasará. Al fin y al cabo ya he tenido el infarto, ¿no?

Ken coligió que el hombre no conocía el riesgo del «reinfarto», que es exactamente la ocurrencia de un infarto sobre otro ya establecido y que suele tener un pronóstico muy desfavorable.

—Barry, usted está aquí para ser atendido de la mejor forma. Si no dice nada a los médicos, poco podrán ayudarle. Se lo voy a decir a la enfermera y es posible que le den algo para el dolor.

Ken se dirigió a la estación central, pensando que se le debería administrar nitroglicerina sublingual y, en caso de no ceder el dolor, morfina.

Cuando llegó junto a la enfermera, miró instintivamentc el monitor del box 5 y vio horrorizado cómo el ritmo cardiaco había cambiado radicalmente. Unas ondas enormes y rápidas llenaban la pantalla.

—Dios mío. Está en fibrilación ventricular —dijo.

Corrió hacia el box 5 de nuevo. Dos enfermeras le siguieron. El amigo de su padre estaba inconsciente, el libro caído sobre el pecho. No tenía pulso.

—Código Azul. Llamen al Código Azul —chilló Ken—. Y traigan el desfibrilador —añadió.

Mientras le hacía masaje cardiaco, una enfermera trajo un enorme carro con un desfibrilador eléctrico que enchufó en la pared.

—Lidocaína. Ochenta miligramos en la vena, ¡ya!

Ken cogió las palas del desfibrilador y las aplicó sobre el pecho.

—Trescientos julios —ordenó.

El aparato emitió un leve pitido mientras se cargaba a la intensidad que Ken había dicho.

Apretó el botón y el hombre dio un salto en la cama, todos sus músculos contraídos por la descarga. Ken miró el monitor. La misma onda ominosa cruzaba la pantalla.

—Suba a cuatrocientos —dijo a la enfermera—. Y deme crema conductora. Tal vez las palas no han hecho buen contacto.

La enfermera empezó a buscar en el interior del carro.

—No la encuentro, doctor —dijo, descorazonada.

—Pues deme suero fisiológico. También es un buen conductor.

La enfermera cogió una botella, empapó una gasa en líquido y se la pasó a Ken.

Éste mojó el pecho de mister Goodman y aplicó de nuevo las palas. Cuando el aparato estuvo cargado, volvió a apretar el botón. El hombre volvió a dar un salto. El corazón volvió a latir normalmente por unos segundos, pero de nuevo la fibrilación se instauró en el monitor. En aquel momento, Ken vio con horror que el pecho del paciente estaba en llamas. Sin analizar lo que estaba pasando, las apagó con las propias palas del desfibrilador.

—Vuelva a cargar a cuatrocientos —dijo, mientras empapaba de nuevo el pecho con el líquido.

Apretó de nuevo el botón. Todos los músculos de mister Goodman se contrajeron al unísono y de nuevo su pecho volvió a arder. Pero esta vez la fibrilación revirtió. La pantalla mostró un latido regular y el paciente recobró el pulso. Ken volvió a apagar el fuego con las palas.

Para entonces, los componentes del Código Azul ya estaban en la Unidad Coronaria.

—Ya está, chicos —dijo Ken—. Ha tenido una fibrilación ventricular pero la he revertido con el desfibrilador.

El pecho de mister Goodman mostraba quemaduras de segundo grado. Ken no entendía lo que había pasado. El amigo de su padre estaba vivo pero a costa de unas quemaduras que no se explicaba cómo habían ocurrido. Cogió la gasa empapada y la olió. Una sospecha cruzó su mente.

—¿Con qué ha mojado la gasa? —preguntó a la enfermera.

—Con suero fisiológico.

—Déjeme ver la botella.

La enfermera se la dio. La etiqueta decía «Alcohol de 96 grados».

—¡Esto es alcohol! —exclamó.

La enfermera abrió los ojos incrédulamente pero ante la inequívoca etiqueta tuvo que admitir su error.

—Cuando he apretado el botón de las palas se ha producido una chispa que ha encendido el alcohol. Y no una, sino dos veces —explicó Ken.

Le enfermera estaba azoradísima. Mister Goodman tenía un electrocardiograma sin extrasístoles y había recobrado el conocimiento.

—¿Qué ha pasado?

—Tuvo una arritmia maligna que desembocó en un paro cardiaco. Hemos tenido que desfibrilarle tres veces.

—¿Es por eso que me duele tanto el pecho? No como el de antes. Es un dolor distinto, más superficial.

—El jefe de la unidad ya le explicará todo lo que ha pasado —prometió Ken. Se dirigió a la enfermera—: Lo siento, pero voy a tener que dar parte de lo sucedido. Espero que no nos pase nada, ni a usted, ni a mí.

La enfermera, semillorosa, asintió.

Ken escribió en la gráfica todo lo ocurrido, tanto el aspecto médico de las arritmias como el incidente de las quemaduras.

Cuando iba a abandonar la Unidad Coronaria, apareció el doctor Mendelton, con aires de superioridad. Se le veía muy ufano de ser él quien estuviese al mando del barco.

—¿Qué ha pasado aquí? ¿Qué es este olor a quemado?

Ken le entregó la gráfica.

—Está todo escrito aquí. Y permítame que le dé dos consejos. El primero es que todos los carros de paro deberían tener un tubo de crema conductora. El segundo, dígale a su residente que no desayune tanto. Hace más de media hora que no se le ve el pelo por la unidad.

El estado de alerta se prolongó durante cuatro días. Los disturbios se habían saldado con la muerte de doce ciudadanos, todos negros, y la intervención de la Guardia Nacional. Miles de comercios fueron saqueados y después quemados. Peor suerte habían corrido los ciudadanos de Chicago, donde su brutal alcalde Daley había dado la orden de «disparar a matar» contra los saqueadores. Un policía, rifle en mano, apareció en televisión cuestionando aquella orden.

—¿Cómo voy a disparar a un niño que ha robado unas barras de chocolate de un supermercado? —preguntaba a toda la nación.

Antes de salir del hospital, Ken fue a ver cómo estaba mister Goodman, el amigo de su padre. Se había recuperado totalmente aunque su pecho estaba cubierto de una pomada cicatrizante.

—Doctor Philbin, ya sé que me has salvado la vida. Me han explicado lo que ocurrió. No te preocupes, no voy a denunciarte ni a ti ni al hospital. Lo importante es que estoy aquí, vivo. Dale un abrazo muy fuerte a tu padre.

—Ahora mismo le voy a llamar, mister Goodman. Espero que le den pronto de alta.

Ken llamó a su padre y le explicó lo ocurrido.

—La verdad, Ken, es que cada día es más peligroso ir a un hospital. ¿Sabes que te podría denunciar por esto?

—No creo que lo haga, papá. Está muy contento de no estar muerto. La verdad es que faltó el canto de un duro. Si no llego a estar allí, igual no da tiempo de desfibrilarle.

—Muy bien, hijo. Saluda a Barry de mi parte.

Ken decidió ir a ver cómo había quedado Washington. Cogió su Volkswagen y se dirigió a la calle 14, que había sido el centro de los disturbios. La Guardia Nacional patrullaba en jeeps cuyo asiento posterior estaba ocupado por un soldado provisto de un rifle con la bayoneta calada. Todavía se podía sentir la tensión en el ambiente. Jóvenes negros imprecaban a los soldados y a los coches conducidos por blancos. Ken condujo en dirección norte y vio un supermercado Safeway con las cristaleras rotas y el interior completamente vacío. Había sido saqueado en su totalidad. Vio también pequeños comercios todavía humeantes. En una manzana concreta, todas las casas habían sido quemadas y tan sólo quedaban algunas paredes en pie. En la esquina, un importador de coches deportivos había sido especialmente castigado. Las oficinas estaban destrozadas y en el aparcamiento anexo una docena de MG descapotables yacían calcinados. Desprovistos de pintura, con las ruedas desinfladas y sin los vistosos cromados que los caracterizaban, parecían coches de juguete que su dueño hubiese maltratado.

Ken pensó en lo poco que le hubiese gustado a Martin Luther King todo aquello. Paladín de la no violencia a ultranza, su muerte había desencadenado una reacción totalmente contraria. Una paradoja más de esos días que le había tocado vivir. Bien es verdad que Stokely Carmichael, líder de las Panteras Negras, no había ayudado mucho al dirigirse a sus seguidores diciendo: «Ahora que se han cargado al doctor King, ya va siendo hora de acabar con esa gilipollez de la no violencia».

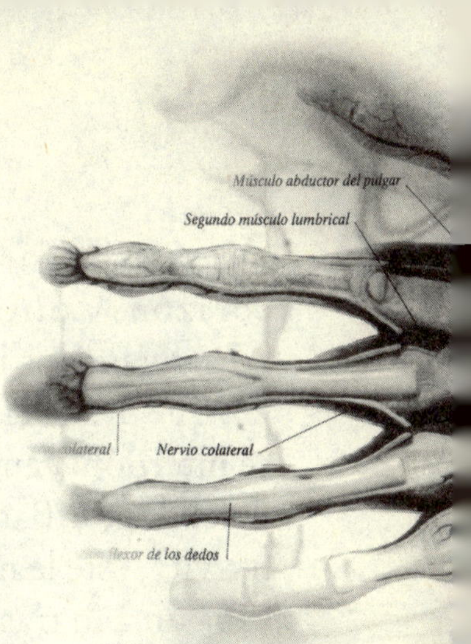

CAPÍTULO 14

El 19 de abril, la Facultad de Medicina de la Universidad George Washington celebraba una conferencia en memoria de Charles H. Tompkins, uno de sus benefactores. Para ello había elegido como conferenciante al mismísimo Christiaan Barnard, quien había realizado el primer trasplante de corazón el pasado 3 de diciembre. El doctor Barnard estaba realizando una gira por los Estados Unidos, tras haber hecho dos trasplantes en Ciudad del Cabo. El título de la conferencia era «Lo que hemos aprendido de los trasplantes cardiacos».

Nada más llegar a los Estados Unidos y antes de ir a Washington, el doctor Barnard había visitado a Adrian Kantrowitz, un investigador que trabajaba en el hospital Maimonides, en Brooklyn. El doctor Kantrowitz llevaba años preparándose para realizar un trasplante de corazón, pero Barnard se le adelantó por tres días. Con todo, éste quiso conocer personalmente al hombre que había investigado tanto en el campo que le había dado fama mundial. El cirujano de Brooklyn había desarrollado un método experimental que le permitía obtener una supervivencia muy larga en los animales que trasplantaba. Utilizaba perros de la misma camada, uno como donante, al que se le extraía el corazón, y otro como receptor, al que se le implantaba. Al ser gemelos idénticos, no existían problemas de rechazo, que, hasta la fecha, constituían la principal barrera que se interponía entre la operación y la supervivencia. Cuando el doctor Barnard visitó el laboratorio del doctor Kantrowitz, éste le mostró un perro, de nombre *Pirata*, que llevaba un año trasplantado con el corazón de su hermano de camada.

—Dios mío. No creí que se pudiese vivir tanto tiempo con un corazón trasplantado —comentó el doctor Barnard con un toque de cinismo.

A Ken no le atraía particularmente la cirugía cardiaca ni mucho menos los trasplantes, que, para él, entraban dentro del terreno de la ciencia-ficción, pero no quería desaprovechar la ocasión de ver y escuchar a una celebridad que había hecho historia, por lo que decidió acudir a la conferencia.

El Auditorio Lisner estaba a rebosar. Médicos, enfermeras y estudiantes se apretujaban en las gradas, ansiosos de oír al conferenciante. Cuando Ken entró, apenas quedaban sitios libres. Se dirigió a la penúltima fila, donde había un hueco.

—¿Hay alguien aquí? —preguntó.

—No. Puedes sentarte —le contestó su vecino.

La conferencia se retrasaba. Ken se dirigió al tipo larguirucho que estaba su lado.

—¿Eres cirujano?

—No, soy psiquiatra. Mejor dicho, residente en psiquiatría.

—Qué sorpresa. ¿Y qué haces aquí?

—Bueno, siempre he sentido una afinidad especial con la cirugía y tenía ganas de escuchar a este charlatán.

Ken se quedó de piedra. ¿Cómo un aprendiz de psiquiatra se atrevía a calificar así al hombre que había revolucionado la medicina con sus intervenciones?

—Hombre, me parece muy duro calificarle así. Lo que está haciendo es muy importante.

—Creo que es un oportunista, que tuvo mucha suerte, que no estaba preparado para hacer lo que ha hecho y estoy seguro de que después de la conferencia opinarás como yo.

La multitud empezó a moverse intranquila hasta que el doctor Barnard apareció flanqueado por el presidente de la universidad y el jefe de cirugía. Aquél le dio la bienvenida y éste hizo la introducción, glosando los méritos del cirujano sudafricano.

El doctor Barnard era un hombre de unos cuarenta años, de físico atractivo, amplia sonrisa y con un deje especial al hablar, muy característico de los oriundos de Sudáfrica. Se movía pausadamente y hablaba muy seguro de sí mismo.

«Seguro que es un buen cirujano», intuyó Ken.

Explicó sus días de estudiante en su ciudad natal y su paso por la Universidad de Minnesota, donde había trabajado con el gran Walton Lillehei, considerado el padre de la cirugía cardiaca. A su regreso consiguió una máquina de circulación extracorpórea y había operado a centenares de pacientes, sobre todo a niños con malformaciones congénitas del corazón. En Minnesota ya había trabajado en trasplantes experimentales, al coincidir con el doctor Shumway, que había diseñado la técnica —la forma y secuencia de realizar las suturas— de los trasplantes. Realizó cuarenta y ocho trasplantes en animales antes de atreverse a realizar la intervención en humanos. Esta revelación acalló a aquellos que lo tildaban de oportunista y osado. Demostró que sabía lo que estaba haciendo. Ken miró a su vecino de fila, quien no hizo más que encogerse de hombros.

Antes de pasar a relatar la primera intervención, Barnard dijo: «Desde tiempo inmemorial, ha sido un sueño juntar partes de diferentes individuos, no sólo para luchar contra la enfermedad, sino para combinar el potencial de las distintas especies. Este deseo inspiró el nacimiento de muchas criaturas míticas que tenían poderes más allá de los de una sola especie. El mundo moderno ha heredado estos sueños en forma de esfinge, sirena o formas quiméricas de muchas fieras heráldicas».

A continuación pasó a relatar las intervenciones. Para evitar críticas, Barnard y su equipo habían decidido que, en el primer trasplante, tanto el donante como el receptor serían de raza blanca. El paciente, Louis Washkansky, de cincuenta y cuatro años de edad, cumplía este requisito. Estaba al borde de la muerte y aceptó someterse a una operación tan arriesgada. La donante, una chica de veinticinco años, víctima de un atropello en el que murió también su madre, era también de raza blanca. Barnard comentó la parte dolorosa de los trasplantes: la donación. Lo difícil que había sido para el padre aceptar la muerte cerebral de su hija y dar la autorización para extraerle el corazón, habida cuenta de que había perdido también a su esposa. Detalló el régimen inmunosupresor al que el paciente fue sometido para evitar el rechazo, a base de cortisona y azatioprina, una droga citostática, empleada hasta la fecha para evitar la reproducción celular en casos de cáncer. Mostró las radiografías de los pulmones del paciente a la semana de la intervención donde se apreciaba una neumonía bilateral, explicando el desenlace final que acabó con la vida del paciente a los dieciocho días de la operación.

Lejos de desanimarse, Barnard y su equipo realizaron otro trasplante el 2 de febrero. El paciente, un dentista de 58 años con una miocardiopatía isquémica terminal, se recuperó espectacularmente de la intervención. Había sido dado de alta justo antes de partir Barnard hacia los Estados Unidos.

—En resumen —concluyó Barnard—, lo que hemos aprendido de los trasplantes de corazón es que es una técnica factible y reproducible. Cualquier cirujano cardiaco medianamente preparado lo puede realizar. El verdadero reto está en conseguir una medicación que luche eficazmente contra el rechazo sin que afecte al sistema inmunitario del paciente y lo haga vulnerable a las infecciones que pueden acabar con la vida del paciente trasplantado. Creo que la investigación tiene que ir por estos derroteros y estoy seguro de que, en los próximos años, existirá esta medicación y el trasplante será una opción terapéutica para los enfermos que padecen una enfermedad terminal del corazón.

La sala entera prorrumpió en aplausos y la mayoría de los oyentes, comenzando por el presidente y el jefe de cirugía, se pusieron de pie. La ovación se prolongó más de un minuto, mientras Barnard sonreía mostrando su impoluta dentadura.

—¿Qué te ha parecido? —preguntó Ken a su vecino.

—Continúa pareciéndome un charlatán —dijo éste.

A Ken no le caía bien aquel individuo. Era un borde.

—Bueno, ya es hora de que me vaya. Ha sido un placer. Me llamo Ken Philbin y trabajo en el Washington Memorial Hospital —dijo, tendiéndole la mano.

—Yo me llamo Philippe. Philippe Ferronier.

—Es un nombre francés, ¿verdad?

—Soy canadiense. De Quebec.

—Pues te felicito por vuestro nuevo primer ministro. Tipos así son los que necesitamos aquí.

—Es un frívolo —dijo Philippe.

«Otra vez con calificativos despectivos», pensó Ken.

Dos semanas atrás, Pierre Trudeau había sido nombrado primer ministro de Canadá. A sus cuarenta y seis años, soltero y liberal, había resultado elegido por su carisma personal. Practicaba el yoga, el submarinismo y era cinturón marrón de kárate. Incluso se le había llamado el «John Kennedy canadiense», aunque su *savoir faire* político constituía una incógnita.

—¿Por qué dices eso?

—No sabemos si es un buen gobernante. Ha ganado porque millones de mujeres lo han votado.

Es posible que fuese verdad. Su éxito con las mujeres era innegable. Recién elegido, un periodista le preguntó que, si ahora que era primer ministro, iba a renunciar a un Mercedes deportivo que siempre conducía. «¿A quién se refiere, al coche Mercedes o a la chica que se llama Mercedes?», fue su respuesta.

—En cualquier caso, sé que está en contra de la guerra de Vietnam, y por eso ya me cae bien.

—Sí. Está protegiendo a todos esos cobardes que están huyendo a Canadá para no ir a la guerra —contestó Philippe.

Este último comentario acabó con la paciencia de Ken, quien se despidió abruptamente del canadiense. Decididamente, aquel tipo era un borde.

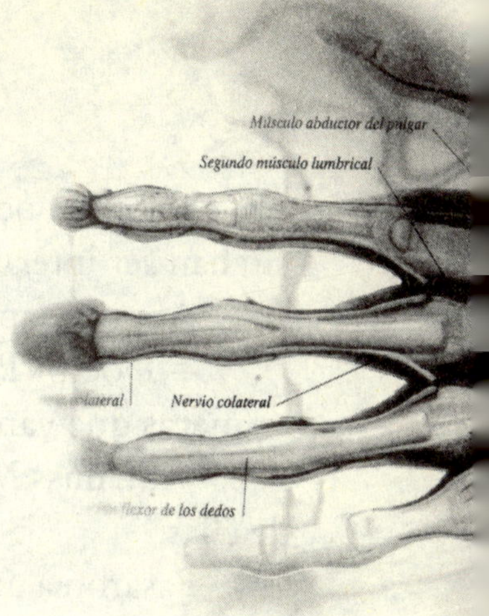

CAPÍTULO

15

Aquella mañana, miss Mullins estaba indignada con la dirección de Enfermería. Mientras el doctor Nichols había reforzado las Urgencias con un médico más, el doctor Philbin, a ella le habían quitado dos veteranas y las habían suplido con dos novatas. ¡Como si no tuviese suficiente trabajo! Llevaba treinta años en el hospital y diez en Urgencias. Había enseñado y preparado a docenas de internos y enfermeras pero las cosas estaban cada vez peor en aquella casa de locos y ella cada vez más cansada. Contemplaba la jubilación, tan sólo a dos años vista, con ilusión y con deseos de compartir su tiempo con su esposo, a quien tan poca atención había prestado durante su carrera. Pescar juntos en un lago de la Península Superior, en Michigan, era su anhelo compartido.

Claudio recibió a Ken, muy excitado.

—Hay dos *bambolas* nuevas en Urgencias. ¡Y si vieses cómo están!

—¿De qué me hablas?

—Hay dos enfermeras nuevas. Y están como un tren.

—Vamos a trabajar y miss Mullins nos las presentará.

Comenzaron su turno dando cuenta de los casos que habían quedado sin resolver en el turno anterior, dando de alta a los que podían irse a casa e ingresando a los que necesitaban ser intervenidos.

Al poco, apareció miss Mullins.

—Doctor Philbin, quiero presentarle a dos nuevas enfermeras que van a trabajar aquí en Urgencias.

—Sí, miss Mullins, el doctor Simone ya me ha hablado de ellas.

Pasaron a una sala de reconocimiento vacía donde miss Mullins hizo las presentaciones.

—Chicas, éste es el doctor Philbin, responsable de cirugía aquí, en Urgencias. Doctor Philbin, le presento a Sandra y a Eloïse.

Claudio no había exagerado. Eran dos bellezas, aunque completamente diferentes. Sandra era una rubia alta, con ojos azules y un cuerpo escultural. El apellido que mostraba su placa de identificación, «S. Morgenson», desvelaba una indudable ascendencia escandinava. Llevaba un uniforme por lo menos dos tallas inferior a la suya, marcando su silueta y trasluciendo una ropa interior de color. Eloïse era morena y menudita, con ojos claros y curvas no tan exageradas como las de su compañera. Ambas llevaban una cofia que no era la de la escuela de enfermería del hospital.

—¿De dónde sois? No reconozco vuestra cofia —preguntó Ken.

Existía la costumbre de que las enfermeras llevasen la cofia de su alma máter, como distintivo.

—Es de la Universidad Laval, de Quebec. Eloïse es de allí y yo soy de Montreal —contestó Sandra.

Ken se fijo en la placa de Eloïse. «E. Ferronier».

—Ferronier. El otro día conocí a un Ferronier de Quebec. Fue en una conferencia. Creo que me dijo que era residente en psiquiatría.

—Es mi hermano —dijo Eloïse, bajando los ojos.

Ken se abstuvo de comentarle que le había resultado profundamente antipático.

Llegó Claudio, quien pidió la ayuda de Sandra para una sutura. Miss Mullins seguía la escena con ojos severos.

—Bueno, ya se conocen —dijo—. Todo el mundo a trabajar.

El Washington Memorial Hospital era un hospital universitario. Ello significaba que residentes del hospital podían rotar por el de la universidad en determinadas ocasiones, que una gran parte de los médicos estaban adscritos al cuerpo docente de la universidad y que los estudiantes de medicina hacían prácticas en el hospital. Parte del acuerdo incluía que, un par de veces al año, uno de los catedráticos de cirugía de la universidad pasase visita con los internos, residentes y estudiantes e hiciese comentarios sobre los pacientes y los tratamientos que se habían aplicado en cada caso. El cortejo podía llegar a tener quince o veinte personas, con el doctor Nichols actuando de moderador.

Aquel día, el profesor Lambert había acudido al hospital a cumplir con su obligación bianual.

A media mañana, entró en Urgencias un individuo con una gran pérdida de sangre por el tubo digestivo. Estaba palidísimo y casi en *shock*.

Ken ordenó a Eloïse:

—Rápido, extráele sangre para determinar el grupo, hemoglobina y hematocrito y diles a los del banco de sangre que nos manden dos bolsas de hematíes.

Eloïse no encontraba la vena. Se notaba que era novata. La presión del momento la ponía más nerviosa todavía. Claudio lo probó también, sin resultado. Había tan poca sangre en aquel individuo que las venas apenas eran visibles.

Ken intervino.

—Eloïse, prepara para una punción de subclavia.

—¿Le vas a canular la vena subclavia? —preguntó Claudio.

—Sí. Extraeremos la sangre para los análisis y podremos pasarle la transfusión mucho más deprisa. Además, nos servirá para medir la presión venosa central, que estoy seguro de que debe de estar por los suelos. ¿Por qué lo dices?

—No nos dejan hacerlo.

—¿Por qué?

—Ha habido algunos problemas... complicaciones, y el doctor Ahmad lo ha prohibido. Dice que si queremos una vía venosa rápida, que canulemos la yugular interna. El doctor Nichols estuvo de acuerdo con su decisión.

La mención de Ahmad le hizo subir la adrenalina. En vez de prohibir una técnica valiosa, lo que tendría que hacer es aprenderla. Y Ken era la persona indicada para enseñarla. La había aprendido en su primer año de residente y en Vietnam la había practicado cientos de veces. Además, para él era un motivo de prurito personal. Cuando era residente de primer año, con la colaboración de un amigo del instituto que dibujaba muy bien, había escrito un artículo sobre la técnica de la punción subclavia del que se sentía doblemente orgulloso. Por una parte, había sido publicado en la revista *Surgery, Gynecology & Obstetrics,* órgano oficial del Colegio Americano de Cirujanos, y no era frecuente que un residente de primer año consiguiese publicar un artículo en una revista tan prestigiosa. Por otra parte, el artículo, ilustrado con un magnífico dibujo que mostraba las relaciones anatómicas de la vena, había tenido mucha aceptación, a tenor de los cientos de peticiones de copias que Ken había recibido.

Así pues, no se lo pensó dos veces y procedió a canular la vena subclavia. Tras desinfectar la zona e infiltrar con anestesia local el área por debajo de la clavícula derecha, se aprestaba a iniciar la punción cuando, de pronto, apareció el doctor Lambert y su cortejo.

—Alto —gritó el catedrático—. ¿Qué va a hacer usted?

—Voy a canular la subclavia —dijo Ken.

El profesor Lambert miró a Nichols, quien se encogió de hombros, y prosiguió.

—Ésta es una técnica muy peligrosa que puede traer complicaciones. Hay que conocer muy bien la anatomía de la región antes de ponerse a pinchar subclavias. Por detrás de la vena está la arteria, que se puede puncionar si se va demasiado posterior. La vena yace justo por encima de la cúpula del pulmón y, si se profundiza demasiado, se puede puncionar. Ello acarrearía el colapso del pulmón y el paciente podría entrar en una insuficiencia respiratoria aguda. Usted no querrá que esto ocurra, ¿verdad? —Lambert estaba en su salsa, recitando una lección magistral a pie de camilla. Los estudiantes estaban deslumbrados por su retórica y sus conocimientos—. Existen muchos trabajos que recogen la tasa de complicaciones de la punción subclavia —prosiguió el profesor—. Y antes de comenzar a practicarla, debería conocer cuáles son las referencias anatómicas que se deben seguir. Hay un artículo, aparecido en el *Surgery, Gynecology & Obstetrics* hace un par de años, con un magnífico dibujo que ilustra perfectamente todas estas referencias. Creo que el autor es un tal Philbin. Debería leerlo.

—Doctor Lambert, *yo soy* el tal Philbin —dijo Ken, tras lo cual puncionó limpiamente la vena subclavia.

Se hizo un silencio en la sala. El profesor Lambert volvió a mirar al doctor Nichols, quien asintió.

—Vamos a ver otros casos —anunció Lambert, azoradísimo. Y abandonó Urgencias con su séquito.

Claudio y Eloïse se echaron a reír.

—Menudo corte le has dado al profesor —dijo Claudio.

—Es un hombre enterado. Ha demostrado que conoce la literatura médica —ironizó Ken.

Los análisis demostraron que el paciente sufría una anemia grave. La presión venosa, tal como suponía Ken, era tan sólo de tres centímetros. Los dos concentrados de hematíes le mejoraron.

—Ahora hay que averiguar por qué ha sangrado. Puede ser que tenga una úlcera gástrica. Pero de esto se encargará Rosenberg —concluyó Ken.

Eloïse se le acercó.

—Siento que por mi culpa se haya montado todo este *show* —dijo.

—No es culpa tuya.

—Si le hubiese encontrado la vena no habría tenido que canularle la vena subclavia.

—No estoy de acuerdo. Este *show*, como lo llamas, ha servido para que la gente deje de tenerle miedo a la punción subclavia. A la larga, puede que hayas ayudado al progreso de la medicina —bromeó Ken, dándole una palmadita en el hombro.

A media mañana, en un momento de calma, Claudio y Ken se fueron a tomar un café a la salita de relax de Urgencias. Claudio extrajo su sobre de café instantáneo. La televisión resumía las noticias del día anterior. En la pantalla, el senador Robert Kennedy pronunciaba un discurso:

> No podemos medir el espíritu nacional por el índice Dow Jones ni los éxitos nacionales por el producto interior bruto. Porque el producto interior bruto incluye la conta-

minación ambiental y las ambulancias que recogen nuestros muertos de las autopistas. Incluye cerraduras especiales para nuestras puertas y cárceles para las personas que las fuerzan. El producto interior bruto incluye la destrucción de las secuoyas y la desaparición del lago Superior. Crece con la producción de napalm, de misiles y de ojivas nucleares. Incluye la emisión de programas de televisión que ensalzan la violencia para vender productos a nuestros hijos.

Y si el producto interior bruto incluye todo esto, mucho más es lo que no abarca. No cubre la sanidad para nuestras familias ni la calidad de la educación. Es indiferente por igual a la decencia en nuestras fábricas y a la seguridad en nuestras calles. No incluye la belleza de nuestra poesía, o la firmeza de nuestros matrimonios, la inteligencia de nuestro debate público o la integridad de nuestros funcionarios. El producto interior bruto no mide ni nuestra astucia ni nuestro coraje, ni nuestra sabiduría ni nuestra compasión o devoción por nuestro país. Lo calcula todo excepto aquello que hace que la vida merezca vivirse y puede decírnoslo todo sobre América, excepto si estamos o no orgullosos de ser americanos.

Ken escuchaba a aquel hombre. ¡Qué oratoria tan convincente! ¡Qué carisma tenía! Claudio se dio cuenta de su admiración.

—¿Qué opinas de él? —dijo señalando la televisión para invitarle a explayarse.

—Es la gran esperanza de los demócratas. Sin Johnson, es el que tiene mayores posibilidades de ser elegido candidato demócrata a las elecciones presidenciales. Además, está abiertamente en contra de la guerra de Vietnam.

—¿Crees que saldrá elegido?

—No tengo la menor duda de que barrerá al candidato republicano —respondió Ken.

—¿Y quién será?

—Se habla de Rockefeller y de Nixon.

—¿Rockefeller? Creía que se había retirado.

—No, ha vuelto. Era una estrategia electoral pero creo que le ha salido mal.

—Pero Nixon, ¿no es un perdedor nato?

—Sí. Anunció que se retiraba de la política. Perdió ante Kennedy las presidenciales y ante Reagan las de gobernador de California. Pero es como el ave fénix. Un periodista del *New York Times* ha calificado su regreso como «el más grande desde Lázaro». Fíjate lo impopular que era que John Kennedy dijo en una ocasión: «¿Os dais cuenta de la responsabilidad que llevo sobre mis hombros? Soy la única persona que se interpone entre Nixon y la Casa Blanca».

Claudio rió. En esto, entró Sandra y Claudio se la comió con los ojos.

—Ha llamado un tal teniente Lyons. Dice que hay un muchacho apuñalado en la zona noreste. Le manda un coche y quiere que vaya usted allí inmediatamente —dijo la chica.

—Gracias, Sandra. Avísame en cuanto llegue el coche de policía.

Ken bromeó con Claudio.

—Claudio, cierra la boca que se te está cayendo la baba.

—¿Tú sabes lo que daría por salir con una chica así? Me recuerda a las primeras turistas suecas y teutonas que llegaron a Sicilia hace unos cuantos años.

—¿Teutonas?

—Alemanas. Pero las llamábamos teutonas porque tenían las tetas muy grandes. Iban a la playa y llevaban bikinis. A más de una la detuvieron los *carabinieri* por indecente.

—¿Me lo dices en serio?

—Sí. Ahora las cosas han cambiado, pero hace unos años era así. Nos moríamos por salir con ellas. Naturalmente, las chicas locales las odiaban.

—Y tú ¿saliste alguna vez con alguna?

—No. A mí me lo prohibió mi abuela. Decía que eran el diablo. Un amigo mío dice que se tiró a un par de ellas pero me parece que estaba fanfarroneando.

—Bueno, Claudio. Todavía tienes mucha vida por delante para ligarte a una teutona.

A los pocos minutos, Sandra avisó a Ken de que el coche de la policía había llegado. A toda velocidad, le trasladó a la calle Rosedale, esquina con la 18. Otro coche de policía estaba estacionado allí. Varias personas se arremolinaban alrededor de un muchacho tendido en el suelo. Un joven permanecía junto al coche de policía, esposado.

—Ha habido una discusión y de pronto aquel joven se ha abalanzado sobre él y le ha clavado una navaja en el pecho —le informó el agente que estaba junto al herido.

—¿Y por qué que discutían, si se puede saber?

—Se peleaban por una pelota de béisbol.

«Imbéciles», pensó Ken. «Ponen en peligro su vida y nos cargan de trabajo por una pelota».

Pero la vida era así en la zona noreste. El muchacho —no contaría más de veinte años—, de raza negra, estaba consciente pero muy asustado.

—¿Cómo te llamas? —preguntó Ken.

—LeRoy.

—¿Y qué te ha pasado?

—He discutido con un amigo y me ha clavado un cuchillo.

—No sería tan amigo si ha sido capaz de clavarte un cuchillo, ¿no crees?

El muchacho no respondió. Ken examinó la herida. A unos tres centímetros por debajo del pezón izquierdo existía un pequeño orificio que no sangraba.

Ken pensó que no existía peligro en trasladarle al hospital en el coche de policía en vez de esperar a que llegase una ambulancia. El estado general del chico no parecía malo, pero Ken sabía que, por la localización de la herida, no se podía fiar.

—Agente, ayúdeme a meterlo en el coche y vamos volando al hospital.

Al llegar, les esperaban Claudio y Eloïse. Ésta le puso el manguito para medir la tensión arterial.

—¿Qué te parece? —preguntó Ken a Claudio.

—Es un orificio muy pequeño. Debe de haber sido un estilete o algo parecido. Por lo bien que está no creo que, internamente, pueda haber producido mucho daño.

—No te dejes engañar —comentó Ken—. De momento vamos a ponerle una vía central. Una subclavia. Y la vas a poner tú.

—¿Yo? Pero si no sé.

—Hoy aprenderás. Yo te guiaré.

Eloïse era la enfermera a cargo del caso.

—Eloïse, prepara para una punción subclavia, como antes.

—Sí, doctor Philbin.

Ambos médicos se pusieron guantes estériles y, tras inyectar anestesia local, Claudio cogió una jeringa y una aguja larga. Ken puso las manos sobre las de Claudio y puncionaron la piel por debajo de la clavícula. Ken guiaba a Claudio. Pasaron por debajo del hueso y se dirigieron hacia la línea media del cuerpo, con la angulación suficiente para no dañar aquellas estructuras que había mencionado el profesor Lambert. De pronto, la jeringa se llenó de sangre oscura.

—Aquí la tienes. Ahora sólo necesitas pasar un catéter a través de la aguja y ya estará.

Claudio estaba exultante. Era más fácil de lo que creía. Ken leyó sus pensamientos.

—No creas que siempre es tan fácil. Cuando le pierdes el respeto es cuando comienzan las complicaciones. Ahora, explora al paciente.

—¿Explora?

—Sí, explora. Mírale, tócale, percútele y auscúltale. ¿No os enseñaron esto en la universidad?

Claudio miró al paciente. Era evidente que, a pesar del color de la piel, se podía percibir una coloración diferente entre la parte superior y la inferior del cuerpo. Los labios estaban ligeramente azulados. Lo tocó.

—Está frío —dijo.

—¿Y el pulso? —le preguntó Ken.

Claudio se lo tomó.

—Es débil.

—LeRoy, respira hondo —ordenó Ken.

El muchacho tomó aire.

—El pulso desaparece —dijo Claudio.

—Eloïse, tómele la presión arterial y la presión venosa central.

Eloïse obedeció.

—Presión arterial, ochenta, sesenta. Presión venosa, veintidós.

Ken asintió.

—Claudio, ya tienes el diagnóstico. Este chico está desarrollando un taponamiento cardiaco.

—¿Cómo lo sabes?

—Está frío, tiene una ingurgitación venosa de la parte superior del cuerpo, la presión arterial pinzada, el pulso desaparece en la inspiración, se llama pulso paradójico,

¿sabes? Y tiene la presión venosa central por las nubes. Es un caso de libro. Vamos a hacerle una radiografía de tórax. Si tiene la silueta cardiaca agrandada habrá que operarle.

Apenas había dicho esto, LeRoy puso los ojos en blanco y perdió el conocimiento.

—Rápido, vamos a abrirle —dijo Ken.

—¿Aquí?

—Sí, aquí. Si no lo hacemos, este chico se nos muere. —Ken intubó al paciente con habilidad y lo conectó a un respirador portátil—. Necesitamos que su sangre esté oxigenada al máximo.

Se puso unos guantes estériles, cogió un bisturí y, con un corte amplio y decidido, le abrió el pecho por el lado izquierdo, justo al nivel de donde estaba la herida. El pulmón asomó por la incisión, impidiendo la visión del campo operatorio.

—Claudio, baja la presión del respirador y ponte unos guantes. Necesito ayuda. —Claudio no había visto nunca un tórax abierto—. Sepárame el pulmón, necesito llegar al pericardio.

El italiano obedeció, intentando dominar aquel órgano que se hinchaba y deshinchaba al ritmo del respirador.

En el fondo de la incisión, Ken encontró lo que buscaba. Una bolsa tensa, inmóvil, de color azulado.

—Ya lo tengo. Pásame el bisturí.

Ken incidió la bolsa, un pericardio repleto de sangre que atrapaba al corazón sin permitir su llenado.

—Aspirador —ordenó.

Más de medio litro de sangre llenó el frasco del aspirador.

Ken abrió más el pericardio. Dentro de él, un corazón vacío se contraía frenéticamente.

—Pasadle una transfusión. Este corazón necesita sangre que bombear.

Claudio estaba atónito. A pesar de todo lo que le habían explicado y lo que había aprendido sobre el corazón, no podía imaginarse que fuese así. La punta del corazón presentaba una herida que apenas sangraba. Era la causante de todo el desaguisado.

—A pesar de que no sangra, hay que cerrar esta herida —dijo Ken—. Deme una seda de cuatro ceros.

Eloïse y miss Mullins, convertidas en instrumentistas improvisadas, le tendieron la sutura con un portaagujas. Ken aplicó un solo punto a la herida y la anudó.

—Hay que tener mucho cuidado al suturar el corazón. Si anudas demasiado fuerte se pueden desgarrar las fibras y puedes convertir algo terriblemente sencillo en algo sencillamente terrible.

Ken se rió por lo bajo de su propia ocurrencia. Sus asistentes estaban inmóviles, como hipnotizados por todo lo que estaba ocurriendo.

—¿Qué presión tenemos?

—Ciento cinco sobre setenta —dijo Eloïse.

—¿Y la presión venosa?

Eloïse la comprobó dos veces.

—No lo entiendo. Marca sólo doce.

—Claro. Antes estaba anormalmente alta por el taponamiento pero, una vez resuelto, vuelve a valores normales.

La descoloración de la parte superior del cuerpo había desaparecido. Ante el desconcierto de su equipo, Ken explicó:

—Habéis asistido a un caso típico de taponamiento cardiaco y a su tratamiento, un tanto precipitado y sangriento, pero no había otro remedio. El cuchillo ha penetrado en el tórax, ha lacerado la punta del corazón, que ha comenzado a sangrar. La sangre se ha ido acumulando en el pericardio, que es el saco que envuelve el corazón. La herida en éste era tan pequeña que no permitía la salida de sangre. Al acumularse la sangre en el pericardio, el corazón se comprime. Es como si lo apretasen con un puño. Al corazón le cuesta vaciarse, pero, sobre todo, llenarse. Por eso la sangre que vuelve al corazón, la sangre venosa, se acumula, especialmente en la parte superior del cuerpo. De ahí la coloración azulada de los labios y la presión venosa muy elevada. A veces, la presión dentro del pericardio sube tanto que llega a detener la hemorragia, como en este caso. Pero el chico había perdido ya demasiada sangre y su corazón dejó de bombear, lo que le hizo perder el conocimiento. Una cosa imprescindible es oxigenar al paciente. Por eso lo he intubado. De poco sirve arreglar el problema si la sangre que el corazón bombea no lleva oxígeno. En tres minutos habría quedado con un daño cerebral irreversible. Desde el punto de vista circulatorio, lo único que lo podía salvar era vaciarle el pericardio. Se puede hacer con una aguja y una jeringa, pero se tarda demasiado. En este caso, la única solución era abrirle el tórax. —Hizo una pausa—. Y ahora —continuó— llamad al doctor Ahmad y decidle que le mandamos un paciente con el tórax abierto. Una vez resuelto el problema agudo, lo mejor es terminar la operación en un quirófano, como Dios manda.

En aquella habitación había dos personas cuya admiración por Ken se había multiplicado. A Claudio todavía le temblaban las piernas después de la experiencia vivida. Sin dudarlo y basado solamente en un diagnóstico clínico —ni siquiera había tenido tiempo de hacer una radiografía—, Ken había abierto el pecho de aquel joven, le había vaciado el pericardio y le había suturado el corazón. Menudo pedazo de cirujano.

Por su lado, Eloïse estaba admirada. Nunca había presenciado nada semejante. En una mañana, el doctor Philbin había puesto en evidencia a todo un catedrático y salvado a aquel joven, en riesgo de morir por una simple pelota de béisbol.

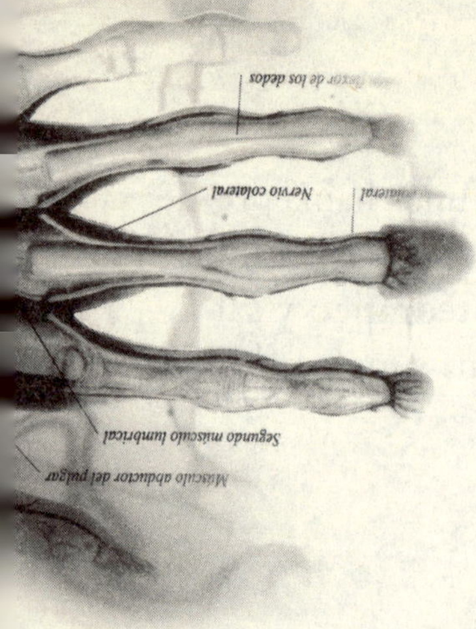

CAPÍTULO 16

Los lunes por la noche daban por televisión un programa que estaba arrasando en todo el país, el *Rowan and Martin's Laugh-In.* Se trataba de un *show* rompedor, imaginativo, con *gags* continuos, rápidos, disparatados y, a menudo, irreverentes. Sus presentadores constituían la típica pareja de payaso listo-payaso tonto. Dan Rowan era el serio, circunspecto, que seguía las bromas del alocado Dick Martin. La serie contaba con invitados especiales, que eran zarandeados y ridiculizados por Martin, y una serie de jóvenes actores que interpretaban diversos personajes. Después de cada *sketch,* un actor caracterizado de soldado alemán con casco aparecía con un cigarrillo en la boca y declaraba con marcado acento germánico: «Verrry interrresting». Destacaban una rubita jovencísima con cara de tonta, llamada Goldie Hawn, quien aparecía en bikini con frases ocurrentes pintadas sobre su cuerpo, y una actriz, Judy Carne, quien decía: «¡Sacúdeme!», e indefectiblemente era sacudida de alguna forma, ya fuese con un pastel en la cara o con un cubo de agua sobre su cuerpo. Era uno de los momentos estelares del programa. El público quería saber de qué forma iba a ser sacudida Judy cada semana.

Jack Drummond sacó del horno una bandeja de comida mexicana precocinada —dos enchiladas, arroz y frijoles— y se sentó delante del televisor. El *Rowan and Martin's Laugh-In* era su programa favorito.

Jack Drummond estaba pasando una mala época. Siendo un prometedor cirujano en el *staff* del hospital de la Universidad George Washington, fue víctima de lo que eufemísticamente se llama «un lío de faldas».

Graduado en Medicina por la Universidad de Yale, y tras dos años en el ejército, había hecho toda su residencia en cirugía en el hospital universitario George Washington. De esto hacía cinco años. Su propio hospital le contrató como instructor en cirugía, el primer peldaño en la carrera de un cirujano académico. Dos años más tarde fue promocionado a profesor asistente y en los círculos universitarios se daba por sentado que, a la larga, sería ascendido a profesor asociado. Se había casado y comprado una casa en Bethesda, confiado en que su ascendente carrera le permitiría pagar la hipoteca que iba a gravar, prácticamente, el resto de su carrera profesional. Hasta que llegó el golpe más fuerte de su vida. Su esposa le había pescado *in fraganti* con otra mujer, con el agravante de que era una ex paciente del hospital. El escándalo rebasó los límites de lo estrictamente privado toda vez que su amante declaró en el juicio de divorcio que la relación había comenzado cuando ella todavía estaba ingresada. Su mujer se quedó con todo. Casa, muebles y coche, dejando para Jack el pago de la hipoteca y el de una considerable pensión. Allí acabó su prometedora carrera. Los órganos regentes de la universidad dejaron de promocionarle y lo relegaron a un puesto de mero tutor de residentes, con poco margen de maniobra en cuanto a introducir innovaciones en el estricto y caduco programa de formación. Y así llevaba casi tres años, con sombrías expectativas de futuro. Se había vuelto huraño y se había dejado crecer el pelo al estilo *hippy*, como muchos de los estudiantes que entraban en la universidad. Era el signo de los tiempos, aunque no era bien visto por los médicos de mayor edad. De hecho, causó un problema en los quirófanos. Los cirujanos *seniors* se negaban a aceptar que aquellos melenudos entrasen en la sala de operaciones con el pelo suelto, y exigían que se lo recogiesen, cosa imposible con los gorros quirúrgicos convencionales. La industria de material quirúrgico reaccionó con presteza a la demanda y desarrolló un modelo de gorro, tipo capucha, que ocultaba todo el pelo, y la barba en caso de que la portasen. Una vez más, la función creaba el órgano y las empresas acudían allí donde hubiese un dólar que ganar. Jack era el único cirujano de plantilla que llevaba la capucha para operar. Desde su divorcio vivía en un apartamento en la calle 24, muy próximo al hospital. Era un apartamento pequeño, de los llamados *eficientes*, pues en un solo espacio se encontraban el salón comedor, una pequeña cocina y el dormitorio. La privacidad de éste se conseguía por medio de unas cortinas montadas en rieles a veinte centímetros del techo. El paso del salón al dormitorio se hacía a través de un marco cuadrado de hierro, cuyos ángulos estaban soldados a un círculo exterior del mismo material. La conjunción de rectas y curvas le daba un diseño muy atractivo. No era la casa de Bethesda, pero en cualquier caso era lo único que Jack podía permitirse pagar.

«¡Maldito polvo!», se repetía cada vez que recordaba su infidelidad.

En aquel momento, el *show* estaba en su apogeo. Goldie Hawn aparecía en bikini. Sobre su cuerpo se leía: «Confucio era un bocazas» y «La política crea extraños vicepresidentes». A continuación, un individuo con una gabardina, montado en un triciclo, emprendía la ascensión de una colina. Antes de llegar arriba, se paraba extenuado y el triciclo, con el individuo encima, se deslizaba hacia atrás, colina abajo. El proceso se repetía en varias ocasiones.

Sonó el timbre de la puerta. Jack se levantó. ¿Quién podría ser a esas horas? Miró por la mirilla y emitió un gruñido de desaprobación. Aquel tipo no le había creado más que problemas. Abrió la puerta.

—¿Qué quieres? —dijo.

Lo último que vio el ojo derecho de Jack fue un objeto punzante que se dirigía hacia él y lo atravesaba.

Bramó de dolor. Se llevó las manos al ojo instintivamente y a continuación, como consecuencia de un estímulo vegetativo, comenzó a vomitar. Restos de frijoles y enchilada se esparcieron por el parqué.

El recién llegado se colocó por detrás de Jack y comenzó a estrangularle con un bramante. Jack apenas podía respirar, y aún menos chillar. El dolor en el ojo era brutal, y el vómito le provocaba unos espasmos intensísimos. Atragantado por un resto de comida, comenzó a toser. Ambos, tos y vómito, creaban una sensación desgarradora en su interior. La falta de oxígeno le comenzó a sumir en una somnolencia, aunque no lo suficientemente profunda como para no colegir que estaba a punto de morir.

Y no se equivocó. A pesar de intentar zafarse de su agresor, su resistencia se hizo cada vez más débil hasta que cesó por completo. El visitante lo dejó caer cuando vio que estaba muerto. Se puso unos guantes quirúrgicos y sacó una caja metálica con instrumental quirúrgico, montando una hoja en el mango del bisturí. Con destreza, hizo una incisión a nivel de la articulación de la muñeca izquierda. Seccionó los tendones extensores y separó limpiamente los huesos del carpo de su unión con el radio y el cúbito. Finalmente, seccionó los tendones flexores, así como los vasos y nervios, hasta completar la amputación de la mano. Miró la superficie seccionada. Los cuatro huesos de la primera fila del carpo afloraban entre la masa muscular seccionada como cuatros canicas blancas.

A continuación, el intruso se dirigió a la cocina, abrió un cajón y extrajo una cucharilla de postre. Volvió de nuevo al lado de su víctima y le abrió el párpado derecho. La visión era horrible. El globo ocular estaba totalmente reventado por el punzón que lo había atravesado. Introdujo la cucharilla por encima del globo y con gran habilidad la deslizó hacia la parte posterior. Tomando el borde de la órbita como punto de apoyo, hizo fuerza hacia atrás con la intención de enuclearlo, pero el nervio óptico fijaba el globo dentro de su cuenca. Tomó unas tijeras curvas de su caja de instrumental y las insinuó por detrás del ojo. A base de cortes precisos, seccionó los músculos rotadores del ojo y el nervio óptico. Libre de ataduras, el globo ocular salió de la órbita. Mano y ojo fueron depositados encima de una mesita.

El visitante cogió el cadáver, lo enderezó y ató sus muñecas al marco cuadrado de hierro de la entrada del dormitorio. La ausencia de mano le obligó a apretar mucho la atadura izquierda. A continuación entreabrió las piernas y ató los tobillos al marco de hierro. Miró el resultado y sonrió satisfecho. Había recreado una obra universal con un cadáver mutilado.

Mientras abandonaba el apartamento, en el televisor un hombre disfrazado de soldado decía con cerrado acento alemán: «Verrry interrresting».

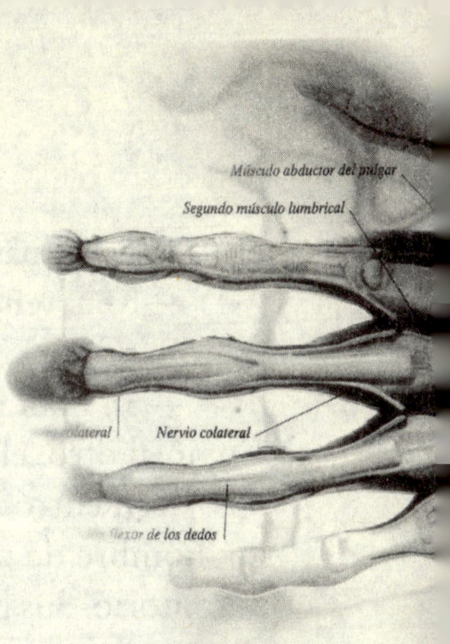

CAPÍTULO

17

Ken, será mejor que vengas —dijo el teniente Lyons al otro extremo del teléfono—. Tenemos otro asesinato ritual. El hombre ya está muerto pero quiero que vengas. Y tráete tu máquina de fotos. No creo que hayas visto nunca una cosa igual. Ahora te mando un coche patrulla.

Ken fue al aparcamiento del hospital, sacó la máquina Polaroid de dentro de su Volkswagen y se plantó en la puerta de Urgencias, esperando la llegada del coche de la policía. Al cabo de un momento, éste llegó.

—Suba, doctor —dijo el agente.

Se encaminaron hacia la parte oeste de la ciudad y pasaron por delante del hospital de la Universidad George Washington. Ken recordó que Claudio le había confesado que aquél era el hospital donde le habría gustado entrenarse. Se detuvieron a escasos metros del hospital, en la calle 24. Dos coches de policía estaban aparcados delante de un bloque de apartamentos donde se alojaban una gran mayoría de residentes y enfermeras del hospital. A Ken le sonaba el edificio. Había estado en él, aunque no recordaba cuándo. Subieron al segundo piso, donde les recibió el teniente Lyons.

—¿Qué pasa, teniente?

—Ken, tenemos otra crucifixión.

—¿Qué?

—Sí. Han matado a un hombre y lo han crucificado. Como al otro, el del Wharf.

Ken entró en el apartamento. La visión era macabra. Un hombre de pelo largo estaba colgado en la entrada del dormitorio. Sus brazos estaban ligeramente elevados por encima de la horizontal, sus muñecas atadas con un fino bramante a la estructura de hierro —un cuadrado dentro de un círculo— que enmarcaba la entrada al dormitorio. Sus piernas entreabiertas habían sido también ligadas a la estructura metálica. Ken tomó una foto. Arrancó la lámina protectora y poco a poco fue apareciendo el resultado en el papel fotográfico. La visión le remitió a sus días de universitario, por cuanto reconoció en el macabro montaje un dibujo de Leonardo da Vinci que había estudiado en las clases de arte de la universidad.

Se acercó al cadáver y observó dos detalles estremecedores. Por una parte, la cuenca del ojo derecho estaba vacía. Por otra, le habían amputado la mano izquierda.

El teniente se le adelantó.

—Le han vaciado un ojo y le han cortado una mano.

Ken se acercó más. La cara del muerto le era familiar. Además, estaba seguro de que había estado antes en aquel apartamento. Le había llamado la atención el cuadrado y el círculo de hierro en la entrada del dormitorio.

—¿Saben quién es?

—Sí. Es un cirujano del hospital de ahí al lado. Lo encontró el conserje, que venía a hacer una fumigación rutinaria. Se llamaba Jack Drummond.

Claro, Jack Drummond. Ken lo había conocido cuando acudió a dar una charla en su hospital unos años atrás.

—¿Lo conocías? —preguntó Lyons.

—Sí. Lo conocí hace unos años. Vino a mi hospital y nos caímos bien. Estaba en trámites de divorcio y montó una fiesta en este apartamento, a la que me invitó. Lo acababa de alquilar. Lo recuerdo muy bien porque me hizo gracia la forma en que habían dividido el salón del dormitorio. Después de aquel día, ya no supe más de él.

—Pues ahí lo tienes, muerto y crucificado.

Ken examinó el cadáver.

—Venga, teniente. Pongamos en práctica todo lo que nos enseñó Roddy el otro día.

Inspeccionaron el cuello y observaron una marca fina y profunda que el bramante había dejado en el cuello de Jack.

—Parece que ha sido estrangulado con una cuerda fina —dijo. Dirigió sus ojos a las ataduras del cadáver—. Posiblemente usaron lo mismo que para atarle a esta estructura. —A continuación, levantó el párpado izquierdo y observó la conjuntiva del ojo—. Fíjese, teniente. Tiene múltiples manchitas hemorrágicas en el globo ocular. Roddy nos dijo que esto era típico de la estrangulación.

—Se llaman petequias —dijo el teniente—. Y si te fijas, también las tiene en el cuello y en los párpados. Creo que hay suficientes datos como para asegurar que este desgraciado murió estrangulado.

—Estoy de acuerdo, teniente. Pero yo no diría que ha sido crucificado.

—¿Ah, no? ¿Y cómo llamas a esto? —preguntó Lyons señalando el cadáver.

—Ha sido colgado, como los ladrones que acompañaron a Cristo en el suplicio.

Ken decidió demostrar al teniente que la compra del libro sobre las crucifixiones no había caído en saco roto.

—Claro. No lo pudieron crucificar porque, entre otros detalles, no tiene mano izquierda para clavarle clavos —indicó Lyons.

—Teniente, le podría dar una conferencia sobre las distintas formas de clavar los clavos a un crucificado. En esta ocasión han representado un dibujo de Leonardo da Vinci muy conocido, aunque no recuerdo el nombre.

Un policía que estaba registrando el apartamento les interrumpió.

—Teniente, aquí no hay nada sospechoso. Tan sólo restos de comida mexicana, una cerveza casi vacía, un tenedor y una cucharilla de postre.

A Ken se le encendió una luz en el cerebro.

—¿Una cucharilla? ¿Tenía restos de comida?

—No. Estaba en el fregadero.

—Ken, ¿en qué estás pensando? —sonó receloso el teniente.

—¿Usaría una cucharilla de postre para comer enchiladas?

—No.

—En cambio, es el instrumento ideal para enuclear un ojo.

—¿Cómo lo sabes?

—Es un truco que nos enseñaron en prácticas de patología, en la facultad.

El teniente se dirigió al policía.

—Coge la cuchara con cuidado y que busquen huellas dactilares.

El policía continuó su inspección. De pronto, soltó un grito de angustia.

—Teniente, mire esto.

Otro hallazgo macabro. En un rincón, encima de una mesita, apareció la mano del muerto. En su palma reposaba el ojo extraído.

—¡No lo toquéis! —dijo Lyons.

Ken se aproximó y la miró. Con un lápiz la movió ligeramente, observando el borde cortado. Luego se dirigió al cadáver y observó también el extremo del brazo por donde se había hecho la amputación.

—Teniente —dictaminó—, no sé quién puede haber hecho esto ni si ha sido el mismo que hizo la crucifixión, pero lo que le puedo asegurar es que quien lo ha hecho sabe bastante anatomía.

—¿Por qué lo dices?

—Fíjese en el corte de la mano.

—¿Qué le pasa?

—No ha sido realizado de una manera burda. De hecho es lo que se llama una desarticulación.

—¿Y qué diablos es eso?

—Hay un corte limpio en la piel, como si se hubiese hecho con un bisturí, y los huesos de la muñeca han sido separados de los del antebrazo, justo a nivel de la articulación. Un trabajo bien hecho.

—¿Y por qué habrá cortado la mano y le habrá puesto el ojo dentro?

—Eso tendrá que averiguarlo usted. Para algo es el detective. Pero a mí me parece que hay un mensaje oculto en todo esto.

—¿De qué tipo?

—No lo sé, pero parece un ritual macabro con el que el asesino ha querido dejar su impronta.

—¿Como en el caso del crucificado del Wharf y Salvador Dalí?

—Algo parecido. Por cierto, ¿no hay ningún papel escrito esta vez?

—No hemos encontrado nada. Bien, Ken. Ya no te necesitamos más aquí. Vuelve al hospital y ya te mantendré al corriente de nuestras averiguaciones.

Al llegar al hospital, Ken le contó a Claudio su experiencia en el apartamento de Jack Drummond.

—Por Dios, ¿otro crucificado? —dijo Claudio.

—Bueno, no estaba realmente crucificado. No le habían clavado las manos, mejor dicho, la única que le quedaba, y estaba atado a una estructura de hierro que no tenía forma de cruz. Parecía un dibujo de Leonardo da Vinci. —Recordó que había tomado una foto—. ¿Lo quieres ver?

—Sí. Déjamelo ver.

Sacó la foto Polaroid y se la pasó a Claudio. Éste dio un respingo.

—¡El hombre de Vitrubio!

—Exacto. No podía recordar su nombre.

—Es un dibujo a pluma muy famoso de Leonardo da Vinci. Está en Venecia. Tiene que ver con las proporciones del cuerpo humano. Además, el hombre también tiene el pelo largo. En el dibujo original hay dos brazos y dos piernas más. Los brazos están en cruz y las piernas verticales. Leonardo metió la figura humana dentro de un cuadrado y de un círculo para mostrar la proporción del cuerpo humano con relación a la distancia entre las puntas de los dedos y la altura total, con dos posiciones de brazos y piernas distintos.

—El teniente Lyons creía que lo habían crucificado.

—En absoluto. Es el dibujo de un ser humano, vivo, de pie, con los brazos en cruz.

—¿Y qué significado puede tener?

—Aparte de ser un estudio de las proporciones de la figura humana, no se me ocurre ningún otro significado.

—Voy a llamar a mi padre. Es profesor de Arte en Columbia. No creo que haya salido todavía a dar su clase.

Desde un pequeño despacho Ken llamó a su padre.

—Papá, tengo otro cuadro para ti.

—¿De qué se trata?

—Otro asesinato. Y parece que también representa un cuadro. Bueno, técnicamente es un dibujo. Es el hombre de Vitrubio, de Leonardo.

—Es un dibujo muy conocido. ¿Está con los brazos abiertos y las piernas separadas?

—Sí. Y se encontraba dentro de una estructura metálica formada por un cuadrado y un círculo.

—No hay duda. Es el hombre de Vitrubio.

—¿Y qué significado tiene?

—Es un canon, es decir, un estudio de las proporciones ideales del cuerpo humano. El ombligo se sitúa en el centro del círculo. Leonardo hizo el dibujo siguiendo las proporciones que había enunciado Vitrubio, un arquitecto romano.

—¿Sabes si lleva algún mensaje implícito? Esta vez no había ningún papel.

—No se me ocurre ninguno.

Ken recordó el detalle de la mano y el ojo.

—Además, al pobre hombre, que por cierto era un cirujano que conocía, le han amputado una mano y arrancado un ojo.

—¡Qué horror! ¿Y por qué?

—No lo sé. Pero aparecieron encima de una mesita, la mano aguantando el globo ocular arrancado. Nauseabundo.

—¿Una mano con un ojo dentro?

—Sí.

—Ken, eso sí que es un símbolo.

—¿De qué?

—De muchas cosas. Es un símbolo ancestral que aparece en muchas culturas y muy dispersas. Del Mediterráneo a los indios del Medio Oeste.

—No me ayudas mucho.

—Bueno, es que es así. Simboliza muchas cosas. Haremos lo siguiente. Tengo un libro que habla extensamente sobre este símbolo y otros. Lo consultaré y te llamaré cuando sepa algo más.

—¿Estás seguro de que podrás encontrar el libro? —ironizó Ken, recordando el montón de cajas con libros, todavía por desembalar.

—No te rías, Ken. No sabes el problema de espacio que tengo. Por cierto, quería decirte que por aquí, en la universidad, las cosas no están bien. Hay muy mal ambiente y se palpa una enorme tensión.

—Pero ¿por qué?

—Tiene que ver con grupos pacifistas, estudiantes rebeldes y otras gentes de mal vivir.

—Pues cuídate, papá.

Ken colgó con cierta preocupación. Sabía, por la prensa, que se habían convocado manifestaciones en la Universidad de Columbia. Acto seguido, llamó al teniente Lyons.

—Teniente, estoy seguro de que no estaba crucificado.

—¿De qué me hablas?

—De Jack Drummond. Lo colgaron del marco del dormitorio para que pareciese un cuadro de Leonardo da Vinci.

—¿Cómo lo sabes?

—Lo reconocí tan pronto como lo vi, pero Claudio Simone, el interno italiano que trabaja conmigo, y mi padre me lo han confirmado. —Una idea cruzó la mente de Ken—. Teniente, se me ocurre que quien lo hizo debía de conocer el apartamento de Jack. ¿De qué otra forma podía saber que había un marco con un cuadrado y un círculo?

—Bueno, esto reduce el círculo de sospechosos a doscientas o trescientas personas. Me he estado enterando y por lo visto el *party* al que tú asististe no fue el último. Los daba continuamente. Le gustaba rodearse de gente, en especial del sexo femenino.

—Mi padre me ha dicho que el ojo en la mano es un símbolo.

—¿De qué?

—De muchas cosas. Consultará sus libros y me lo dirá.

—Escucha, Ken. Tienes que averiguar algo sobre este dibujo de Leonardo. Qué significa, qué mensaje conlleva. Yo no tengo tiempo para esto. ¿Te puedes ocupar tú?

—¿Y dónde quiere que lo busque? No es tan fácil.

—Ken, estás en Washington. Aparte de tener asesinos majaretas que recrean cuadros con los muertos, contamos con muchas otras cosas, entre ellas la Biblioteca Nacional de Medicina. ¿Crees que allí podrías encontrar algo?

—Teniente, es una gran idea —admitió Ken—. Pediré permiso al doctor Nichols para ausentarme un día de mi trabajo y averiguar lo que pueda sobre el hombre de Vitrubio.

—¿Y quién cojones es ése?

—El del dibujo de Leonardo. Lo llaman así. Por lo visto está basado en uno parecido que había hecho un arquitecto romano llamado Vitrubio.

—Bien. Le diré a mi jefe que llame al director de la biblioteca diciendo que eres uno de los nuestros para que te faciliten la investigación.

—Gracias, teniente.

Ken colgó. La Biblioteca Nacional de Medicina. Siempre había deseado visitarla y ahora lo iba a hacer con todos los honores.

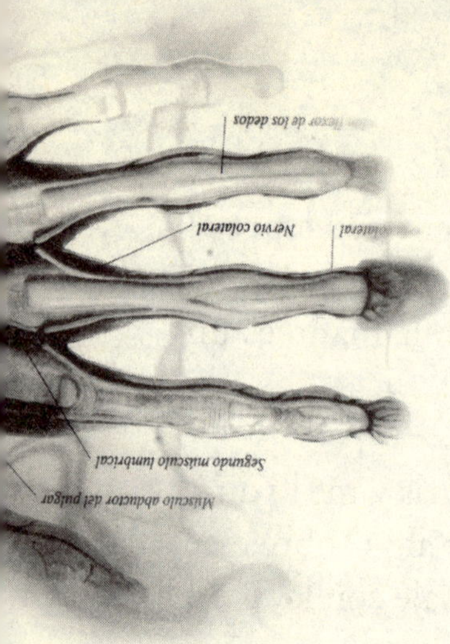

CAPÍTULO

18

Aquella noche, Ken llegó a su apartamento dando un rodeo. Evitaba encontrarse con Gladys. Se sentía acosado por aquella mujer y si bien su encuentro sexual con ella había sido de lo mejor que recordaba, no quería involucrarse en ninguna relación, por superficial que fuera. Además, la había visto salir de más de un apartamento, atusándose el pelo y portando un sobre grande de fotografías. Por lo visto, el truco de sus desnudos había funcionado con más de uno y Ken estaba convencido de que él no era el único residente del complejo que se la había pasado por la piedra.

Llamó a su padre. No esperaba que tuviese lista la información que le había pedido, pero había detectado un deje de preocupación por su parte y su padre no era persona que se dejase amilanar fácilmente.

—Hola, papá.

—Hola, hijo. Ya tengo toda la información que me pediste sobre la mano y el ojo.

—¡Qué rápido!

—Bueno, han suspendido algunas clases, entre ellas la mía, y he tenido toda la tarde para buscar el libro y leérmelo de cabo a rabo.

—Pero ¿qué está pasando, aquí en Columbia?

—Como te he dicho esta mañana, hay muy mal ambiente. Manifestaciones, disturbios, protestas, en fin, una situación nada idónea para dar clases y que la gente asista a ellas. Todo empezó hace varias semanas y yo, sin proponérmelo, fui testigo presencial.

—¿Qué pasó?

—Vino a dar una conferencia un tal coronel Akst, responsable del servicio militar obligatorio en Nueva York. El decano pidió a algunos profesores que asistiésemos y yo fui uno de ellos. Apenas había comenzado a hablar, unos gamberros comenzaron a tocar instrumentos musicales desde el fondo de la sala. En medio del desconcierto, un activista radical venido de Berkeley, tristemente célebre por sus revueltas estudiantiles y antimilitaristas, se acercó al estrado y estampó en la cara del coronel un pastel de crema de coco.

—Como a Judy Carne en el *Laugh-In.*

—Sí, pero el coronel no había dicho «sacúdeme».

—¿Y qué más pasó?

—Poco después, se convocó un acto en memoria de Martin Luther King. La universidad, como sabes, linda con el distrito de Harlem. En su afán de expansión, la universidad ha ido ocupando terrenos que, históricamente, pertenecen a ese barrio. En los últimos siete años ha desalojado a 7.500 residentes y tiene planes para desalojar a 10.000 más. Actualmente ha suscrito un contrato de arrendamiento de cerca de una hectárea para construir un gimnasio. Pues bien, en este acto para honrar la memoria del doctor King, un líder estudiantil, un tal Mark Rudd, cuyo modelo de comportamiento en la vida es, ni más ni menos, el Che Guevara, cogió el micrófono y denunció a los miembros rectores de la universidad, la hipocresía que suponía honrar a Martin Luther King mientras se mostraban irrespetuosos con Harlem.

Presionada por los estudiantes, la universidad ha concedido abrir un acceso en el lado de Harlem para que los del barrio puedan acceder al gimnasio.

—¡Qué detalle!

—Pero la gente de Harlem no quiere gimnasios. Lo que quiere son viviendas.

—Lógico.

—Y ayer se organizó una manifestación de estudiantes. El rector la prohibió. El tal Rudd encabezó una marcha de ciento cincuenta estudiantes que exigían saber si la Universidad de Columbia colabora con el Instituto de Análisis de la Defensa, una organización que investiga en estrategia militar. Y así están las cosas.

—Papá, siento todo esto que está pasando. Ahora, ¿puedes decirme lo que has averiguado?

—Tengo buenas y malas noticias.

—Primero, las buenas.

—Efectivamente, el ojo en la mano es un símbolo que aparece en muchas culturas. Creo que el asesino quería dejar un mensaje. Y ahora las malas.

—¿Qué?

—Es tan antiguo y está tan extendido por el mundo que dudo que puedas captar el mensaje.

—Explícate.

—La forma más extendida y popular es la de los países musulmanes ribereños con el Mediterráneo: Marruecos, Argelia, Libia, Turquía y Egipto. Se llama la mano de Fátima o mano *hamsa.* En la cultura hebrea tiene su equivalente, la mano de Miriam, que era la hermana de Moisés, o mano *hamesh.* Básicamente, es una protección contra el mal de ojo. Fátima era la hija del profeta Mahoma. Estaba cocinando una especie de pan, removiendo la masa con una cuchara, cuando vio a su esposo Alí entrar en su casa con una nueva esposa. La ley islámica permite al hombre casarse cuatro veces, ¿sabes?

—No, no lo sabía.

—Debido a la sorpresa y a la pena, se le cayó la cuchara y continuó removiendo la masa con la mano. A pesar de que estaba muy caliente, no sintió ningún dolor. Su esposo se dio cuenta y acudió a su lado. Entonces fue cuando notó el dolor. Por esto, muchas mujeres islámicas llevan este símbolo colgado del cuello, en señal de buena suerte y paciencia.

—Sí. Las mujeres islámicas necesitan tener mucha paciencia.

—En estos países, no es correcto enseñar a alguien la palma de la mano, pues le estás diciendo que estás defendiéndote del mal de ojo que te puede enviar.

—¡Qué curioso!

—Las manos de Fátima se venden como amuletos pero también como joyas. El ojo suele ser una piedra semipreciosa y, por lo general, de color azul.

—¿Cuál crees que podía ser el mensaje implícito en este caso?

—Ni idea. La historia de Fátima es la más popular y extendida, pero, como te he dicho, el símbolo pertenece a otras culturas.

—¿Sin nada que ver con el islam?

—Exactamente. Durante siglos ha representado la unión de dos funciones esenciales del hombre: la observación, el ojo, y la acción, la mano, y, por extensión, la omnisciencia y la omnipotencia.

—¿Y en qué otras culturas aparece y qué significado tiene?

—Daremos una vuelta alrededor del mundo. Yendo hacia el este del Mediterráneo nos encontramos con Tara, diosa hindú de la compasión. Se la representa con siete ojos, tres en la cara, dos en sus palmas y dos en sus pies.

—¡Caray!

—Un poco más al norte, en el Tíbet, el amuleto se usa para alejar el miedo y la opresión. Cruzando el Pacífico, se ha descubierto un dibujo haida...

—¿Haida?

—Sí, los indios que habitan las islas de la Reina Carlota, al sur de Alaska. Pues el dibujo es, claramente, una mano con un ojo dentro.

—¡Qué interesante!

—Terminaremos nuestro *tour* en América del Norte. El símbolo aparece en las ruinas aztecas de Tlaxcala. Pero esto no es todo. En las excavaciones prehistóricas de los indios americanos de Moundville, en Alabama, se encontró un plato de treinta centímetros de diámetro con un dibujo de dos serpientes entrelazadas. Adivina lo que había en el centro del plato.

—Una mano con un ojo.

—¡Bingo!

—Papá, te agradezco toda esta información, pero no sé si voy a sacar algo en claro de todo esto. No acierto a encontrar el mensaje que el asesino nos mandó. No puedo pensar que cortase la mano y le pusiese el ojo encima de forma gratuita.

—Y el mensaje ¿no estará en el hombre de Vitrubio?

—No lo sé. Mañana tengo que ir a la Biblioteca Nacional de Medicina. Es posible que encuentre algo allí.

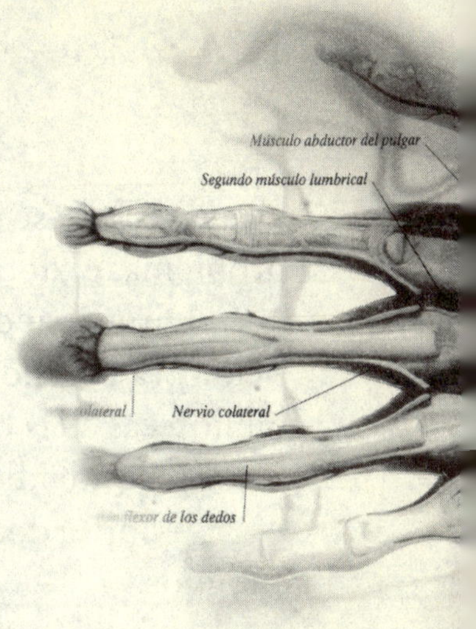

CAPÍTULO

19

La Biblioteca Nacional de Medicina era la joya de la corona del Instituto Nacional de la Salud y el sanctasanctórum de la literatura médica. Contenía la mayoría de las revistas médicas publicadas en todo el mundo, así como un impresionantc fondo bibliográfico que iba desde últimas ediciones a incunables de la Edad Media. Se erguía en las dependencias del Instituto, pero totalmente separada del resto de los edificios. Su moderna arquitectura destacaba sobre la de las otras construcciones del recinto. Inaugurada en 1962, había sido proyectada en los años paranoicos de la guerra fría y construida con paredes de treinta centímetros de grosor de piedra caliza. Se elevaba tan sólo dos pisos por encima de la superficie exterior, pero su sótano albergaba más de cincuenta kilómetros de estantes subterráneos. La construcción estaba rematada con una cubierta elevada en voladizo que dejaba entrar la luz a todo el edificio.

Ken decidió tomar la ruta de la Beltway y de allí dirigirse al sur hacia Bethesda, donde se encontraba la biblioteca. Daría un rodeo pero se evitaba entrar en Washington. Su trabajo aquella mañana había sido delegado en Michael Rosenberg, el residente de medicina, quien supervisaría a

Claudio. En caso de que Rosenberg no pudiese resolver algún problema, el doctor Ahmad se haría cargo de la situación.

Dirigió su coche al aparcamiento y penetró en el edificio. Era amplio y luminoso, nada parecido a las lóbregas bibliotecas a las que Ken estaba acostumbrado. Una recepcionista le atendió.

—Soy el doctor Philbin. Desearía consultar unos libros antiguos.

—Sección de Historia. Al fondo de este pasillo de la derecha.

Ken recorrió el pasillo, flanqueado por estanterías repletas de volúmenes incunables, y entró en una sala solemne, que contrastaba con la modernidad del edificio. Una bibliotecaria estaba sentada tras un mostrador.

—Buenos días. Desearía consultar unos libros antiguos...

—¿Tenía una cita concertada? —le interrumpió la bibliotecaria.

—Verá, no. Creo que el jefe de policía avisó de que vendría.

La bibliotecaria le escrutó.

—¿Es usted policía?

—No. Soy el doctor Philbin pero colaboro con la policía.

—Espere un momento.

La bibliotecaria cogió el teléfono e hizo una llamada. Al finalizar, se dirigió a Ken.

—¿Me puede enseñar su identificación?

Ken pensó que todas aquellas precauciones no se tomaban ni en Fort Knox, donde están depositadas las reservas de oro del país. Le mostró su permiso de conducir.

—Muy bien, doctor Philbin. He comprobado su historia. ¿Qué desea consultar?

—Quisiera ver los dibujos anatómicos de Leonardo da Vinci.

—Un momento. Siéntese en esta mesa y ahora se los traeré.

La bibliotecaria consultó su archivo, un arcaico sistema de fichas escritas a lápiz, y se dirigió hacia una de las estanterías. Al poco, regresó con un enorme volumen, de treinta por cuarenta centímetros, y lo depositó sobre la mesa.

—Cuidado, pesa mucho —dijo.

Ken observó el libro. El título decía: *Los dibujos de Anatomía de Leonardo da Vinci. Archivos de la Biblioteca Real del Castillo de Windsor*. Era una edición facsímil de principios de siglo de todas las láminas de dibujos anatómicos que se conocían de Leonardo.

Abrió el libro y fue pasando una a una las enormes hojas. Ante él apareció el genio de Leonardo en todo su esplendor. Los dibujos estaban realizados a pluma con aguada sepia y en algunos se podía distinguir el trazo de lápiz que Leonardo había dibujado antes de pasarlos a tinta. La mayoría de ellos iban acompañados de un texto ininteligible, no sólo por la caligrafía y el idioma sino porque Leonardo escribía de derecha a izquierda.

La serie comenzaba con estudios de huesos y músculos de las extremidades. En uno de ellos, que mostraba los huesos de la muñeca, Leonardo había dibujado los ocho huesos del carpo cuya primera fila había quedado al descubierto en la mano de Jack Drummond, seccionada y separada limpiamente del radio y del cúbito. Tras los huesos, aparecían dibujos del sistema nervioso y circulatorio. Quedaba patente que Leonardo había pasado muchísimas horas en la sala de disección. La lámina catalogada como RL 19049v era un dibujo muy similar al que había realizado su amigo para el artículo de la canulación de la vena subclavia. Mostraba los vasos sanguíneos de la cabeza, el cuello, el pecho y el brazo, hasta sus últimas ramificaciones. Si bien el dibujo de su amigo era más didáctico, no podía competir con la belleza y calidad del que tenía delante.

Las láminas se adentraban en el cuerpo, con dibujos de los órganos abdominales y torácicos. El corazón, con sus ventrículos abiertos y sus válvulas de tres hojas, delicadamente esbozadas. Incluso las arterias coronarias, cuya función se desconocía en aquella época, estaban representadas. El viaje a través del cuerpo continuaba con dibujos de los órganos genitales masculinos y femeninos. Uno de ellos representaba una sección de estos órganos durante el acto sexual, con un pene introducido en una vagina. Seguía la colección con un estudio de un feto en el útero materno, abierto para mostrar su contenido. Tanto la placenta como el cordón umbilical estaban fielmente reproducidos.

Ken estaba llegando a las últimas láminas y comenzó a inquietarse. El hombre de Vitrubio no aparecía. Al llegar a la última, cerró el libro. Toda la belleza que había contemplado no le podía compensar su decepción. No había encontrado lo que buscaba. Se dirigió a la bibliotecaria.

—El libro es maravilloso pero no está lo que busco.

—¿Y qué busca usted, doctor?

—Un dibujo anatómico de Leonardo.

—Pues tiene que estar aquí. Todos los dibujos anatómicos de Leonardo que se conservan están en la Biblioteca Real de Windsor.

Ken tuvo un recuerdo fugaz de un comentario de Claudio. «Está en Venecia», le había dicho.

—Bueno, quizá no sea un dibujo anatómico en sentido estricto. Es un canon de proporciones del cuerpo humano. ¿No tienen ningún otro libro de dibujos de Leonardo?

La bibliotecaria le miró severamente. Podría haber comenzado por ahí y se hubiese ahorrado el tener que transportar aquel libro tan pesado.

—Veré lo que encuentro, doctor —le dijo.

Pasaron más de quince minutos. Ken se levantó y comenzó a pasear por la sala, observando los preciosos volúmenes históricos allí almacenados. Volvió a su mesa cuando vio de lejos que la bibliotecaria se acercaba con un libro.

—Espero que esto le sirva —dijo ésta, dejando caer un grueso volumen. No era tan grande como el de las láminas pero sí más grueso. Ken leyó el título. *Leonardo da Vinci y el cuerpo humano*. Y en la portada, mirándole con ojos desafiantes, estaba el hombre de Vitrubio.

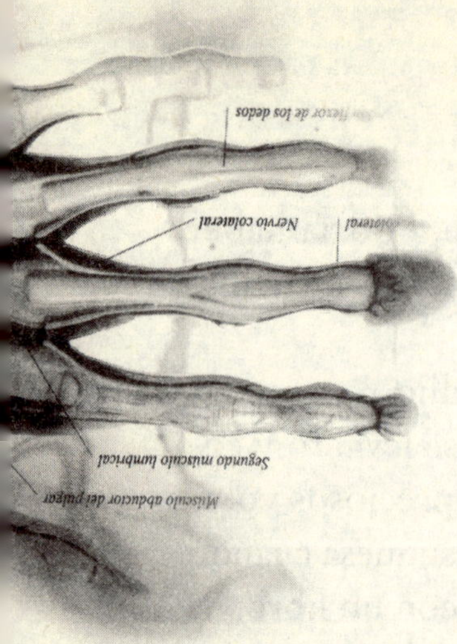

CAPÍTULO

20

A la misma hora que Ken se deleitaba con los dibujos de Leonardo, en el Washington Memorial Hospital un hombre se desangraba.

Había sufrido un accidente de coche. Iba por la autopista a gran velocidad y había chocado contra un muro de contención que había en el arcén. El coche quedó destrozado. No había perdido el conocimiento pero su estado general era muy precario. Fue recibido por Claudio, quien ordenó a Sandra que le tomase las constantes, mientras él le exploraba. Las extremidades no habían sufrido ningún daño, ni tampoco el tórax. El abdomen estaba rígido y el individuo se quejaba mucho de un dolor en la zona pélvica.

—Apenas le oigo la tensión —dijo Sandra, esforzándose en oír algún latido con el fonendoscopio.

—Está entrando en *shock* —anunció Claudio—. Pongámosle una vía y comencemos a darle suero. Sacaremos muestras de sangre para el banco. Seguro que va a necesitar más de una transfusión.

El paciente mejoró con el tratamiento pero Claudio sabía que necesitaba un diagnóstico.

—Ahora que está mejor, le haremos radiografías. De tórax, abdomen y pelvis.

Lo pasaron a la sala de radiología anexa a Urgencias. Las radiografías de tórax y abdomen no demostraron ninguna fractura pero la centrada en la pelvis evidenció una fractura bilateral de las ramas del pubis y del ilion derecho. La fractura en sí no era lo suficientemente grave como para explicar el mal estado del enfermo.

Claudio cogió las radiografías y se las llevó a Rosenberg.

—Mike, mira estas radiografías. Tiene la pelvis rota pero el paciente está en *shock*. No lo entiendo.

Rosenberg miró al italiano y suspiró, como para demostrar cuánta paciencia había que tener con los internos.

—Puede que tenga alguna lesión interna. ¿Cómo es la orina?

—No lo sé. No ha orinado.

—Pues sóndalo, *bambino*.

Claudio apretó los dientes, consciente de su fallo.

Con la ayuda de Sandra, introdujo una sonda por la uretra. La orina salió teñida de sangre. Se lo comunicó a Rosenberg.

—La fractura puede haber lesionado la vejiga u otra estructura del sistema urinario. Será mejor que llames a un urólogo.

Claudio así lo hizo. Mientras tanto, el enfermo empeoraba. Le pasaron una transfusión. Diez minutos más tarde, apareció el residente de urología.

—¿Qué pasa? —preguntó.

—Este hombre ha sufrido un accidente, tiene la pelvis rota y hay sangre en la orina.

—¿Y qué?

—¿Cómo que y qué? Tienes que hacer algo. Es un caso claro de tu especialidad.

—Chico, no me des lecciones. Es posible que tenga alguna lesión en el tracto genitourinario, pero en cualquier caso el tratamiento es conservador.

—¿Conservador? Este hombre está en *shock*.

—No pretenderás que lo opere. Lo que hay que hacer son irrigaciones a través de la sonda hasta que la orina aparezca clara.

—¿Clara? Está meando sangre. ¿Y si no se aclara?

—Ya te he dicho lo que tienes que hacer. Además, si tiene una fractura de pelvis, debería verle un traumatólogo.

Claudio decidió que aquel tipo no iba a ayudarle más en el caso y volvió a coger al teléfono.

—Por favor, llamen al traumatólogo de guardia. Que baje urgentemente a Urgencias —dijo a la telefonista.

Rosenberg apareció.

—¿Cómo va esto?

—Mal. El urólogo ha recomendado que le hagamos irrigaciones vesicales y nada más.

—Hagámosle una analítica completa. Recuento de hematíes, electrolitos, gases en sangre, equilibrio ácido-base y pruebas de coagulación.

Sandra hizo una nueva extracción y mandó las muestras al laboratorio.

—Diles que es urgente —le indicó Claudio.

El residente de traumatología no tardó en llegar.

—¿Para qué me habéis llamado?

Claudio le explicó el caso y le mostró las radiografías.

—Sí. Tiene una fractura de pelvis pero no hay desplazamiento. Lo único que tiene que hacer es reposo en cama.

—¿No vas a hacer nada más? El hombre está muy mal.

—Ya te he dicho que no hay que hacer nada más que reposo hasta que la fractura consolide.

—Si le da tiempo —dijo Claudio por lo bajo.

El traumatólogo se acercó al paciente, que estaba semiconsciente, y lo exploró.

—¿Habías visto esto? —preguntó a Claudio.

—¿Qué cosa?

—Esta coloración en los flancos.

Claudio se acercó. A ambos lados de la pelvis había surgido una coloración azulada. Claudio tocó la piel. Estaba tensa.

—Estoy seguro de que no tenía esto cuando entró —dijo al traumatólogo.

—¿Quieres decir que ha aparecido desde que está aquí?

—Sí.

—Puede que esté desarrollando un hematoma retroperitoneal. Y esto no ocurre por una simple fractura de pelvis. Es posible que el hueso roto haya desgarrado un vaso sanguíneo y esté sangrando. Será mejor que lo vean los de cirugía vascular.

Claudio coincidió con el diagnóstico y se aprestó a recabar la opinión de un tercer especialista.

«¡Ojalá lo resuelvan!», pensó. Hasta entonces sólo le habían recomendado tratamientos conservadores.

Sandra entró con los resultados de los análisis. Claudio los miró y palideció. Todo estaba mal. La hemoglobina y los glóbulos rojos estaban a la mitad de lo normal. Las plaquetas, insuficientes. El oxígeno en sangre, bajísimo. La sangre tenía una acidosis marcadísima y las pruebas de coagulación estaban alteradas. Decidió enseñárselos a Rosenberg.

—Mira, Mike. Lo tiene todo mal.

Rosenberg dejó de explorar a una paciente asmática y miró los resultados. Enseguida se dio cuenta de la situación. Aquel hombre estaba muy grave. Él había prometido cubrir a Ken y tenía que entregarse a la tarea de salvarlo.

—Claudio, vayamos por partes. Necesita por lo menos dos o tres transfusiones más para subirle la hemoglobina. Le falta oxígeno. Que le pongan una mascarilla al 35 por ciento. Tiene una acidosis de caballo. Hay que darle bicarbonato. ¿Cuánto pesa?

—No lo sé. Pesará unos setenta kilos.

Rosenberg hizo un rápido cálculo mental.

—Doscientos cincuenta miliequivalentes en vena, rápido.

Sandra preparó tres jeringas grandes con el bicarbonato y comenzó a administrárselo.

—El potasio está a cinco. Si deja de orinar y le sube más, podemos tener problemas de arritmias. De todas formas, hay una cosa que no entiendo —continuó Rosenberg.

—¿Qué?

—Las plaquetas y el tiempo de protrombina están muy bajos.

Se acercó por la derecha al hombre y comenzó a palparle el abdomen. Claudio lo observaba.

—Le ha aparecido esta coloración en los dos lados —indicó a Rosenberg.

Éste seguía palpando el abdomen, en la parte superior derecha. Miró al hombre, que continuaba semiinconsciente, respirando muy rápidamente. Rosenberg se dirigió a él.

—¿Puede oírme?

El paciente abrió los ojos y le miró, asintiendo.

—¿Cómo se encuentra?

—Muy mal. Me voy a morir.

Rosenberg arrugó la frente. Por experiencia sabía que los pacientes que decían aquello acababan falleciendo. Es como si se activase una señal interna que anuncia una muerte inminente.

—Quiero hacerle una pregunta muy importante. ¿Es usted bebedor?

Claudio se quedó atónito. Qué pregunta más absurda de hacerle a un enfermo que se está desangrando.

—No, ya no bebo —dijo el hombre.

—Pero había bebido anteriormente, ¿verdad?

El paciente asintió.

—¿Mucho?

Volvió a asentir.

Rosenberg se apartó del paciente. Claudio se dirigió a él.

—¿Para qué le has preguntado eso?

La respuesta evidenció que Rosenberg era muy buen médico, de aquellos que, a base de exploración, palpación e interrogación, llegaban a un diagnóstico sin necesidad de pruebas sofisticadas.

—Claudio, la protrombina y las plaquetas son esenciales para una buena coagulación. Este hombre está sangrando y las pruebas y la clínica demuestran que su sangre no está coagulando bien. Le he palpado el hígado y me ha parecido el típico hígado con cirrosis. Esto puede llegar a alterar la coagulación. Por eso le he preguntado si bebía. Seguramente bebió hasta ayer. Los pacientes son muy celosos de sus hábitos alcohólicos. ¿Qué se te ocurre que podemos hacer para revertir el cuadro?

—Trasfundirle plaquetas y darle vitamina K.

—Mejor plasma fresco que vitamina K.

—Pero lo tienen congelado y tardarán un buen rato en prepararlo.

—Menos de las seis horas que tardaría la vitamina K en hacer efecto.

Claudio no lo sabía y se impresionó por los conocimientos de Rosenberg.

—Si no conseguimos que coagule continuará sangrando y se nos irá de las manos. Hazle otro análisis para ver cómo le ha sentado el bicarbonato.

Sandra tomó una nueva muestra de sangre y pidió las plaquetas y el plasma al banco de sangre.

El residente de cirugía vascular apareció por la puerta. Tenía un porte distinguido y una edad algo mayor que la mayoría de los residentes. La cirugía vascular era una especialidad emergente. Estaba incluida en el programa de cirugía general, pero la presión de algunos profesionales que se dedicaban exclusivamente a ella había forzado a establecer programas piloto de especialización. El hospital contaba con uno de estos programas. Los cirujanos vasculares eran gente muy entrenada, competente, pero, como casi todos los superespecialistas, muy pagados de sí mismos.

—¿Me habéis llamado? —dijo.

Claudio vio una rendija de luz en la oscuridad del caso.

—Sí. Este hombre ha desarrollado un hematoma retroperitoneal como consecuencia de una fractura de pelvis. Creemos que puede tener una lesión vascular. Tanto el urólogo como el traumatólogo dicen que no es cosa suya. Y además tiene un problema de coagulación.

El cirujano vascular examinó al paciente, miró las radiografías, palpó los pulsos de las extremidades inferiores y decretó:

—No creo que tenga ninguna lesión vascular importante. Tiene buenos pulsos en las piernas. Estoy seguro de que las arterias iliacas están indemnes. Tampoco es de mi incumbencia.

—Pero se está desangrando. Puede tener una lesión de un vaso pequeño, o de una vena que se haya desgarrado. Esto no lo podría diagnosticar tocándole los pulsos.

—¿Y qué pretendes que haga?

—Opérelo. Si no, se va a morir.

—¿Operarlo? ¿Estás loco? ¿Tú sabes lo que es el espacio retroperitoneal? Es como un tremendo saco donde hay más de cien estructuras que pueden sangrar. Cuando se llena de sangre no hay quien vea nada. Yo no me metería sin un diagnóstico claro. Buscar un punto sangrante allí es como buscar una aguja en un pajar. Y, además, tiene problemas de coagulación. Sólo un loco se metería en una intervención así. —La cara de desolación de Claudio hizo que el cirujano vascular suavizase su discurso—. Comprendo tu desesperación. Este hombre se está desangrando por dentro pero una operación no lo salvará.

Dio media vuelta y abandonó Urgencias.

Sandra volvió con los nuevos análisis. Continuaba acidótico y anémico. Claudio se los mostró a Rosenberg.

—Más bicarbonato. Trescientos miliequivalentes. Y dos bolsas de sangre. Cuando las pidáis decidles que se den prisa con las plaquetas y el plasma.

Claudio estaba abatido. Tenía un hombre delante cuya vida se escapaba hacia el espacio retroperitoneal, había consultado con tres especialistas y ninguno había querido tocarlo. Sólo le quedaba un recurso. Consultaría con el doctor Ahmad. Rosenberg dio su aprobación.

—Sí, creo que este caso nos sobrepasa. Alguien con más autoridad debería intervenir.

El doctor Ahmad estaba en el quirófano y no acabaría hasta dentro de treinta o cuarenta minutos. Claudio dejó el recado de que era requerido en Urgencias y volvió al lado del paciente, que continuaba semiinconsciente. Le dieron más bicarbonato, continuaron pasándole transfusiones y aumentaron la concentración de oxígeno de la mascarilla al cincuenta por ciento. Por fin, llegaron las plaquetas. El plasma todavía iba a tardar un poco más. La coloración de los flancos iba aumentando, así como la distensión del abdomen. Era evidente que el paciente continuaba sangrando.

Rasheed Ahmad hizo su aparición. Iba vestido de verde, con uniforme de quirófano. Todavía llevaba el gorro quirúrgico, para dar la impresión de que había venido tan pronto como había podido.

—¿Qué ocurre, Claudio? ¿Por qué tanta prisa?

Claudio le explicó el caso, le contó las visitas de los especialistas, le mostró la coloración del paciente, le explicó el diagnóstico de disfunción hepática de Rosenberg y le planteó el tratamiento con plasma y plaquetas.

—Muy bien, Claudio. Parece que habéis hecho bien las cosas.

—Sí, pero el paciente empeora. Continúa sangrando.

—Y lo continuará haciendo hasta que no se corrija la coagulación.

—Ya lo estamos haciendo. Le están pasando plaquetas y ahora le pasaremos plasma. ¿Y si no deja de sangrar?

—Pues se morirá.

—Tienes que hacer algo.

—¿Qué quieres que haga?

—Operarle.

—¿Estás loco? Este hombre no se puede operar. Por cierto, ¿dónde está Ken?

—En la Biblioteca Nacional de Medicina. Creí que lo sabías.

—Sí, pero no creí que fuese a tardar tanto. Dile que quiero verle en cuanto llegue.

«Típico de Rasheed», pensó Claudio. «Eludiendo siempre su responsabilidad y buscando excusas dilatorias en vez de coger el toro por los cuernos».

—Entonces, ¿no vas a hacer nada?

—No. Este hombre está muerto.

—No. No está muerto. Se está muriendo pero estará muerto dentro de poco si alguien no hace algo para salvarle. Yo ya no puedo hacer nada más.

—Pues déjalo que se muera.

—*Figlio di puttana!* —masculló Claudio.

Rasheed le miró fijamente y dijo:

—No he entendido lo que me has dicho pero no me ha parecido nada agradable. Quiero advertirte que mi informe sobre ti puede ser determinante para que el hospital te elija como residente el próximo año.

Tras eso, se dio la vuelta y se marchó. Claudio le hizo un corte de manga. No sólo no le había resuelto el problema sino que le había amenazado. Le habría gustado que Ken estuviese allí con él.

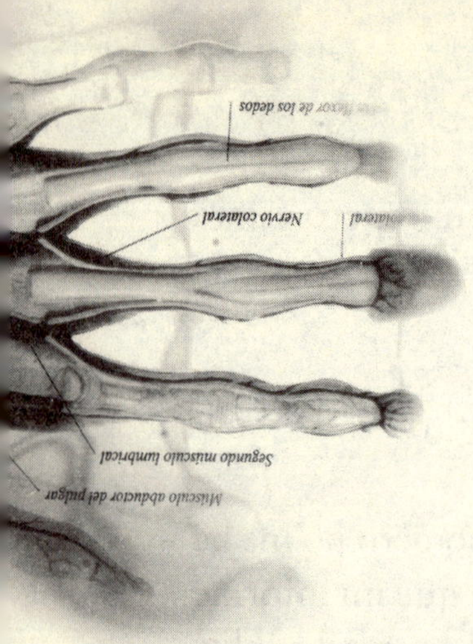

CAPÍTULO

21

Ken cogió el libro sobre Leonardo y lo abrió. A modo de introducción había una frase del escritor ruso Dimitri Merzhkovsky: «Leonardo fue un hombre que se despertó demasiado temprano, en la oscuridad, mientras todos los demás todavía dormían».

El libro reproducía casi todas las láminas del otro libro, aunque a un tamaño reducido y no con tanta calidad como la edición facsímil. Pero además había un texto explicativo de cada lámina, traduciendo las anotaciones que Leonardo había escrito en el dibujo original. Era una obra soberbia, editada por W. B. Saunders & Co., una conocida y prestigiosa editorial de libros médicos.

El texto introductorio explicaba cómo Leonardo había llegado a dibujar aquellas láminas. Hombre avanzado a su tiempo, quiso explorar las interioridades del cuerpo humano realizando disecciones anatómicas, más de cuarenta años antes de que Vesalio, el padre de la anatomía, publicase su obra *De humani corporis fabrica*.

Pero Leonardo, como la mayoría de los artistas de su época, vivía del mecenazgo y, cuando se trasladó a Roma, continuó sus estudios anatómicos en el hospital del Espíritu Santo bajo el patronazgo de Giuliano de Médicis, hermano del papa León X. Leonardo no sólo se limitaba a estudiar la anatomía. Paralelamente, hizo dibujos sobre física, botánica, hidráulica, mecánica y cartografía. Sus trabajos sobre óptica despertaron la envidia de un fabricante de espejos de origen alemán, quien comenzó a hacer circular rumores sobre las disecciones de Leonardo y algunos actos sacrílegos relacionados con éstas. El Papa le prohibió que volviese al hospital y Leonardo abandonó para siempre los estudios anatómicos.

«La envidia entre colegas ya existía hace cuatrocientos años», se dijo Ken, y no pudo dejar de pensar en el arrogante Rasheed Ahmad. Luego reparó en algo que le había llamado la atención desde un principio. ¿Por qué las láminas anatómicas estaban en la biblioteca del castillo de Windsor y eran, además, propiedad de la familia real británica? Leonardo había nacido en Italia y pasó sus últimos años en Francia, bajo la protección de Francisco I. ¿Cómo habían llegado los dibujos hasta Inglaterra?

Al parecer, cuando Leonardo murió en Francia en 1519, dejó en su testamento todos los dibujos a su dilecto discípulo Francesco Melzi, quien los conservó durante toda su vida. Tras múltiples vicisitudes, los dibujos llegaron a España a manos de un escultor llamado Pompeo Leoni, quien había sido nombrado artista de la corte en Madrid. El trayecto final hasta Inglaterra se hizo a través de Thomas Howard, conde de Arundel, quien compró el volumen anatómico cuando viajaba por España en 1636. Se desconoce cómo llegaron a parar a manos reales, pero existe constancia de que la reina María los exhibía en el palacio de Kensington allá por el año 1690.

Ken volvió a saborear la belleza de los dibujos, pasando las páginas con lentitud.

Al llegar a la que mostraba los ventrículos del corazón leyó: «El corazón, por sí mismo, no es el principio de la vida, sino un vaso sanguíneo formado por un músculo denso, vivificado y nutrido por una arteria y unas venas, como cualquier otro músculo». Leonardo había desacralizado el corazón, el asiento del alma según los textos galénicos, y lo había descrito, con todo acierto, como lo que realmente es, un músculo que lleva sangre y está nutrido por una arteria como cualquier otro músculo del cuerpo. Y esto había ocurrido antes de que Vesalio naciera y cien años antes de que William Harvey describiese la circulación sanguínea.

Ken no pudo dejar de conjeturar que, si el envidioso fabricante de espejos no hubiese denunciado a Leonardo ante el Papa, posiblemente el propio Leonardo habría acabado por desvelar el misterio de la circulación de la sangre.

De nuevo, la imagen de Rasheed pasó por su mente como un *flash*. Poco se imaginaba que, en aquellos momentos, éste reclamaba su presencia en el Washington Memorial Hospital.

Al fin llegó a la página donde estaba el hombre de Vitrubio. Tal como Claudio había dicho, se guardaba en la Galería de la Academia, en Venecia, según ponía una nota en las páginas finales. El dibujo, de por sí bellísimo, aportaba todo el genio de Leonardo a la descripción que Vitrubio, un arquitecto de la antigua Roma, había hecho sobre las proporciones del cuerpo humano. Su obra *De Architectura* constaba de diez tomos y era de los pocos tratados de arquitectura romana que habían llegado hasta el Renacimiento. En el tomo tercero enumeraba una serie de enunciados que fijaban las medidas del cuerpo humano:

«La longitud de los brazos extendidos de un hombre es igual a su altura».

«La distancia entre la parte superior de la cabeza y el mentón es una octava parte de la altura».

«La distancia entre la parte superior de la cabeza y la línea de los pezones es una cuarta parte de la altura».

«La distancia entre el codo y la punta de los dedos de la mano es una quinta parte de la altura».

Basado en estas medidas, Leonardo había ilustrado la sentencia de Vitrubio en su libro: «El ombligo está situado en el centro del cuerpo humano y si, en un hombre con la cabeza levantada y sus manos y pies extendidos, se dibuja un círculo, éste tocará los dedos de las manos y los de los pies. No es sólo en un círculo donde se circunscribe el cuerpo humano, como puede verse si lo metemos en un cuadrado. Midiendo la distancia que hay entre los pies y la coronilla de la cabeza y la que hay entre los dos brazos extendidos, vemos que esta medida es igual a aquélla. Así, las líneas perpendiculares a estos cuatro puntos formarán un cuadrado».

Ken se dio cuenta entonces de la perspicacia de Leonardo, por cuanto éste había situado el ombligo en el centro del círculo. Pero al dibujar el cuadrado, lo había desplazado ligeramente hacia abajo, situando el centro a la altura de los genitales. De esta forma, la figura humana enmarcada por el círculo y el cuadrado resultaba absolutamente proporcionada.

Se levantó. Había aprendido mucho sobre Leonardo, se había deleitado viendo los maravillosos dibujos anatómicos, había comprendido el propósito de Leonardo al redibujar el hombre de Vitrubio, pero no había conseguido establecer ninguna relación entre éste y el asesinato de Jack Drummond.

Se dirigió hacia el mostrador y dio las gracias a la bibliotecaria.

—De nada, doctor. ¿Ha encontrado lo que buscaba?

—Sí. Me ha sido usted de mucha ayuda —mintió.

Se encaminó hacia la salida de la sección histórica y, justo al lado de la puerta, observó una estantería en la que los libros, ligeramente inclinados, estaban colocados de frente, mostrando la portada. En la parte superior de la estantería estaba escrito: «Nuevas adquisiciones». Ken dio un breve repaso a las obras expuestas. Nada interesante. De pronto, se detuvo. Un pequeño opúsculo llamó su atención. «Simbología médica», decía la portada. Ken lo cogió. Apenas tenía cien páginas. Pasó las hojas rápidamente para ver su contenido. En una página estaba dibujado el símbolo y en la opuesta su explicación. Se hacía tarde pero Ken no resistió la tentación. Se sentó en una mesa vecina y comenzó a hojearlo. Allí estaba la Cruz Roja, fundada en 1863 por el suizo Jean Henri Dunant, con sus equivalentes de la Media Luna Roja de los países árabes y la Estrella de David Roja de Israel. Allí estaban la serpiente y el bastón de Esculapio, símbolo de la Medicina. Esculapio, educado por el centauro Quirón, llegó a ser el dios de la Medicina y su bastón, una rama de ciprés, representa fortaleza y solidez. La serpiente, con su muda anual de piel, simboliza la incesante renovación de la vida y del rejuvenecimiento. Ken advirtió que la serpiente aparecía en muchos símbolos relacionados con la Medicina. La *serpens mercurii* de los alquimistas, una serpiente enroscada en una cruz, representaba la elaboración del elixir de mercurio, un curativo legendario, a base de extraer el *volatile*, o parte venenosa del elemento. Una serpiente enroscada en una copa, antiguo símbolo de la Iglesia para representar a san Juan Evangelista, es hoy símbolo de los farmacéuticos. El Uroboro, una serpiente que se muerde su propia cola formando un círculo, representa el fluido universal que todo lo penetra y la renovación perpetua de la Naturaleza.

En un grabado de Durero, *Los cuatro jinetes del Apocalipsis,* Ken observó que el Hambre portaba una balanza vacía, mientras la Muerte, montando un caballo escuálido, portaba una forca para recoger su macabra cosecha.

Al pasar la siguiente página, Ken se quedó helado. Allí estaba. Una mano con un ojo dentro.

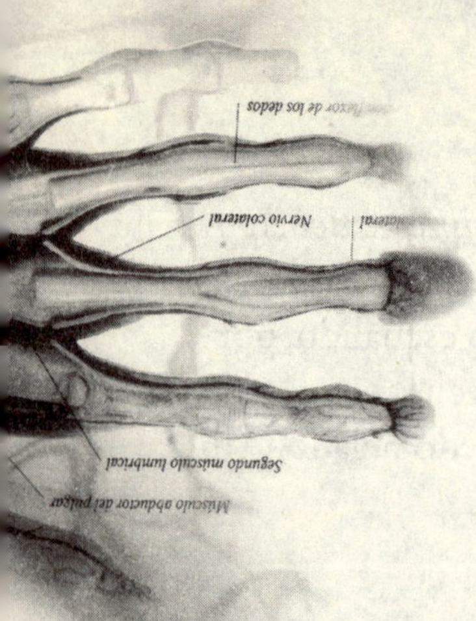

CAPÍTULO

22

Nuevos análisis. —Claudio dio las malas noticias a Mike Rosenberg—. Continúa acidótico y el potasio es de 6,2.

—Más bicarbonato, Claudio. No podemos dejar que la acidosis vaya en aumento.

La extensa destrucción de tejidos en la pelvis, añadida a los millones de hematíes extravasados, estaba creando una situación que producía la acidosis por muerte celular. A la vez, las células muertas liberaban potasio intracelular, que pasaba al sistema circulatorio.

—¿Está orinando? —preguntó Rosenberg.

—¡Qué va! Ya hace más de una hora que no sale orina por la sonda.

—Pues va a ser muy difícil rebajarle el potasio.

—Podríamos hacerle una diálisis.

—¿Aquí? ¿En Urgencias? Es imposible.

Rosenberg se dio cuenta de que o la desesperación o la inexperiencia hacían decir a Claudio cosas sin sentido.

—Probaremos con resinas de intercambio iónico. Dile a Sandra que prepare un enema de resin-calcio.

—¿Un enema?

—Sí, un enema. El recto es una parte muy vascularizada del tubo digestivo. Por allí se absorbe cualquier sustancia que introduzcas, tan rápidamente como por el estómago. ¿Por qué te crees que se inventaron los supositorios?

Una vez más, Claudio tuvo que aceptar que Rosenberg tenía razón. En teoría, las resinas de intercambio iónico deberían captar el exceso de potasio, como una esponja absorbe el agua que ha caído sobre un mármol.

—El problema es que no tienen una acción muy rápida —dijo Rosenberg de las resinas.

Se dirigió hacia donde estaba el paciente. La distensión de los flancos se extendía por la zona pélvica, dando al cuerpo una apariencia grotesca. En la pantalla del monitor del electrocardiograma comenzaron a aparecer latidos prematuros, aberrantes.

—Extrasístoles —dijo Claudio.

—Dadle ochenta miligramos de lidocaína. Sandra, date prisa con el enema.

La enfermera se las veía negras para introducir la cánula del enema por el ano. Volteó ligeramente al paciente, quien lanzó un grito de dolor.

—Pónselo, Sandra, por Dios —dijo Rosenberg.

Sandra consiguió introducir la sonda por el orificio correcto y comenzó a administrarle el enema.

Los extrasístoles aumentaron.

—Más lidocaína. Y más bicarbonato.

—Va a fibrilar —gritó Claudio viendo cómo los extrasístoles se adueñaban de la pantalla.

—Con este potasio tan alto, es muy posible. Ni un antiarrítmico como la lidocaína puede estabilizar el ritmo cardiaco. ¿Sabías que en Inglaterra han utilizado el potasio a altas concentraciones para parar el corazón en las operaciones a corazón abierto?

Claudio no estaba para recibir docencia.

Finalmente, apareció la temida fibrilación ventricular.

—Rápido. Cargad el desfibrilador a cuatrocientos. Y tú, Claudio, dale oxígeno con la mascarilla a presión.

Mike descargó el desfibrilador sobre el pecho. El hombre dio un salto en la camilla, pero su ritmo cardiaco no se recuperó.

—Volved a cargar —ordenó Rosenberg.

Tras la descarga, constataron que no había habido ningún resultado.

Rosenberg intubó al paciente e inició masaje cardiaco externo.

—Más lidocaína y cien de bicarbonato.

Una vez administradas las drogas, Rosenberg volvió a descargar el desfibrilador.

El hombre, totalmente inconsciente, saltó como un pelele. El electrocardiograma comenzó a empequeñecer. La fibrilación estaba derivando hacia un paro cardiaco total.

—¿Cómo están las pupilas?

—Dilatadas —respondió Claudio tras abrir los ojos al paciente.

—¿Responden a la luz?

Claudio apuntó el haz de su pequeña linterna a los ojos.

—No.

Rosenberg dejó caer las palas del desfibrilador.

—Lo hemos perdido —dijo, mirando el reloj para certificar la hora de la muerte.

Claudio comenzó a golpear la camilla con su puño.

—*Merda!, merda!, merda!*

Rosenberg se le acercó.

—Claudio, has luchado como un jabato. No te has de culpar. Hemos hecho cuanto estaba en nuestras manos pero no ha sido posible salvarlo. Así es nuestra profesión. No se puede ganar cada día.

Sandra se acercó también a Claudio. Le cogió las manos y le dijo:

—Claudio, he visto cómo luchabas por salvar a este hombre. Has sido la única persona que creía que tenía una oportunidad. Te he ayudado cuanto he podido pero quizá era demasiado difícil que consiguiésemos lo que ambos deseábamos.

Sandra acercó su mano a la cara de Claudio y con la palma le tocó la mejilla. Claudio pensó que aquello era lo único bueno que le había ocurrido aquel día.

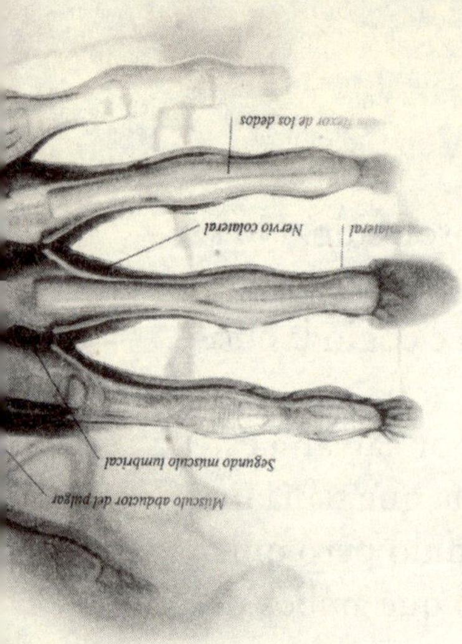

CAPÍTULO

23

La mano que contenía el ojo era una mano izquierda, con la palma hacia arriba.

«Una mano izquierda. Como la de Jack Drummond», pensó Ken.

El texto que acompañaba al dibujo explicaba que se trataba de un símbolo quirúrgico, originario del siglo XVIII. Un cirujano catalán —Pere Virgili era su nombre— lo había diseñado como emblema del Real Colegio de Cirugía de Cádiz, en España, del que era fundador. El símbolo original llevaba una corona y una orla con el lema *«Manu qua, auxilio quo»* y, según el opúsculo, aparecía representado en la puerta principal del edificio y en múltiples objetos como sellos de lacre, copas e incluso en el uniforme del portero.

Virgili regresó a Cataluña, donde fundó asimismo el Real Colegio de Cirugía de Barcelona y se llevó el emblema con él. Hoy en día todavía aparecía en el escudo de la Asociación de Cirugía de Barcelona.

Ken estaba excitadísimo. Un símbolo quirúrgico. Y Jack Drummond era cirujano. Pero ¿qué hacía un símbolo quirúrgico español del siglo XVIII en un apartamento de Washington, en pleno siglo XX? ¿Quién sabía de su existencia, aparte del responsable de compras de la Biblioteca Nacional y quizá la bibliotecaria, ambos improbables sospechosos? Por lo nuevo que estaba el librito parecía como si él fuese el primero en hojearlo.

Debía decírselo a su padre y, sobre todo, al teniente Lyons.

Salió de la biblioteca y con su Volkswagen se encaminó hacia el hospital. Tardó veinticinco minutos. Entró por la puerta de Urgencias, eufórico por su hallazgo.

—Tengo buenas noticias —dijo a manera de saludo.

Rosenberg le miró y negó con la cabeza, como indicándole que aquél no era el momento apropiado para euforias. Ken se dio cuenta de que algo estaba pasando.

—¿Qué ocurre? —preguntó, acercándose al cadáver del accidentado.

Claudio le explicó lo que había ocurrido. La llegada del hombre, las consultas a cuatro especialistas que se lo habían quitado de encima, el diagnóstico de coagulopatía, las transfusiones de plaquetas y plasma, la acidosis y la subida del potasio y, finalmente, la fibrilación ventricular. Al concluir dijo:

—Por cierto, el doctor Ahmad quiere verte.

—Tiempo habrá —contestó Ken—. Claudio, vamos al relax y charlemos un rato.

Se introdujeron en el pequeño cuarto.

—¿Un café?

—No, gracias. Ya estoy suficientemente excitado.

—Claudio. Comprendo que estés excitado y frustrado. Estoy seguro de que has hecho lo imposible para evitar que este hombre muriese. También me consta que eres un buen médico, aunque algo bisoño.

—¿Qué quieres decir con eso?

—Te voy a dar dos consejos que te servirán para toda tu vida profesional y te evitarán disgustos como el que te has llevado hoy.

—Venga. Dispara.

—El primero es que el médico no es responsable de la patología del paciente. Una vez está en tus manos, sí, pero no antes.

—No entiendo por dónde vas.

—Pues que este hombre cayó en tus manos después de haber tenido un accidente de coche. Corría demasiado por la autopista y se estampó contra un muro. Y además, se había destrozado el hígado con la bebida. Tú no eres responsable de que se fracturase la pelvis ni de que su sangre no coagulase. Cuando empezaste a tratarle ya estaba en números rojos. Y era culpa suya, no tuya. A veces nos piden lo imposible. Se creen que los médicos podemos curarlo todo y nos exigen que salvemos a pacientes que se han colocado ellos solitos en una situación desesperada. La mayoría de pacientes que sufren un infarto tienen la presión alta. ¿Sabías que sólo una octava parte de los pacientes hipertensos tienen la tensión arterial controlada?

—No lo sabía.

—La mitad ni siquiera lo saben, y mira que es fácil que le tomen a uno la tensión. De la mitad que lo saben, sólo la mitad de ellos acude al médico para que les traten. Y de esta cuarta parte del total, sólo la mitad de ellos la tiene bien controlada. La otra mitad no lo está por diversas causas. La medicación es insuficiente o no es la indicada, o simplemente no se toman las pastillas que el médico les ha recetado. Imagínate la de infartos que se podrían evitar si todo el mundo se tomase la tensión y los que la tuviesen alta acudiesen al médico y se tomasen las pastillas que les han recetado. Actualmente, sólo son un doce y medio por ciento. El ochenta y siete y medio restante están totalmente desprotegidos.

—¡Caray!

—Éste es el primer consejo. No te responsabilices de cosas de las que no eres responsable.

—¿Y el segundo?

—Se refiere al médico mediatizado por las circunstancias.

—¿Me lo repites? —pidió Claudio abrumado por el enunciado.

—Te estoy hablando de que, para ti, joven y bisoño, sólo hay una forma de actuar, que es la correcta. Esto es loable, pero utópico. En muchas ocasiones, los resultados de la actuación del médico están influenciados por circunstancias de diversa índole. Desde económicas a geográficas, pasando por morales e incluso políticas.

—En esto no estoy de acuerdo. El médico siempre debe actuar conforme a su mejor saber y entender, sin dejarse influir por el entorno.

—No te estoy hablando de la actuación del médico, sino de los resultados. Te voy a poner un ejemplo que te toca de cerca. Tu padre es un respetado ginecólogo que practica en Palermo. ¿Cuántas fiebres puerperales ha tenido en su clínica en los últimos diez años?

—Creo que ninguna.

—Muy bien. Porque tu padre es un buen cirujano, tiene una asepsia estricta en sus quirófanos y dispone de antibióticos de última generación. Y ahora, dime. ¿Me puedes asegurar que no ha habido en Sicilia ningún caso de fiebre puerperal en los últimos diez años?

—Hombre... alguna sí que puede haber ocurrido.

—¡Exacto! Y ¿por qué? Porque la desgraciada que la tuvo no podía pagarse la clínica de tu padre o vivía en un pueblo demasiado alejado de Palermo y no le dio tiempo a ir a la ciudad, o porque su madre y su esposo la obligaron a parir en casa como han hecho las mujeres de su familia durante siglos. Y siguiendo el ejemplo anterior, si se la diagnostican a tiempo, tienen un vehículo para llevarla a la clínica de tu padre y reúnen el dinero para pagarle, le exigirán que la salve. Y él no es responsable de la situación en la que se han metido por culpa de circunstancias económicas, geográficas o por costumbres atávicas.

»Te pondré otro ejemplo de cómo una situación geográfica puede determinar el desenlace de una enfermedad —continuó Ken—. En países donde existe medicina socializada, como en Inglaterra, los pacientes acuden al médico que se les asigna de acuerdo con la zona donde viven. Imagínate a una paciente que se cansa. Acude a su médico. Éste es un buen médico. La interrogará y la auscultará. Si escucha un soplo en el corazón, le hará un electrocardiograma. Si demuestra que hay una hipertrofia cardiaca hará el diagnóstico de estenosis aórtica y la enviará a operar. Es una operación arriesgada pero, si sale bien, puede vivir muchos años. Pero si vive diez manzanas más abajo, acudirá a otro médico, que puede ser el último de la clase. Éste le recetará pastillas, le dirá que haga reposo y no le diagnosticará su estenosis aórtica. En dos años puede estar muerta, y sólo por vivir diez manzanas más abajo. Como puedes ver, el éxito o el fracaso de la actuación médica dependen de muchas variables.

—Sí, pero el buen médico siempre lo hará bien.

—Si le dejan. No es tan fácil. No siempre ganan los buenos ni el príncipe se casa con la princesa como en los cuentos. La vida es, básicamente, injusta. En cualquier caso, comprendo tu decepción después de lo de hoy.

—¿Te has encontrado en algún caso igual?

—Peor.

—¿Peor?

—Sí, peor. Te voy a contar una historia que te pondrá los pelos de punta.

Claudio se arrellanó en el sillón.

—Ocurrió en Vietnam. Trajeron un herido, vietnamita, con la pierna destrozada, en *shock*, algo parecido al que os han traído hoy. Tenía la fiebre muy alta. Me hice cargo del herido, pero nada más empezar aparecieron unos militares con un intérprete y comenzaron a acosar con preguntas al desgraciado que estaba semiinconsciente. Yo les pedí que se fueran, que el hombre no estaba en condiciones de contestar a ninguna pregunta. Al parecer, era del Vietcong y los militares deseaban obtener información. Se agravó tanto que pedí que lo trasladásemos a un hospital de retaguardia. Me dijeron que ni hablar. Me enfrenté a ellos y les dije que los haría responsables de su muerte si no me permitían trasladarlo. Con ayuda de dos policías militares lo evacuamos. Me pasé quince días con él. Le reduje la fractura, la inmovilicé, le curé la herida, lo rehidraté, le di antibióticos. Día y noche estaba con él. Fue muy satisfactorio ver cómo iba mejorando con mi tratamiento. Tuve que salir unos días y al regresar al hospital me encontré su cama vacía. No lo entendía muy bien. A pesar de que seguía un curso satisfactorio, era demasiado temprano para que lo hubiesen dado de alta. Comencé a preguntar. No encontraba más que evasivas. Hasta que me enteré de la verdad.

—¿Lo habían dado de alta?

—No, lo habían fusilado.

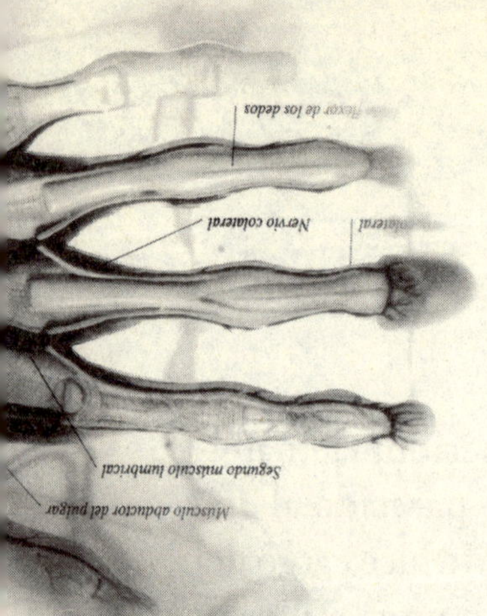

CAPÍTULO

24

Teniente, no he encontrado nada en la Biblioteca Nacional de Medicina que nos pueda dar una pista sobre el significado del hombre de Vitrubio.

—¡Mierda! —la voz del teniente Lyons sonó estentórea al otro lado del hilo.

—Pero he encontrado algo sobre el ojo en la mano —siguió Ken.

—¿Qué?

—Es un símbolo quirúrgico. Español, del siglo XVIII.

—¿Y qué tiene que ver con Jack Drummond?

—Eso mismo me pregunto yo. Pero le diré una cosa. El tipo que ha hecho esto tiene una cultura muy amplia, por encima de lo habitual.

—¿Por qué lo dices?

—No mucha gente en este país está familiarizada con el hombre de Vitrubio y menos aún con este símbolo quirúrgico. Y, si es el mismo que el que hizo lo del Wharf, sabía un rato de crucifixiones. Y le diré algo más. Continúo creyendo que sabe anatomía.

—Sí. Ya me lo habías dicho.

—Recuerde la forma en que estaba disecada la muñeca de Jack Drummond. No se hizo de un hachazo, sino con un bisturí bien manejado. Y Ralph Strong estaba clavado de una forma que sólo quien entiende de anatomía podía saber lo que estaba atravesando.

—Bueno, pues no sabemos ni quién es ni por qué hace estas cosas, pero ya tenemos un nombre para él.

—¿Cuál?

—Le llamaremos El Anatomista.

A continuación, Ken llamó a su padre.

—Papá, tengo algo que contarte.

—Dime, hijo.

Ken percibió algo especial en su voz. Le contó su hallazgo sobre el emblema de Pere Virgili.

—Tendrías que hacer una anotación en tu libro sobre este nuevo significado del ojo y la mano.

—Lo haré, Ken, lo haré. —Su voz sonaba abatida.

—¿Qué te pasa?

—Ken, han cerrado la universidad.

—¿Queé...?

—Sí, hijo. La Universidad de Columbia, la más antigua del Estado de Nueva York. El rector la ha cerrado.

—Pero ¿por qué?

—No podía hacer otra cosa. Los estudiantes tomaron un edificio y secuestraron al decano.

—Cuéntame.

A raíz de la marcha no autorizada liderada por Mark Rudd, éste y cinco estudiantes más fueron sancionados. La tensión fue *in crescendo* hasta que desembocó en la toma de un edificio de la universidad —Hamilton Hall— y la retención del decano como rehén. Pronto hubo luchas internas entre los estudiantes. Los llamados «atletas», derechones de buena familia, se opusieron a la ocupación. A muchos no se les escapaba que una expulsión de la universidad significaba el fin de la prórroga del servicio militar por estudios, con el consecuente riesgo de ser enviado a Vietnam. Los estudiantes revolucionarios blancos y negros se dividieron respecto de las acciones a tomar. Aquéllos optaban por mantener Hamilton Hall abierto para que continuasen las clases, pero éstos estaban decididos a que el edificio permaneciese cerrado.

—Así que el rector ha anunciado la suspensión de las obras del gimnasio pero ha cerrado la universidad —concluyó el padre de Ken.

—Lo siento mucho —dijo éste, y colgó el teléfono.

Durante todo el fin de semana, Ken siguió los acontecimientos que se desarrollaban en Nueva York. Los estudiantes blancos habían dejado a los negros en Hamilton Hall y habían ocupado la Biblioteca Low, donde estaba el despacho del presidente. Cientos de reporteros tomaron Columbia. Los estudiantes que apoyaban a los invasores les lanzaban comida en bolsas lanzadas por los aires, bolsas que los opositores se esforzaban en interceptar.

Al fin, la policía hizo su aparición, formando una barrera entre los curiosos y los edificios ocupados. La aparición de la policía ultrajó a los estudiantes que se creían inmunes a las fuerzas del orden dentro de su santuario. La escultura Alma Mater, símbolo de la universidad —una mujer sentada en un trono portando un cetro, con una Biblia en la falda— apareció con un cartel en el que se leía: «Violada por policías».

El sábado por la noche, una manifestación de noventa mil personas llenó Central Park. Allí, Coretta King, la viuda del líder asesinado, leyó los «diez mandamientos sobre Vietnam» que había dejado escritos su marido. Cuando leyó el último mandamiento, «No matarás», recibió una atronadora ovación.

Tres días más tarde, de madrugada, la policía invadió el campus. Más de mil agentes, divididos en siete sectores, protagonizaron una verdadera operación militar para sofocar la revuelta. Algunos agentes realizaron detenciones siguiendo la normativa legal pero la mayoría mostró una brutalidad desmesurada. Blandiendo sus porras o con las mismas esposas, golpearon a cuantas personas encontraban en su camino, sin distinguir sexo, edad ni raza. Incluso algunos estudiantes de los llamados «atletas», que presenciaban la redada y aplaudían a los policías, fueron golpeados. Los edificios tomados fueron desalojados a la fuerza y setecientos veinte estudiantes fueron arrestados. En el fondo fue una lucha de clases. Los policías, de clase obrera, les tenían ganas a aquellos señoritos universitarios que protestaban por una guerra que estaban librando, mayoritariamente, muchachos de clase obrera. Era la madrugada del 30 de abril de 1968.

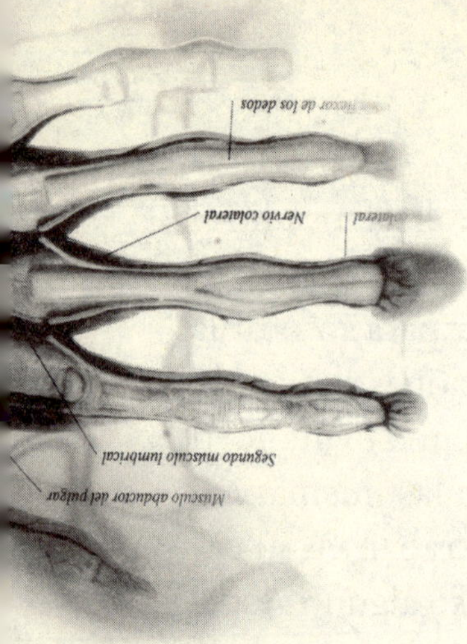

CAPÍTULO 25

Claudio estaba desolado. Se había pasado toda la noche con un paciente grave al que había sacado del *shock* en el que se encontraba cuando ingresó, y por la mañana, cuando dio el cambio de guardia a sus compañeros, se había llevado una bronca del doctor Ahmad porque no había anotado puntualmente todos y cada uno de los tratamientos que le había aplicado.

—No es justo —se quejó a Ken—. Prefieren que se muera con todos los papeles en orden a que se salve pero sin la historia clínica minuciosamente detallada.

—Es por motivos legales, Claudio. Si le pasa algo al paciente y un abogado hurga en su historia, parecerá que no se le ha hecho nada y te la puedes cargar tú, el jefe de residentes, el jefe de cirugía y el mismísimo hospital.

—No tenía tiempo de hacerlo todo —se excusó Claudio—. Era o tratarle el *shock* o escribir. Y a mí me han enseñado que el paciente es lo primero.

—Y lo es, pero aquí son muy estrictos con los aspectos legales de la medicina. Y me temo que irá a más.

—En cualquier caso, estoy harto de trabajar y recibir broncas. Tampoco pido tanto. Me conformo con un «gracias» cada quince días.

Ken sonrió, comprensivo. Él también había sido interno.

—Doctor Philbin, ¿puede venir un momento? —La voz de miss Mullins sonaba apremiante.

—¿Qué pasa, miss Mullins? —dijo Ken.

—Aquí fuera hay una mujer que insiste en ser visitada, pero no creo que sea una urgencia. Así se lo he dicho, pero no quiere marcharse hasta que alguien la visite.

—Pero ¿qué le pasa?

—Tiene el brazo derecho muy hinchado y le duele mucho.

—Venga, hágala pasar.

Ken atendió a la mujer. Según le relató ésta, había sufrido una mastectomía por un cáncer de mama hacía dos meses. Le habían practicado una mastectomía radical, en la que, además de la mama, le habían extirpado los músculos pectorales y todos los ganglios de la axila. Tras la intervención, el brazo se le había ido hinchando hasta provocarle un gran dolor por la tensión. La piel estaba lisa y brillante. Ken le pidió que se desnudase de cintura para arriba y la exploró. Era una mujer de unos 40 años, atractiva, pero indudablemente afectada por la amputación de su pecho derecho. La hinchazón llegaba hasta la mano y, cuando se apretaba con un dedo, dejaba marcada la huella. Se trataba, sin duda, de un caso de linfedema. Al haberle vaciado los ganglios de la axila, la linfa de su extremidad superior tenía dificultades para circular y se iba acumulando en el miembro, aumentándolo de tamaño. Sin embargo, Ken intuyó que no era el único problema de aquella mujer.

—¿Qué le pasa? —preguntó.

La mujer rompió a llorar.

—Fíjese en cómo me han dejado. Me han amputado un pecho y todo mi tórax está deforme. ¿Quién puede desear a una mujer así?

—¿Qué dice su marido?

—Dice que no le importa, que lo principal es que el cáncer esté curado, pero yo noto que no me mira con los mismos ojos que antes.

—Escuche. Su caso no es único. Usted tiene un problema médico, que se llama linfedema y que es fácil de solucionar. Con el tiempo, la linfa de su brazo encontrará nuevas vías de drenaje y el miembro se irá deshinchando. Con masajes y un drenaje postural, puede mejorar mucho. Pero aparte, usted tiene un problema de autoestima. Es verdad que la han mutilado, pero se ha hecho para erradicarle un cáncer. También hay soluciones para esto.

—¿Como qué?

—Bien, aún es un poco pronto, pero hay quien se somete a operaciones de cirugía estética para corregir este vacío que ha quedado en su pecho. Pero lo más importante es que contacte con una organización de personas mastectomizadas. En el hospital hay una. Se llama *Reach for recovery* y la forman mujeres como usted, que comparten problemas y experiencias. Estoy seguro de que le iría muy bien.

Claudio entró en la sala de reconocimiento y se sorprendió al ver a una mujer sollozando.

—Mira, Claudio, un típico caso de linfedema tras una mastectomía.

Claudio los conocía muy bien. Su padre también intervenía a pacientes con cáncer de mama.

—¿Y estas lágrimas? —preguntó.

Se hizo un silencio que se aprestó a romper.

—No tiene que llorar. Ahora es usted una amazona. Y las amazonas no lloran.

Tanto Ken como la mujer le miraron sorprendidos.

—¿Qué diablos dices? —preguntó aquél.

—¿No sabéis de dónde viene el nombre de amazona?

—Pues no.

—Amazona viene del griego. Del prefijo *a*, que significa «sin», y de la palabra *mastos,* que significa «mama, pecho». Así, amazona quiere decir «sin pecho».

—¿Y por qué? —preguntó la mujer.

—De acuerdo con la leyenda, las amazonas, mujeres guerreras que luchaban a caballo, se amputaban el pecho derecho para poder tensar el arco sin obstáculos. Mujeres como usted disparaban flechas mortales.

Tanto Ken como la mujer escuchaban entre sorprendidos y divertidos a Claudio. Éste se aproximó a la mujer y le dijo unas palabras al oído. El efecto fue mágico. No sólo dejó de llorar sino que comenzó a sonreír, ruborizándose.

—Lo probaré, doctor —dijo.

Ken llamó a miss Mullins.

—Por favor, dele hora para fisioterapia y consígale una cita para la próxima reunión de *Reach for recovery*.

—Muchas gracias por atenderme tan bien —se despidió la mujer.

Cuando se quedaron solos, Ken preguntó a Claudio:

—¿Se puede saber lo que le has dicho al oído?

—Le he dicho que, ya que es una amazona, estoy seguro de que su marido estará encantado de que ella le monte.

Decididamente, aquel italiano tenía muchas tablas, concluyó Ken.

Se retiraron al área de descanso. Allí estaban las dos enfermeras. Claudio se sentó en un taburete. Sandra estaba imponente. Deseaba salir con ella.

De pronto, como si le hubiese leído el pensamiento, se acercó a él por detrás y, apoyando su rotundo busto en la espalda, le rodeó el cuello con los brazos.

—¿Por qué no me sacas un día a cenar, Claudio? —dijo con voz seductora.

Claudio no se lo podía creer. Tragó saliva. No estaba preparado para esta pregunta tan directa, aunque había fantaseado con una situación semejante miles de veces. La mullida presión en su espalda le proporcionaba un intensísimo placer.

—Un día que los dos estemos libres —contestó—. ¿Os gustaría venir? —dijo dirigiéndose a Eloïse y Ken.

Ella respondió por los dos.

—Va a ser difícil encontrar un día que nos vaya bien a los cuatro.

Sonó el teléfono. Claudio contestó y colgó al instante.

—Era miss Mullins. Traen un herido.

—Ve a ver qué es —dijo Ken.

Claudio y las dos enfermeras abandonaron la habitación. Ken se quedó solo. En menudo compromiso le había metido Claudio. Si bien Eloïse le gustaba, no entraba en sus planes invitarla a cenar, al menos por el momento.

A los pocos minutos, Claudio abrió la puerta.

—¡Los indios nos atacan, los indios nos atacan! —dijo excitadísimo.

—¿Qué estás diciendo? —inquirió Ken.

—Han traído un herido. Y tiene una flecha clavada en el muslo.

—¿Una flecha?

—Sí, una flecha. Como las que disparaban los indios.

—Y las amazonas —añadió Ken mientras corría hacia la sala de curas.

Allí, tendido en una camilla, había un hombre de mediana edad. Todavía llevaba los pantalones puestos, pues ni la veteranía de miss Mullins había servido para afrontar un caso tan peculiar. Una flecha con plumas rojas entraba por la cara externa del muslo izquierdo y salía por la parte posterior dejando ver una afilada punta metálica.

—¿Quién le ha hecho esto, amigo? —dijo Ken.

—No lo sé. Estaba paseando por Rock Creek Park y de pronto he notado un pinchazo agudo en la pierna. Cuando he mirado hacia abajo he visto la flecha.

—¿Le duele mucho?

—Claro que me duele —protestó el herido.

—Vamos a tener que romperle el pantalón. Miss Mullins, tráigame una tijeras gruesas.

Ken introdujo las tijeras a nivel de los agujeros que había hecho la flecha y abrió la pernera izquierda del pantalón de arriba abajo. Con gran cuidado, se lo terminaron de sacar. El hombre parecía sacado de un *western* de los años cuarenta.

Ken examinó la herida. Apenas sangraba. Examinó los pulsos. No había lesión vascular. Le hizo mover el pie y la rodilla. Tampoco había lesión de los nervios ni destrucción muscular pues la flecha había atravesado los músculos sin desgarrarlos.

—Ha tenido suerte. Podría haber sido mucho peor.

—¿Suerte dice? ¿Es que ya no se puede pasear tranquilamente por el parque? —dijo enfadado el hombre.

—Pero ¿no ha visto al que le ha disparado?

—En absoluto. Era una zona con mucho follaje y seguramente el que me disparó estaba escondido allí.

—Bien, vamos a sacarle la flecha. Primero, pongámosle una inyección antitetánica.

Mientras la enfermera le ponía la inyección, Ken tomó a Claudio aparte y le preguntó:

—¿Cómo la sacarías?

—No podemos tirar hacia atrás, puesto que la punta puede engancharse dentro de los músculos. Por otra parte, si tiramos de la punta, todas estas plumas se meterán dentro de la herida y pueden infectarla.

—Exacto. ¿Qué hay que hacer, entonces?

—Cortarla.

—Bien, Claudio. Miss Mullins, tráiganos una cizalla grande, de las que usamos para cortar yesos.

Ésta apareció con un enorme instrumento cortante.

—¿Qué van a hacer? —dijo el hombre con el pánico en sus ojos.

—No se preocupe. Le vamos a sacar la flecha y apenas le dolerá.

—¿No podrían darme un traguito de whisky, como en las películas? —bromeó sin convicción.

Ken desinfectó los orificios de entrada y salida y aplicó la cizalla lo más cerca que pudo al orificio de entrada. De un golpe seco, partió la flecha.

—Ahora, Claudio, tira de la punta.

Claudio lo hizo y el resto de la flecha salió por el orificio de salida.

—Ya está. Muy bien. Ahora, desinfectaremos las dos heridas y las dejaremos abiertas; están contaminadas y si las cerramos se podrían infectar.

Tras aplicar una pomada y hacer un vendaje, el paciente fue trasladado a una camilla de observación.

—Esto ha sido un asalto, por lo que debemos hacer un parte judicial —advirtió Ken a miss Mullins.

—De acuerdo, doctor. Le prepararé los papeles.

Eloïse se acercó a Ken.

—Doctor Philbin, respecto a aquello de salir a cenar con Claudio y Sandra, no creo que sea una buena idea.

—Estoy de acuerdo, Eloïse. No te preocupes.

—Sin embargo, me gustaría que nos acompañase a mi hermano y a mí a una barbacoa que pensamos hacer el próximo sábado. Usted ya conoce a mi hermano, ¿no?

Ken se sintió atrapado. Su hermano le había caído muy mal y con ella apenas tenía confianza. Ni siquiera se tuteaban. A pesar de ello, aceptó.

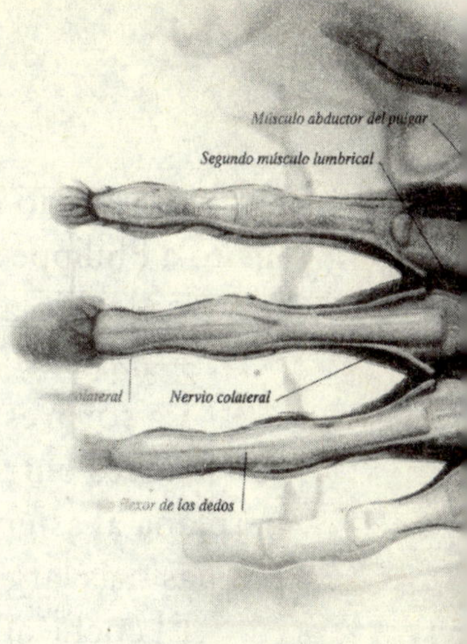

CAPÍTULO

26

Ken dirigió su Volkswagen a la avenida New Hampshire, casi esquina con la calle H, y se detuvo frente al edificio de apartamentos donde vivían Eloïse y Philippe, muy próximo al que había ocupado Jack Drummond. Habían acordado quc él se ocuparía de las bebidas y del medio de transporte y los dos hermanos llevarían la barbacoa con el carbón y la comida. Llamó al interfono y se oyó a Eloïse decir:

—Ahora mismo bajamos.

Aparecieron ambos por la puerta, ella cargando un cesto y él una barbacoa desmontable y unas pastillas de carbón comprimido, recubiertas de cartón encerado.

—Veo que traes este carbón compacto. Es muy útil y te evita la suciedad de un saco de carbón —dijo a modo de saludo.

Philippe soltó un sonido que más parecía un gruñido que una afirmación. Ken miró a Eloïse. Estaba muy atractiva. Llevaba un jersey ceñido que revelaba el volumen de sus pechos y unos tejanos bastante ajustados.

Abrió el portamaletas delantero del vehículo y allí acomodaron todos los trastos que llevaban para la barbacoa.

Ken abrió cortésmente la puerta derecha del coche e invitó a Philippe a pasar al asiento trasero, pero ante su asombro éste le dijo a Eloïse:

—*Passes. J'ai de longues jambes.*

La sorpresa no fue tanto por el hecho de que hablasen francés entre ellos sino porque él había relegado a su hermana al asiento posterior con la excusa de que tenía las piernas más largas.

El coche arrancó.

—¿Dónde vamos? —preguntó Ken.

—Iremos a un parque que hay al borde del río Potomac, cerca del aeropuerto.

Eloïse se acercó a su hermano y le susurró:

—*Il est mignon, n'est pas?*

—*C'est un imbécile* —cortó Philippe.

Bajaron por la calle 23 y enfilaron el puente Arlington Memorial. Antes de entrar en el célebre cementerio, torcieron a la izquierda y se dirigieron hacia el aeropuerto por la George Washington Memorial Parkway. A unos cien metros, encontraron el área de *picnic,* con mesas de madera y papeleras. Había bastante gente y no había mesas libres.

—Nos sentaremos en el césped, cerca del agua —dijo Eloïse.

Era un día magnífico. El sol lucía pero su calor se agradecía. A pesar de estar a comienzos de mayo, todavía hacía frío en Washington. La vista de la ciudad, al otro lado del río, con sus edificios más emblemáticos en primer término, era espectacular. La paz del lugar quedó enturbiada momentáneamente por un avión que despegaba del cercano aeropuerto National.

Philippe montó la barbacoa sobre las tres patas desmontables y colocó las pastillas de carbón dentro.

—Ya me diréis cuándo queréis comer —dijo, alejándose de Ken y Eloïse.

Éstos caminaron por el césped hasta el borde del río. Varios patos nadaban cerca. Sabían que las áreas de *picnic* eran ricas en sobras y aguardaban que la gente se fuese para hacerse con ellas.

—Vamos a jugar con el *frisbee,* ¿quieres?

Ken se alegró de que, por fin, se hubiese decidido a tutearle.

Tras media hora de jugar con el platillo volador, se sentaron cerca de la barbacoa.

—Philippe, ya puedes encender el fuego —dijo Eloïse a su hermano.

—¿Qué hay para comer? —preguntó Ken.

—Hamburguesas y *merguez*.

—¿*Merguez,* qué son?

Unas salchichas árabes, muy especiadas.

—Son mucho mejores que vuestros *hot dogs* —terció Philippe.

—Y no necesitan ni ketchup ni mostaza —añadió Eloïse.

Al cabo de un rato, las salchichas y la carne comenzaron a chisporrotear sobre el fuego.

—Toma, prueba esto —dijo Philippe, poniéndole una *merguez* sobre un plato de papel.

Ken probó la salchicha.

—*Délicieuse* —dijo, esforzándose con el francés.

Los dos hermanos rieron. Hasta ese momento, Ken no había visto nunca ni siquiera sonreír a Philippe. El día tomaba un buen rumbo, pensó.

—Oye, Ken. Eloïse me ha contado que el otro día os trajeron un herido muy extraño. Con una flecha clavada.

—Sí. Alguien le disparó mientras paseaba por el parque. Esta ciudad se está volviendo peligrosísima.

—¿Era una herida muy profunda?

—No. Estaba en el muslo. Lo atravesó limpiamente sin lesionar ningún vaso ni ningún nervio.

—¿Y sangraba mucho?

—No, tan sólo la puerta de entrada rezumaba un poco.

—¿Y la flecha se quedó clavada o salió por el otro orificio?

—No. Se quedó clavada, como en una película de indios.

—Debía de ser una escena surrealista, ¿no? ¿Le dolía mucho?

—No mucho. Ni siquiera cuando se la extrajimos.

—Os felicito. Debió de ser un buen trabajo.

Un cumplido de Philippe. Aquello merecía un trago.

—¿Quieres una Budweiser? —le propuso.

Philippe la aceptó.

Tras las *merguez* dieron cuenta de las hamburguesas, dos por cabeza, acompañadas de lechuga, tomate y pepinillos.

La mirada de los tres se dirigió hacia el otro lado del río. El obelisco a Washington presidía el paisaje. La Casa Blanca, más alejada, no se divisaba, pero en primer término destacaba el monumento a Jefferson, una construcción redonda, rodeada de columnas, construida a semejanza del Panteón romano. Cientos de árboles lo rodeaban, su verdor contrastando con la blancura del monumento.

—Es una lástima que los cerezos ya no estén en flor —dijo Ken.

—¿Qué cerezos? —preguntó Eloïse.

—Los de aquí delante, los que rodean el monumento redondo. Cada año entre marzo y abril hay un festival cuando todos estos árboles florecen. Es un espectáculo increíble. Miles de cerezos dando miles de flores blancas y rosadas.

—Qué bonito debe de ser —suspiró Eloïse.

—Ken, te voy a poner a prueba —terció Philippe.

—¿A mí? Adelante.

—¿Qué tienen que ver estos cerezos con una droga que tú usas casi diariamente?

La pregunta desconcertó a Ken. No tenía la menor idea. Por más que pensaba, no acertaba a adivinar la relación.

—Me rindo, Philippe. No tengo ni idea.

—Estos árboles fueron donados por Japón a la ciudad de Washington en 1912.

—Eso sí que lo sabía.

—Bueno, sólo quedan unos ciento cincuenta de los originales, pero en su día mandaron más de tres mil. A medida que se han ido muriendo, los han ido reponiendo.

—¿Y qué tiene que ver eso con una droga?

—Pues que durante la visita de un químico japonés a los Estados Unidos, se enteró de que había un plan para plantar cerezos japoneses a orillas del río Potomac. Se entrevistó con la esposa del presidente Taft y se ofreció a financiar su coste.

—Qué generoso.

—Muy generoso. Más de lo que te imaginas, porque cuando los árboles llegaron aquí estaban llenos de gusanos e insectos y muchos de ellos enfermos, por lo que tuvieron que ser destruidos. Esto llevó casi a un conflicto diplomático, pero el químico, lejos de enfadarse, pagó por la compra y el envío de tres mil nuevos árboles. ¿Y sabes quién era este químico?

—No.

—El doctor Takamine. ¿Te suena?

—Pues no.

—Fue el descubridor de la adrenalina. Bueno, fue el primero en aislarla. No me dirás que no la empleas a menudo.

—Sí, muy a menudo. Casi cada día.

—Pues la respuesta a mi pregunta es que tanto los cerezos como la adrenalina existen gracias al doctor Takamine.

Eloïse miraba a su hermano, orgullosa.

—Una historia fascinante —admitió Ken, tendiéndose en el césped cuan largo era. Eloïse lo hizo a su lado pero sin tocarse.

—Qué bien sienta un día en el campo —dijo ella.

Ken no contestó. Si por regla general lo que Eloïse había dicho era verdad, el lugar donde se hallaban distaba de ser bucólico. Su tranquilidad quedaba interrumpida por el ruido ensordecedor de los aviones que despegaban cada dos o tres minutos del aeropuerto cercano. No podía dejar de pensar en Philippe, en su carácter extraño y huraño. Pero era evidente que no era un pelagatos. La historia que acababa de oír demostraba que sabía cosas que mucha gente no conocía. En esto le recordaba a Claudio. Cerró los ojos y se durmió.

Cuando los abrió, vio a Eloïse y a Philippe a lo lejos, gesticulando como si discutieran. Se sentó. Cuando lo vieron despierto, ambos se acercaron.

—Lo estoy pasando muy bien. Gracias por invitarme —dijo Ken, queriendo ser amable.

Sin embargo, estaba claro que el humor de ambos hermanos había cambiado. Trató de suavizar la situación, crear una ambiente *décontracté* (¿no era así como se decía en francés?).

—Si no fuese por estos árboles que la tapan, desde aquí podríamos ver la cúpula de la Galería Nacional de Arte. ¿La conocéis?

—Claro que la conozco —respondió Philippe con rudeza.

—¿Has visto el nuevo cuadro de Leonardo da Vinci que hay allí?

—¿Cuál es? —intervino Eloïse.

—El retrato de Ginevra de Benci. Es un cuadro curioso, sobre una tabla de madera en el que ambas caras están pintadas. En una está el retrato de una dama, y en la otra, una rama de laurel y una palma, unidas por una cinta con una leyenda en latín que dice: «La belleza adorna la virtud». Para que se puedan ver las dos caras, los de la galería lo han montado sobre un caballete.

—Qué interesante —comentó Eloïse.

—Al parecer, en el siglo XVIII cortaron el cuadro y dejaron a la pobre mujer sin manos.

—¡Basta ya! —gritó Philippe.

—Pero ¿qué te pasa?

—¡No quiero que hables más sobre Leonardo, sus retratos y sus manos!

—No veo nada de malo —se defendió Ken.

—¡Te he dicho que basta y es basta!

—*Oh, tais-toi, tu m'embêtes!* —le gritó Eloïse.

Ken calló. Aquella salida extemporánea le puso de mal humor.

—Será mejor que recojamos y nos vayamos —dijo.

—Sí, eso, vámonos —ordenó Philippe.

Depositaron los restos de comida y de carbón en una de las papeleras y subieron al coche. El viaje de regreso se hizo en completo silencio, pero de haber hablado, tanto Ken como Eloïse habrían coincidido en que el día de barbacoa había acabado siendo un desastre.

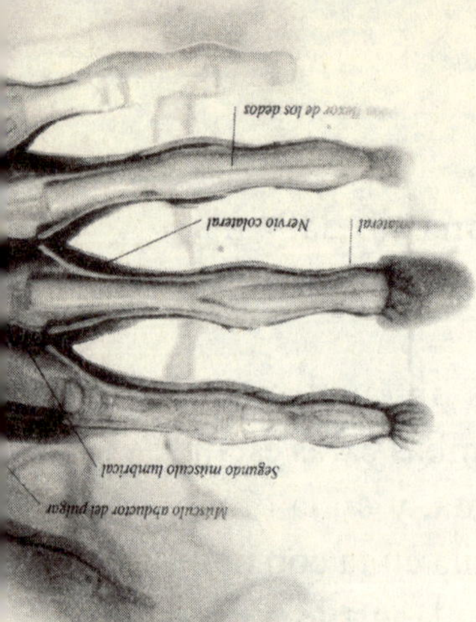

CAPÍTULO 27

María miró a ambos lados de la avenida Georgia antes de cruzar. No venía nadie. Con precaución, levantó las ruedas delanteras del cochecito en que portaba a su hija de seis meses y bajó el bordillo apoyándose tan sólo en las traseras. A mitad de la calle escuchó un chirrido estridente. Un Pontiac Camaro rojo dobló la esquina a toda velocidad y enfiló la avenida, dirigiéndose directamente hacia madre e hija. María titubeó. Intentó retroceder pero el coche iba tan rápido que no consiguió eludirlo. El choque fue espantoso. Cochecito, madre y bebé salieron despedidos por los aires, mientras el vehículo proseguía su marcha sin detenerse. Algunos transeúntes se acercaron al amasijo de carne y ropa que había quedado extendido sobre el asfalto. Alguien llamó a la policía y a los pocos minutos Ken era requerido para que se presentase en el lugar del accidente. Llegó al poco tiempo en una ambulancia pues la policía había dicho en el hospital que había más de una persona herida. Provisto de su maletín, se acercó al cochecito, pero estaba vacío. A varios metros de allí pudo ver que el bebé tenía el cráneo destrozado. Lo inspeccionó rápidamente. No podía hacer nada por él. Seguramente había tenido una muerte instantánea. Conmocionado, se acercó a la joven, que se hallaba tendida en el suelo, cerca de la acera.

—¿Qué ha pasado con mi niña? —preguntó María ansiosamente.

Por más que llevase varios años de práctica, Ken no podía acostumbrarse a dar malas noticias.

—Está muerta —le dijo.

María emitió un grito desgarrador de dolor y comenzó a llorar desesperadamente.

—San Antonio, san Antonio, ¿¡por qué!? ¿¡¡por qué!!? —exclamó desvelando su ascendencia italiana y cubriéndose el rostro con las manos.

Ken se decidió a examinarla. La pierna derecha presentaba una posición grotesca, imposible. Ken le levantó la falda. Lo que vio le puso de nuevo a prueba. Desde Vietnam no había visto nada tan horrible. Todos los músculos, el fémur, las arterias, venas y nervios estaban seccionados a nivel del muslo. Tan sólo unos centímetros de piel mantenían la pierna unida al resto del cuerpo. Se puso unos guantes e inspeccionó el corte. El hueso roto con todos los músculos dispuestos a su alrededor, en círculo, remedaba un macabro *oso bucco*. Curiosamente, no había hemorragia. La arteria femoral estaba allí, partida en dos pero sin sangrar. Ken sabía que en casos de amputación traumática como aquél, la arteria puede sufrir un espasmo y cerrarse, impidiendo el paso de la sangre. Y sin sangre arterial no hay sangre ni en los capilares ni en las venas. En cualquier caso, la amputación estaba ya prácticamente hecha. Una multitud morbosa presenciaba el espectáculo. La policía intentaba poner orden y recababa información en busca de testigos.

—Era un coche rojo —dijo alguien.

—Iba a toda velocidad —apuntó una segunda persona.

—Creo que era un Mustang —apostilló una tercera.

—No. Era un Camaro —dijo la primera.

Ken tomó conciencia de lo surrealista de la situación. Allí estaba él, en plena calle, bajo un sol radiante, sujetando una extremidad prácticamente separada del cuerpo al que pertenecía, rodeado de gente vocinglera que discutía sobre modelos de coches. Su adscripción al cuerpo de policía le obligaba a actuar en estas circunstancias, pero este tipo de lesiones le impresionaban mucho más en aquel escenario que en el más familiar entorno de Urgencias.

—Rápido, una férula —dijo al conductor de la ambulancia.

Con suma habilidad, Ken inmovilizó el miembro dañado y continuó examinando a María. No parecía que tuviese ninguna otra lesión, pero habría que descartarlo con radiografías, una vez llegasen al hospital.

Inyectó un calmante a la paciente, que no cesaba de llorar desconsolada, la colocaron en una camilla dentro de la ambulancia e iniciaron el regreso acompañados por el sonido penetrante de la sirena.

Al poco de ingresar, María fue llevada al quirófano, donde se completó la amputación. Fue imposible salvar la pierna.

Abajo, Ken se concentró en sus pensamientos y filosofó sobre lo efímero de la vida y de la felicidad humana. Una persona sale de su casa y en pocos segundos pierde a su hija y una pierna. Y todo por culpa de un conductor que, además, se da a la fuga.

—Espero que te cojan —masculló entre dientes.

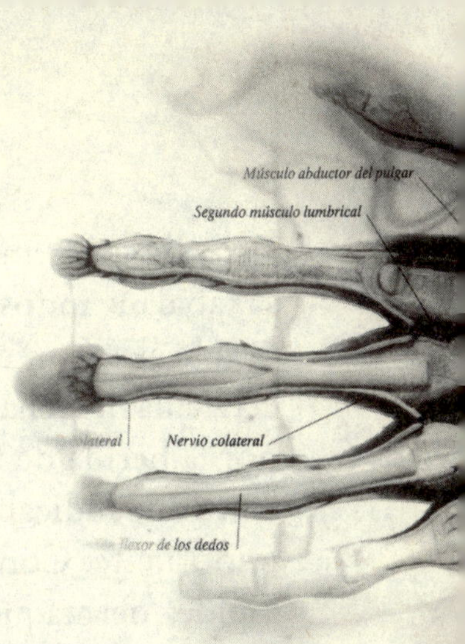

CAPÍTULO 28

El Anatomista conducía lentamente su viejo coche por la calle Quincy. Estaba en una barriada multirracial, más bien modesta. Se iba fijando en los números de las casas. 1607, 1623, 1639, 1647. Pisó el freno. 1647 de la calle Quincy. Aquí vivía su próxima víctima, aunque no por mucho más tiempo. Le había costado encontrarle pero ya estaba a su alcance. La casa, de una sola planta, tenía un jardín delante. La presencia de un pequeño tobogán delataba la existencia de niños en la casa. Esperó unos minutos hasta ver movimiento en su interior. A través de una ventana pasaron, en distintas ocasiones, un hombre, una mujer y un niño.

—Perfecto —pensó El Anatomista.

Bajó del coche, se aproximó a la puerta y, antes de llamar, se enfundó la capucha que su cazadora llevaba incorporada. Su cara apenas era visible.

—¿Quién es? —se oyó preguntar a una voz masculina.

—Héctor, te traigo un paquete de allí abajo. Ya me entiendes.

La puerta se entreabrió y parte de la cara de Héctor se hizo visible. Al ver al individuo encapuchado, trató de cerrar la puerta, pero el pie de El Anatomista ya se lo impedía.

Éste dio un tremendo empujón a la puerta y entró en la casa, abalanzándose sobre Héctor Barboza. Sin mediar palabra, le clavó un enorme puñal en el pecho, por debajo de la clavícula derecha. La sangre comenzó a manar a borbotones por la herida de forma pulsátil, una sangre de un rojo rutilante que indicaba que había acertado a lesionar una arteria importante. Con los ojos desorbitados por la sorpresa y la rapidez del ataque, Héctor Barboza intentó responder al ataque, pero en pocos segundos se fue debilitando, hasta caer al suelo inconsciente, como el toro de lidia que acaba de recibir una estocada certera.

«Dentro de poco estará muerto», se dijo El Anatomista a sí mismo.

Depositó el cuerpo sobre el sofá y se dirigió hacia la parte posterior de la casa. Abrió la puerta del cuarto de baño. La mujer estaba bañando al niño.

—Héctor, ¿quién era? —dijo ella.

Al no obtener respuesta, se volvió. Vio al extraño con su cazadora ensangrentada y profirió un grito.

—Cállate si no quieres que te mate.

—¿Qué quiere? ¿Dónde está Héctor?

—Coge al niño, vístelo y ven al salón.

La mujer observó que gran parte de la superficie del suelo estaba manchada de sangre. Al ver a su marido inconsciente, se arrojó sobre su cuerpo.

—Héctor, Héctor, amor mío.

—No te oye. Está moribundo.

—Hay que llamar a una ambulancia. Se está muriendo.

—No vas a llamar a nadie.

—¿Quién es usted? ¿Por qué le ha hecho esto? —preguntó la mujer sollozando.

El niño, uniendo su llanto al de su madre, contemplaba la escena desde la puerta del salón.

—Digamos que tenía una cuenta pendiente con Héctor y la he saldado —contestó El Anatomista. Ahora quiero que te sientes aquí, a su lado, cojas al niño y no llames a nadie en media hora. Si veo que viene alguien en los próximos treinta minutos, volveré para matarte. ¿Lo has entendido?

La mujer movió la cabeza, asintiendo. El Anatomista extrajo un papel de su bolsillo y lo depositó a los pies de Barboza.

—Es la firma de mi obra —dijo a modo de explicación. Miró por la ventana y, al ver la calle desierta, salió de la casa.

La mujer observó el cuerpo de su marido y vio que aún respiraba muy superficialmente. Con resolución, decidió desafiar al intruso. Dirigiéndose al teléfono, marcó: 9-1-1.

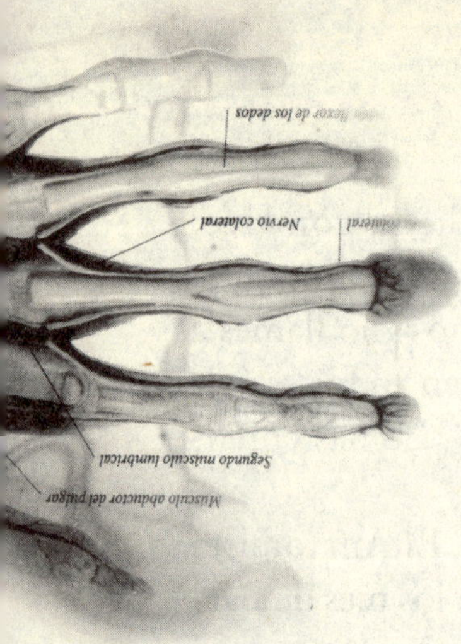

CAPÍTULO

29

Aquella mañana, mientras se dirigía al hospital, Ken se encontraba exultante. Su candidato favorito, Robert Kennedy, había ganado las primarias en Indiana y, si volvía a hacerlo en California en junio, tendría prácticamente ganada la nominación para ser el candidato demócrata a la presidencia. Y, Ken estaba seguro, acabaría con la guerra de Vietnam. Apenas había entrado por la puerta de Urgencias cuando Claudio le recibió con típicas señales de excitación. A Ken le hacían gracia estos recibimientos, que le informaban de las novedades que estaban ocurriendo en el hospital, como el día que llegaron Sandra y Eloïse.

—Ken, París arde —dijo Claudio.

—¿Qué estás diciendo? —le respondió, recordando un libro con título parecido que había leído meses atrás.

—Que París está ardiendo. Hay barricadas y enfrentamientos de estudiantes con la policía.

—¿Cómo lo sabes?

—Me lo ha dicho Jules.

—¿Y quién es Jules?

Claudio señaló a un joven con traje de calle que se encontraba sentado en una silla.

—Es Jules Pudet, un estudiante de medicina francés que ha venido a visitarme. Está preparando el «Foreign» porque quiere venir también a los Estados Unidos a especializarse. Ven, te lo presentaré.

Ambos se dirigieron hacia el joven.

—Jules, te presento al doctor Philbin. Ken, éste es Jules.

—¿Cómo está usted, doctor Philbin? Encantado de conocerle. Claudio me estuvo ayer noche hablando de usted —dijo el estudiante francés en un inglés perfecto.

Ken le tendió la mano, sorprendido de que un extranjero hablase tan bien el idioma. Si quería venir a los Estados Unidos a trabajar, ya tenía mucho ganado.

—Tu inglés es excelente.

—Llevo muchos años estudiándolo. Además, he estado dos veranos en Londres —replicó Jules.

—¿Y por qué se pelean los estudiantes con la policía?

Claudio intervino con vehemencia.

—¿A ti qué te parece? Pues por lo de siempre. Unos quieren cambios, el gobierno no está dispuesto a hacerlos, hay manifestaciones de protesta y el gobierno manda a las fuerzas de represión a darles porrazos, pero esta vez parece que los estudiantes han ganado.

—¿Ah, sí?

—Sí. El otro día la policía se tuvo que replegar tres veces.

—¿Qué me dices? Esto es nuevo —dijo Ken, recordando las palizas que se habían llevado los estudiantes de Columbia—. Parece que el ejemplo de Columbia se va extendiendo.

—¡Alto, alto, *yanqui!* Las manifestaciones estudiantiles ya hace meses que duran en Europa. Me sorprende y me irrita el desconocimiento que tenéis en este país de lo que pasa fuera de él, y sobre todo en Europa. Antes de Columbia, varias universidades ya se han cerrado este año.

—No lo sabía —declaró humildemente Ken.

—En enero se cerraron las facultades de Filosofía y Letras, Económicas y Ciencias Políticas de la Universidad de Madrid por las protestas estudiantiles. Y el mes pasado se reavivaron al consentir el gobierno que se celebrase una misa por Adolf Hitler.

—¡Qué fascistas!

—Y en marzo también cerraron la Universidad de Roma. Los estudiantes se manifestaron portando pancartas con tres emes.

—¿Tres emes?

—Sí. Por Marx, Mao y Marcuse.

—¿Marcuse? Pero si este viejo está en San Diego.

—Sí, pero es un gurú universal. El Partido Comunista trató de hacerse con el control del movimiento estudiantil pero no lo consiguió.

Ken estaba atónito. Miles de estadounidenses morían en Vietnam luchando contra comunistas y en Italia tenían su propio partido político. ¡Cuánto tenían que aprender los americanos de la Vieja Europa!

—Y en Polonia también —continuó Claudio.

—¿En Polonia? Allí no permiten ni siquiera una palabra de protesta contra el sistema.

—Por eso fueron disueltos contundentemente. De ahí nació el chiste sobre cuál es la policía más educada del mundo.

—¿Y cuál es?

—La polaca, porque va mucho a la universidad. En cambio en Checoslovaquia hay unos signos de apertura realmente chocantes para un país comunista.

—¿Como qué?

—Se representan obras de teatro largamente prohibidas, hay una cierta libertad de prensa, se venden periódicos extranjeros y se cuestiona a los políticos abiertamente. Un tal Dubcek, presidente del Partido Comunista, ha iniciado una serie de cambios encaminados a crear lo que él llama un nuevo modelo de democracia socialista.

—Durará poco —vaticinó Ken.

—¿Por qué lo dices?

—Los rusos no tolerarán una apertura en uno de sus países satélites. Si lo hacen, los demás les seguirán y será el final del comunismo.

—Esta teoría del dominó ya la habéis aplicado en Vietnam y todavía está por demostrar que dos países vecinos con regímenes distintos no puedan convivir.

—En esto estoy de acuerdo, pero no hay que olvidar la historia. Ya pasó en Hungría en 1956 y los tanques rusos acabaron con las ansias de libertad de miles de húngaros.

—Esta vez es diferente. El mundo ha cambiado mucho en doce años. Ya entonces el mundo se alzó airado contra esta muestra brutal de sometimiento.

—Pues a los rusos no pareció afectarles mucho. Cinco años después levantaron el muro de Berlín.

—Pues mira, ahora que lo mencionas, es allí donde comenzaron las revueltas estudiantiles. El año pasado, el alcalde de Berlín recibió al sha de Persia y mientras estaban viendo una representación de *La flauta mágica* la policía cargó contra los estudiantes que se encontraban en el exterior del teatro manifestándose. Uno murió de un balazo. En pocos meses, el movimiento estudiantil alemán se organizó y el pasado febrero organizaron una reunión de líderes y activistas estudiantiles de todo el mundo para protestar contra la guerra de Vietnam. Los lideraba un tal Rudi Dutsche, apodado Rudy *el Rojo*. Lástima que el mes pasado le pegaron tres tiros.

—¿Y murió?

—No. Sobrevivió al atentado, pero eso te demuestra lo peligroso que es ser un líder comprometido con una causa.

—Y esto de París ¿tiene el mismo origen que todas las protestas estudiantiles de este año?

Jules intervino.

—Básicamente sí, pero todo comenzó por un asunto de origen sexual.

—¿Qué me dices? —dijo Claudio sorprendido—. A ver, cuenta, cuenta.

—La culpa es del ministro de Juventudes, quien visitó la Universidad de Nanterre, en las afueras de París, el pasado enero. Un estudiante llamado Daniel Cohn-Bendit se le acercó y le dijo: «*Monsieur le ministre*. He leído su informe sobre la juventud y en trescientas páginas no hay ni una sola palabra sobre relaciones sexuales entre los jóvenes».

—¿Y qué le dijo el ministro?

—Muy sorprendido, le dijo que estaba allí para hablar de deportes. Pero el estudiante insistió hasta que el ministro, visiblemente enojado, le contestó: «No me extraña que tengas esta clase de problemas con una cara como la tuya. ¿Por qué no te das un chapuzón en la piscina?».

—¿Y qué dijo el estudiante?

—Le respondió con contundencia que la respuesta era digna de un ministro de las Juventudes Hitlerianas. —Claudio y Ken se miraron y conminaron a Jules a seguir—. El suceso corrió de boca en boca y pronto el estudiante se hizo famoso con el sobrenombre de Dany *el Rojo*. Los estudiantes de Nanterre continuaron con sus protestas reivindicando dormitorios mixtos. La universidad, inaugurada hace cuatro años, es un campus con construcciones de hormigón con muy pocos lugares de esparcimiento. En los dormitorios no se puede cambiar el mobiliario ni cocinar ni hablar de política. En los femeninos, no dejan entrar a estudiantes varones.

—¡Qué retrógrados! —comentó Ken.

—Cuando explicaron a De Gaulle que los estudiantes querían dormitorios mixtos su comentario fue: «¿Por qué no se reúnen simplemente en los cafés?». —Claudio rió—. No te rías, no tiene gracia. En Nanterre no hay suficientes cafés para los once mil estudiantes que estudian allí.

—¿Once mil? —preguntó Ken, incrédulo.

—Sí. Once mil. Y quieren el mismo trato que los de la Sorbona.

—¿En qué sentido?

—Los que estudiamos en la Sorbona vivimos en París, donde hay una gran oferta de alojamientos, restaurantes, cafés y manifestaciones culturales que ellos no tienen. Así que los estudiantes afines a las ideas de Dany Cohn-Bendit se han agrupado y van provocando altercados, interrumpiendo conferencias en nombre del Che Guevara, y manifestándose en contra de la autoridad establecida. Hace pocos días, los rectores de la universidad decidieron castigar al líder.

—La misma táctica errónea que siguieron en Columbia —comentó Ken.

—Exacto. Esto no hizo sino empeorar las cosas —prosiguió Jules—. Más de mil estudiantes acompañaron a Dany en su comparecencia disciplinaria. Al entrar en la Sorbona, el rector llamó a la policía y cerró la universidad, por primera vez en setecientos años.

—¡Dios mío! Parece un calco de lo de Columbia.

—No. Ha sido peor, porque los estudiantes contraatacaron, y eso que eran fuerzas especiales antidisturbios, reunidas en París con motivo del inicio de las conversaciones de paz.

—¿Quieres decir que los estudiantes se enfrentaron con la policía? ¿Y con qué armas? —dijo Claudio.

—La policía lanzaba gases lacrimógenos y los estudiantes les arrojaban adoquines.

—¿Adoquines?

—Sí, adoquines. Casi todas las calles del Barrio Latino están adoquinadas. Y no es la primera vez que se usan como armas arrojadizas en una revuelta. Al final del día se contabilizaron 600 manifestantes y 345 policías heridos. Y como hay miles de periodistas de todo el mundo en París por lo de las conversaciones de paz, la revuelta ha tenido una difusión increíble. —Claudio asintió. Jules prosiguió su relato—. Por primera vez, gracias a la televisión en directo, el mundo se desayuna con escenas de enfrentamientos de policías con estudiantes entre barricadas humeantes y gases lacrimógenos. Los enfrentamientos han continuado durante varios días, hasta bien entrada la madrugada. Las fuerzas antidisturbios han empleado cada vez más violencia, pero los estudiantes les han respondido con la misma moneda. Los agentes no están acostumbrados a que se les oponga resistencia y menos a recibir un golpe de adoquín en la cabeza. La única decisión acertada del gobierno entre su cúmulo de despropósitos ha sido la orden de no disparar a los manifestantes.

—De Gaulle no necesita mártires, sino salir del atolladero cuanto antes —advirtió Claudio con perspicacia.

—Sí, pero ahora la cosa se le complica.

—¿Por qué?

—Poco antes de venir yo aquí, los sindicatos convocaron una huelga general, y los trabajadores se unieron a los estudiantes en sus manifestaciones.

—¿Quieres decir que apoyaron a los estudiantes?

—Indirectamente. No lo hicieron por afinidad ideológica sino en demanda de mejores condiciones de trabajo y salarios más altos, a diferencia de los estudiantes que se manifestaban por un cambio de vida radical. Pero es indudable que aprovecharon la revuelta estudiantil para sus reivindicaciones. Paralelamente a la lucha urbana, ha nacido una corriente de simpatía hacia los estudiantes. Los vecinos les llevan comida y mantas a las barricadas y, por primera vez, catedráticos y profesores han intercambiado palabras, incluso ideas, con los estudiantes.

—Cuéntale a Ken lo de las pintadas —dijo Claudio a Jules.

—En su afán por cambiar el mundo, los estudiantes han pintado una serie de eslóganes muy divertidos.

—¿Como qué? —inquirió Ken.

—Algunos de tipo filosófico como «La imaginación al poder» o «La exageración es el principio de la imaginación»; otros poéticos, «Una barricada cierra la calle pero abre una senda», «Decreto un estado permanente de felicidad»; otros conteniendo un oxímoron, «Prohibido prohibir», «Sé realista, pide lo imposible», «No me gusta escribir en las paredes» y otros con referencias sexuales como «Cuanto más hago el amor, más quiero hacer la revolución. Cuanto más hago la revolución, más quiero hacer el amor».

—¿Y cómo crees que acabará todo? —preguntó Ken a Jules.

—La huelga general ha paralizado Francia. Ha sido un caos. Diez millones de trabajadores la han secundado. Se ha llegado a agotar la gasolina y la basura se acumula. De Gaulle se ha tenido que plegar a las exigencias económicas de los trabajadores, ha disuelto la Asamblea y ha convocado elecciones legislativas para el mes que viene. Daniel Cohn-Bendit ha sido deportado a Alemania.

—¿Cómo puede ser?

—Porque era hijo de judíos alemanes que se habían establecido en Francia antes de la llegada de Hitler al poder y todavía conservaba la nacionalidad alemana.

—En menudo lío se metió el rector de Nanterre —dijo Ken—. Más le hubiera valido permitir que hubiese dormitorios mixtos... Pero en el fondo, ¿por qué crees que ha ocurrido todo esto? —preguntó decidido a ir al fondo de la cuestión.

—Un editorial del periódico *Le Monde* lo resumía el otro día muy bien —respondió Jules—: «Francia se aburre».

—¿Y es verdad? —inquirió Claudio.

—Pues sí. Ahora se van a celebrar las conversaciones de paz en Vietnam y De Gaulle está muy orgulloso. Puede volver a ejercer su papel de salvador.

—¿Cómo veis en Francia la guerra de Vietnam? —se aventuró a preguntar Ken.

—No nos gusta —dijo Jules, aunque evitó comentar que en Francia no desagradaba el correctivo que Estados Unidos estaba recibiendo en Vietnam. Cuando cientos de marines murieron durante el asedio de Khe Sanh, la prensa francesa se regodeó comparándolo con el de Dien Bien Phu, donde Francia libró su última batalla contra los vietnamitas antes de perder la Indochina francesa, en 1954.

—En cualquier caso —concluyó Jules—, existe la idea en Francia de que, a partir de este mayo de 1968, las cosas ya no volverán a ser iguales en el mundo.

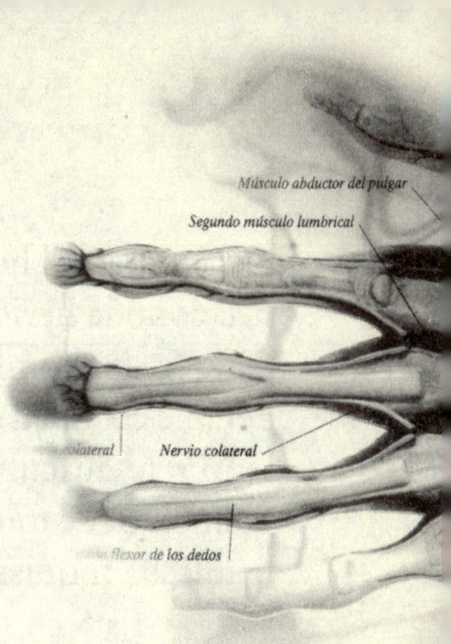

CAPÍTULO 30

La discusión política entre Ken, Claudio y Jules tocó a su fin cuando miss Mullins entró en la habitación.

—Doctor Philbin, el teniente Lyons al teléfono.

Ken pensó que, últimamente, su colaboración con la policía iba en aumento.

—Diga, teniente —contestó.

—Ken, ha habido una agresión. Hay un tipo muy malherido de una puñalada en el pecho. Será mejor que vengas.

A los pocos minutos, un coche de policía recogía a Ken en la puerta de Urgencias.

—¿Dónde vamos? —le preguntó al conductor.

—Al 1647 de la calle Quincy, no muy lejos de aquí.

Cuando llegaron a la dirección indicada, había dos coches de policía delante de la casa. Una ambulancia aguardaba un poco más lejos. El teniente Lyons apareció por la puerta.

—Date prisa, Ken. No sé siquiera si el hombre está vivo.

Al entrar en la casa Ken vio a un hombre echado en un sofá, con el torso desnudo. Presentaba una herida por debajo de la clavícula derecha. Le llamó la atención su palidez. A su vera, una mujer sentada en un sillón le cogía la mano mientras un niño de unos tres años se apoyaba en el regazo de la mujer. El hombre respiraba muy tenuemente. Ken inspeccionó la herida. No sangraba en aquel momento pero la palidez del hombre le indicó que había perdido una considerable cantidad de sangre. Sacó un fonendoscopio de su maletín y lo auscultó. Oyó cómo el aire entraba y salía de los pulmones. Le tomó el pulso. Era muy débil. El teniente Lyons le miraba inquisitivamente.

—Está en *shock* —dijo Ken—. Sin embargo, no parece que el arma haya lesionado el pulmón. Hay que llevarlo al hospital y operarlo cuanto antes. Puede tener una hemorragia interna. ¿Sabe con qué le han agredido?

—Su mujer dice que un individuo llamó a la puerta y él le abrió. Parece ser que le asestó una puñalada sin más. La amenazó con matarla si llamaba a la policía antes de treinta minutos, pero ha sido valiente y nos ha llamado enseguida.

—¿Tiene idea de quién ha sido y por qué lo ha hecho?

—De eso nos ocupamos nosotros. Tú llévatelo al hospital y sálvalo.

La mujer comenzó a llorar. El niño, despreocupado, cogió un bate de béisbol que estaba junto al sofá, se puso un casco y comenzó a dar golpes a una pelota imaginaria.

—¡Estate quieto! —le chilló su madre.

Ken canuló una vena con rapidez y le conectó un gotero de suero que llevaba en el maletín.

—Ponedlo en la ambulancia y vámonos corriendo —les dijo a los dos sanitarios que entraban en aquel momento con una camilla.

Mientras volaban hacia el hospital con la sirena ululando, el teniente Lyons comenzaba a interrogar a la mujer y sus hombres examinaban la casa.

Ken saltó de la ambulancia en cuanto llegaron. Se dirigió hacia Claudio y le dio instrucciones de que llamase a la supervisora de quirófanos para decirle que subían a un apuñalado. Él mismo se cuidó de hacer el traslado. Las puertas automáticas del área quirúrgica se abrieron y Ken penetró como una exhalación empujando la camilla.

—Vaya, doctor Philbin. Buenos días. Cuánto tiempo sin verle por aquí —le saludó la supervisora.

—Buenos días, Susan. ¿Está todo preparado? Este hombre se está desangrando.

—Sí. Quirófano seis. El anestesista está esperándole.

—Lleve al paciente allí mientras me cambio.

Ken se dirigió al vestuario, se puso un pijama verde y se colocó el gorro, la mascarilla y las polainas preceptivos para entrar en un quirófano.

Cuando corría hacia el quirófano seis, Susan le detuvo.

—Doctor Philbin, tiene una llamada.

—Maldita sea. Ahora no puedo ponerme al teléfono.

—Es el doctor Simone, desde Urgencias.

¿Qué querría Claudio? Aceptó contestar a la llamada.

—¿Qué pasa, Claudio?

—Me gustaría subir a ayudarte.

—Pero tú te tienes que quedar ahí abajo, en Urgencias. Además, está ese amigo tuyo, Jules.

—Ken, esto está muy tranquilo y no tengo nada que hacer. Jules se ha ido a hacer turismo por la ciudad. Estoy seguro de que puedo serte de ayuda.

Ken sopesó pros y contras. Necesitaba alguien experto y Claudio lo era, mucho más que aquel residente filipino que estaba de guardia y que, en teoría, era el encargado de ayudarle.

—Está bien, sube —concedió.

Cuando entró en el quirófano, el anestesista estaba intubando al paciente.

—Está chocado —le dijo en tono acusatorio—. Le he pedido cuatro bolsas de sangre.

—¿Qué quieres que te diga? Así es como me lo encontré. Pero me parece que ahora no sangra.

La instrumentista estaba preparando la mesa con el instrumental necesario para la intervención.

—¿Qué incisión va a hacer, doctor Philbin? ¿Le preparo el separador esternal?

—No. Voy a ampliar la herida y explorarla.

El anestesista y la enfermera se miraron entre sí.

Claudio y Ken se lavaron manos y brazos y entraron en el quirófano dando una patada a la puerta batiente. La instrumentista les vistió con unas batas estériles y les enfundó los guantes. Claudio pintó el tórax con una solución desinfectante y preparó el campo estéril con diversas piezas de ropa de color verde.

—¿Puedo empezar? —preguntó Ken al anestesista.

—Adelante. Le he pasado dos botellas de suero rápidas y la presión le ha subido. En cuanto me llegue la sangre comenzaré a pasársela.

Ken exploró la herida. Tenía unos cinco centímetros de longitud y estaba situada por debajo de la clavícula derecha. Era la única herida que presentaba el tórax. Amplió la herida por ambos extremos hasta hacerla de diez centímetros. El músculo pectoral mayor, con sangre coagulada entre sus fibras, apareció en el campo operatorio. Ken lo desinsertó de la clavícula, dando paso a una nueva capa anatómica. El músculo pectoral menor y su inserción en la escápula se hicieron visibles en el campo. También allí se observaban restos de sangre.

—Me parece que el problema está aquí, en esta zona. Dudo que el arma haya penetrado el tórax y haya lesionado uno de los grandes vasos —comentó Ken.

—¿Crees que tienes una buena exposición del campo? ¿Puedes ver todo lo que quieres? —le preguntó Claudio.

—Claudio, si hay una zona anatómica que conozco es ésta. ¿No te acuerdas del dibujo de mi artículo sobre la canulación de la vena subclavia? Estamos justamente allí.

Ken tuvo una visión fugaz de la ilustración de Leonardo da Vinci que había tenido ocasión de ver en la Biblioteca Nacional de Medicina, precisamente de aquella misma zona. Se sentía cómodo operando en aquel territorio. Continuó la disección hasta buscar la vena subclavia. No se extrañó de verla envuelta por coágulos.

—Mira, Claudio. Estos coágulos le han salvado la vida. Como las venas tienen muy poca presión, el sangrado es lento y da tiempo a la sangre a coagularse y que se tapone la hemorragia. Seguramente el cuchillo la puncionó.

—¿Y qué vas a hacer?

—No se puede dejar así. Hay que quitar los coágulos.

—Pero puede empezar a sangrar de nuevo —dijo Claudio asustado.

—Cierto. Pero mejor aquí y ahora que no esta noche en su habitación. Los coágulos acaban por disolverse, ya lo sabes.

Con gran pericia, Ken fue retirando los coágulos alrededor de la vena hasta que ésta pudo verse. Estaba tumefacta, hinchada por la extravasación de sangre a través de sus fibras. Ken retiró el último coágulo y la vena comenzó a sangrar.

—Pinza hemostática —ordenó Claudio a la instrumentista.

—Olvídate de la pinza hemostática —dijo Ken—. Sólo serviría para desgarrar más la vena. ¿Sabes cuál es la mejor pinza hemostática que tiene un cirujano?

—No.

—Su dedo índice —dijo Ken mientras comprimía el punto sangrante con el dedo. La hemorragia cesó.

—Deme un punto de seda de tres ceros —pidió a la instrumentista.

Ésta se lo dio. Con gran habilidad, Ken pasó la aguja curva a través de los dos bordes del orificio de la vena y anudó la sutura. La vena dejó de sangrar.

—Buen punto —elogió el anestesista que seguía la intervención con cierta preocupación desde la cabecera de la mesa.

—Ahora, Claudio, vamos a examinar la arteria subclavia. Está tan cerca de la vena que también podría estar lesionada. ¿Sabrías encontrarla?

—Sí. Está detrás de la vena, separada por el músculo escaleno anterior, que se inserta en la primera costilla.

—Muy bien, Claudio.

Ken estaba impresionado por los conocimientos anatómicos del italiano. No había duda de que había estudiado en una buena facultad.

—Pero está muy profunda para abordarla desde aquí. Deberías abrir la incisión todavía más y extenderla hacia arriba para controlarla desde arriba.

—No, Claudio, vamos bien.

Sin embargo Ken reconoció que Claudio tenía razón. Se estaba metiendo en un pozo cada vez más profundo y, si la arteria se ponía a sangrar, no la podría controlar. Avanzaba lentamente por los planos anatómicos, cortando milímetro a milímetro. La vena que acababa de suturar se le ponía por delante y le impedía una buena visión.

—Coge un retractor y sepárame la vena hacia arriba —indicó a Claudio.

Éste introdujo el instrumento en el campo operatorio y movilizó la vena. En aquel momento, un chorro de sangre roja y brillante salió del fondo de la herida, empapando la cara y las mascarillas de los dos cirujanos.

—¡Mierda! —exclamó Ken, introduciendo su dedo índice en la herida.

—¿Qué pasa? —preguntó el anestesista.

—La arteria subclavia. Está sangrando. El hematoma alrededor de la vena debía taponar la herida y al moverla se ha puesto a sangrar de nuevo.

—¿Lo podrás arreglar? —preguntó el anestesista.

—Espero que sí. Aunque es muy distinto a lo de la vena. La presión es mucho más alta y por el mismo agujero puede salir diez veces más sangre de una arteria que de una vena.

El anestesista palideció y llamó al banco de sangre para que le preparasen más bolsas.

Ken intentó serenarse. Tenía que contener la hemorragia. Tenía que poner uno o dos puntos en aquella arteria, tal como había hecho en la vena. El problema es que estaba más profunda y, a la que sacase el dedo, la sangre volvería a salir a borbotones. Tuvo que reconocer que se había equivocado. Se había fiado de sus conocimientos y había contravenido uno de los preceptos básicos de la cirugía: tener una buena visión de las estructuras sobre las que se quiere actuar.

Pidió otro punto de seda y le dijo a Claudio:

—Me tienes que separar la vena con una mano y aspirar la sangre con la otra. Voy a sacar el dedo y a poner un punto en la arteria. Y tengo que hacerlo rápido.

Claudio asintió. Ken retiró el dedo y, de nuevo, un chorro de sangre inundó el campo operatorio. El corazón de Ken se aceleró y un sudor frío le empapó la espalda. Conocía esta sensación que era premonitoria de desastre. Intuía que el paciente podía morirse y esto le aterraba.

—Claudio, no veo nada. Apoya el aspirador sobre la arteria de forma que succiones la sangre en el momento que salga por el desgarro. Si no, no voy a poder poner ningún punto.

Claudio hizo lo que Ken le pedía. Éste pudo vislumbrar dónde estaba la herida en la arteria. Intentó poner un punto pero no consiguió hacerlo en el sitio adecuado. La hemorragia continuaba, a pesar de los esfuerzos de Ken. Nuevamente apoyó su dedo sobre la arteria e intentó razonar. Miró a Claudio.

—Hay que controlar la arteria desde lejos —dijo éste.

—¿Cómo?

—Pues haciendo otra incisión, rodeando la arteria en una zona que esté sana y pinzándola para que deje de salir sangre por este agujero.

—Yo no puedo sacar el dedo de donde está. ¿Lo puedes hacer tú?

—Lo intentaré —dijo Claudio.

Con mano hábil, hizo una incisión en el lado derecho del cuello y comenzó a disecar los vasos y nervios del mismo.

—Localizaré la arteria carótida y la seguiré para abajo. La subclavia nace justo donde nace la carótida y no me será difícil controlarla allí.

Ken volvió a asombrarse de los conocimientos anatómicos de Claudio, quien proseguía disecando en busca del origen de ambas arterias. Aflojó algo la presión sobre la arteria y vio que el sangrado era mucho menor.

—Claudio, ayúdame aquí otra vez. Está sangrando mucho menos.

—Pero aún no he podido encontrar el nacimiento de la subclavia.

—Déjalo ahora. Si logro poner un punto, no hará falta que lo busques más.

Claudio obedeció con la disposición que tiene un subordinado cuando sabe que su superior se está equivocando.

Ken volvió a intentar poner un punto. Tras varios intentos lo consiguió. El sangrado era mucho menor y el desgarro de la arteria se podía ver perfectamente. Anudó la sutura. Al aplicar tensión en la seda, el sangrado se reprodujo pero mucho mayor. No había forma de contenerlo.

—Debo de haber ensanchado el desgarro al poner el punto —dijo.

Claudio prosiguió con su disección para tratar de controlar el sangrado desde el origen de la arteria. Ken estaba en un grado de excitación que nacía de su impotencia. Todo el campo operatorio se llenó de sangre, que empapó las ropas verdes y comenzó a caer al suelo, manchando los pies de los cirujanos.

El anestesista no daba abasto a trasfundir sangre y sueros.

—Le está bajando la presión. Si no cortas la hemorragia se nos muere —le dijo a Ken.

Cuando creía que las cosas no le podían ir peor, ocurrió algo que le hizo dudar de la misericordia de Dios.

—¿Qué diablos está pasando aquí? —se oyó decir, con su marcado acento, al doctor Ahmad, jefe de residentes.

Ken no podía apartar la vista del campo operatorio, que era todo sangre.

—Se ha desgarrado la arteria subclavia. Está sangrando y no lo puedo controlar.

—¿Te das cuenta de la cantidad de normativas que te has saltado? Has metido a un herido en quirófano sin avisar al jefe de residentes, has abordado la herida con una incisión equivocada y además te has llevado a un interno de Urgencias para que te ayude. Se te va a caer el pelo.

Ken no estaba para broncas.

—En vez de chorrearme, ¿por qué no te lavas y me ayudas a arreglar esto?

—Tú te has metido, tú te sales. Cada palo que aguante su vela. En cuanto acabes, te quiero ver en el despacho del doctor Nichols.

Tras estas palabras, Rasheed abandonó el quirófano.

Para entonces el paciente estaba prácticamente desangrado. Claudio continuaba buscando frenéticamente el origen de la arteria subclavia.

—Se va a morir —dictaminó ominosamente el anestesista.

Estaba en lo cierto. El corazón, falto de sangre para bombear y por ello falto de oxígeno para su propio funcionamiento, se paró.

Ken intentó reanimarle con masaje cardiaco externo pero el anestesista le hizo desistir de ello.

—Mientras continúe con este agujero en la arteria, no se puede recuperar.

En una acción guiada por la desesperación, Ken miró la arteria y vio que, al haberse parado el corazón, ya no sangraba. Intentó cerrar el desgarro con dos puntos, pero al pasar la aguja por la arteria, ésta se desgarraba cada vez más. El boquete era superior ya a los dos centímetros.

Ken concedió la derrota.

—Déjalo, Claudio. Se ha muerto.

—Ya casi tenía el origen de la arteria. Si la hubiese podido pinzar, la hemorragia habría parado. ¿Por qué has puesto estos puntos que han reactivado el sangrado?

—Al tener la arteria apretada, se han formado unos coágulos que han detenido momentáneamente el sangrado. Por esto me he atrevido a poner los puntos. Me he equivocado —dijo, arrancándose la mascarilla empapada de sangre—. Y ahora viene la segunda parte. La bronca en el despacho de Nichols.

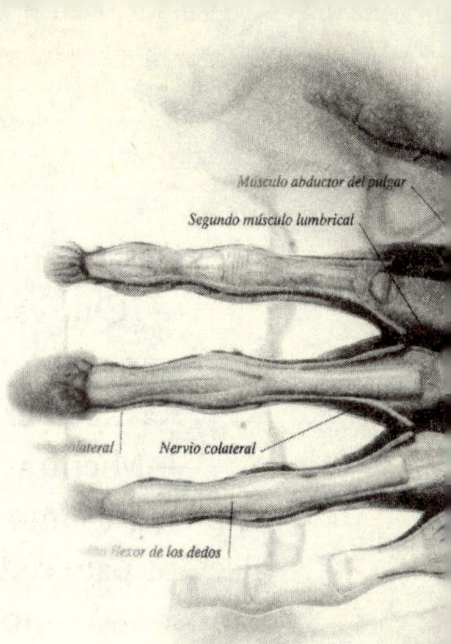

CAPÍTULO

31

El doctor Nichols estaba sentado tras su mesa de escritorio. Rasheed Ahmad se encontraba de espaldas mirando por la ventana. Cuando Ken entró, ni siquiera se dio la vuelta.

—Ken, Rasheed me ha contado una serie de cosas y creo que nos debes una explicación —comenzó el doctor Nichols.

En aquel momento Rasheed se dio la vuelta y miró fijamente a Ken.

—De todas las irregularidades administrativas que has cometido ya te hablará el doctor Nichols. Pero yo quiero hablarte de las equivocaciones médicas. Por cierto, ¿has logrado controlar la hemorragia?

Ken negó con la cabeza.

—¿Ha muerto?

Ken asintió.

—Pues te has metido en un buen lío. Si no lo he entendido mal, era un caso judicial.

Ken volvió a asentir.

Rasheed se estaba regodeando con la desgracia de Ken.

—La has cagado. Te has metido en un caso que no debías haber operado. No estás capacitado.

Ken encajó mal el dicterio.

—¿Qué estás diciendo? Tengo mucha más experiencia que tú en tratar estos casos. En Vietnam...

Rasheed le cortó:

—Mientras tú estabas en Vietnam jugando a soldaditos, aquí establecimos una unidad de trauma, con protocolos establecidos para cada caso. —Ken miró al doctor Nichols, quien asintió—. Y uno de ellos establece que cualquier herida penetrante en el tórax, desde el cuello hasta el diafragma, que se encuentre por dentro de los dos pezones debe ser abordada abriendo el esternón. —Ken comprendió entonces la pregunta de la instrumentista sobre el separador esternal—. Y lo que nunca se debe hacer es abordar una arteria sin haberla controlado. Hay que rodearla con cintas por delante y por detrás de la zona sobre la que quieres operar. De esta forma, basta con tirar de las cintas para que deje de sangrar. Es una norma básica en cirugía vascular y tú, obviamente, no la respetaste.

Ken no tenía palabras para disculpar su fallo. Desgraciadamente, Rasheed tenía razón.

—Te voy a crucificar en la próxima reunión de la comisión de mortalidad —dijo éste, señalándole amenazadoramente con el dedo y abandonando el despacho dando un portazo.

—Ken, siéntate —invitó Nichols—. Tenemos que hablar.

—Doctor Nichols, estoy desolado. No sé cómo he podido hacer las cosas tan mal.

—Ken, no es el último paciente que perderás en tu carrera. Los fallos quirúrgicos ya los ha comentado Rasheed. Pero yo tengo que advertirte de la serie de irregularidades que has cometido. Tendrías que haber llamado a Rasheed e informarle de lo que ibas a hacer. Él, te guste o no, es tu inmediato superior. También sacaste a un interno de Urgencias para que te ayudara cuando hay un residente de guardia para estos casos.

—Este interno está más capacitado como cirujano que cualquier residente de primer año.

—Lo sé. Y es muy posible que lo admitamos como residente el año que viene.

—¿Se lo han dicho?

—Todavía no. Hay todavía algunos asuntos pendientes con otros candidatos que debemos resolver.

Ken se abstuvo de decir que Claudio había sido el que le había pedido ayudarle en la intervención y deseó que su comportamiento no incidiese negativamente en la decisión de aceptar a Claudio.

—Por otra parte, y hablando de Rasheed, veo con preocupación que vuestras diferencias no se han suavizado —prosiguió Nichols.

—Es un arrogante y un estúpido —le espetó Ken.

—Ken, te interesa estar bien con Rasheed.

—¿Qué quiere decir?

—Va a entrar a formar parte del cuadro de cirujanos de este hospital y en el futuro te puede dar muchos casos.

Por un momento, Ken se sintió confuso. No se iba a librar del persa tan fácilmente. Ken estaba deseando que llegase julio para que Rasheed, acabada su residencia, se fuese a ejercer por su cuenta, pero nunca había imaginado que lo iba a hacer en el Washington Memorial.

—¿Cómo es que va a quedarse aquí, en Washington?

—Tiene influencias y el hospital ha recibido presiones para que le concedan los privilegios para operar aquí.

—Deben de ser muy poderosas estas influencias.

—Ni te lo imaginas —concluyó Nichols.

—Venga, doctor Nichols. Si tengo que soportar a Rasheed dos años más, creo que tengo derecho a saber quién lo protege.

—¿Te acuerdas de Judy Smyth?

—Claro, ¿cómo iba a olvidar a una chica así?

Judy Smyth era la estudiante más guapa de cuantas habían pasado por la escuela de enfermería. Tenía un tipo sensacional. Ken aún guardaba la revista del hospital en la que aparecía Judy posando en bikini.

—Es su novia.

Ken sintió todavía más odio hacia Rasheed.

—Bueno, el hecho de que Judy sea su novia no es motivo para que tenga que quedarse aquí.

—Es que su padre es el senador Smyth. No quiere que su hija se vaya con un extranjero por ahí. Quiere que se quede en Washington. Y ha influido sobre el consejo de administración del hospital para que le permitamos operar aquí.

Ken lo vio todo claro. La arrogancia de Rasheed, su seguridad al cometer toda clase de arbitrariedades, su conducta poco solidaria. Y el Cadillac. Ahora lo comprendía. Con la vida asegurada por delante, a buen seguro que había pedido un préstamo y se había comprado uno de los coches más lujosos del mercado sin esperar a terminar la residencia. Presuntuoso hijo de puta. Nichols adivinó los pensamientos de Ken.

—Trata de llevarte bien con él —le aconsejó.

—Lo intentaré. ¿Algo más, doctor Nichols?

—No, nada. Puedes irte pero no hagas más tonterías. Sabes que te aprecio pero la próxima vez no te cubriré.

Ken salió del despacho y se sorprendió de ver al teniente Lyons conversando con Maggie.

—Teniente, no esperaba verle.

—Ken, tengo que hablar contigo. ¿Cómo está el apuñalado?

—Ha muerto en quirófano.

—Caray, esto es grave.

—Sí, sobre todo para él —ironizó Ken.

—No, me refiero para su agresor. Lo que era un asalto con arma letal ahora ha pasado a ser un asesinato.

Ken se dio cuenta de la diferencia. Los cargos y las posibles sentencias eran muy distintos en uno y otro caso. Y entonces se dio cuenta de lo desprotegida que estaba la ciudadanía ante los errores médicos. Una mala actuación médica podía cambiar la vida a un ciudadano. Si alguien atropella a una viejecita que cruza la calle por donde no debe y es llevada al hospital, el futuro del conductor está en manos del equipo médico. Si se la trata correctamente y es dada de alta en poco tiempo, es posible que no le pase nada, sobre todo si se demuestra que la viejecita no cruzó por donde debía. Pero si cae en manos de malos profesionales, se la opera y muere en el posoperatorio por causas que se podrían haber evitado, el individuo puede ser acusado de homicidio.

—Ken, sospechamos quién lo hizo.

—¿Quién?

—El Anatomista.

—¿El Anatomista?

Ken ya se había olvidado de él.

—Sí. Inspeccionamos la casa y nos encontramos un papel escrito de las mismas características del que encontramos en el Wharf. También estaba escrito con pluma estilográfica.

—¿Y qué ponía?

—Sólo una palabra. «David».

—En el del Wharf ponía «Salvador». A este tío le ha dado por la Biblia.

—Sí, pero Salvador resultó ser el nombre de un pintor, como tú mismo dijiste. Quiero que hables con tu padre a ver si nos puede dar una pista.

—Pero a mí esta vez no me pareció que se escenificase un cuadro. De hecho el agredido no estaba ni muerto.

—Estoy de acuerdo. Parecía una agresión rutinaria pero, al encontrar el papel, la investigación ha tomado otro rumbo. Además, el muerto conocía a las otras víctimas.

—¿Sabe quién era?

—Se llamaba Héctor Barboza. Era colombiano. Llevaban viviendo unos meses aquí, en Washington. Se dedicaba a distribuir droga entre camellos. Dos de ellos eran Jacob Jones y Ralph Strong.

—¡El camello y el novio de Connie!

—Sí. Barboza les vendía droga a ambos. Me lo contó su mujer. Y ahora los tres están muertos. La mujer también me explicó que el atacante era de complexión fuerte y que ocultaba la cara. La obligó a permanecer sentada durante media hora antes de llamar a nadie, bajo amenaza de muerte. Ken, hace dos meses que perseguimos a este criminal y no tenemos ni la menor pista.

—Esta noche llamaré a mi padre.

Ken llegó a su apartamento totalmente extenuado. Ya ni se acordaba del triunfo de Robert Kennedy. La conversación con Claudio y Jules sobre los disturbios en París, la casa de Héctor Barboza, la operación, el desgarro de la arteria, la bronca de Rasheed Ahmad, la conversación con el teniente Lyons, todo le parecía lejano. Se tumbó en su sillón reclinable y cerró los ojos. Inmediatamente, le apareció la visión de sangre, mucha sangre, sangre a borbotones que él no podía detener. Sus intentos de atajar la hemorragia con puntos de sutura aparecieron en su mente, tan claros como los había vivido horas antes. Era como una pesadilla pero estaba despierto. Abrió los ojos y la visión desapareció. Comenzó a recordar la intervención, paso a paso, su obcecación por agrandar la herida en vez de hacer una nueva para lograr el control de la arteria, los intentos de Claudio por ayudarle. Claudio, un buen elemento, sin duda. Súbitamente, tuvo un pensamiento que le heló la sangre. Claudio sabía mucha anatomía. Se lo había demostrado hoy. Y era culto. Y sabía mucho de arte. Recordaba el comentario sobre la oreja de Van Gogh y sobre el hombre de Vitrubio. Era imposible, pero las coincidencias con El Anatomista eran evidentes.

Quería borrar ese día de su vida, irse a dormir y que el día siguiente fuese más favorable, pero aún tenía algo que hacer. Llamó a su padre.

—Hola, hijo, ¿cómo estás?

—He tenido un día horrible.

Ken se explayó contándole su desastrosa intervención.

—No te has de culpar. Un cirujano de Urgencias no puede salvar a todos sus pacientes. Si no querías que se te muriesen los enfermos deberías haberte hecho radiólogo.

—Hay una cosa que no te he contado. En la casa del hombre apuñalado había un papel como el que encontramos en el Wharf, el que decía «Salvador».

—Y en éste, ¿qué ponía?

—Tan sólo la palabra «David». —Hubo un silencio al otro lado de la línea—. Papá, ¿estás ahí?

—Sí, Ken. Estaba pensando.

—Y ¿qué te parece?

—Bueno. Siguiendo la lógica, podría ser el nombre del pintor.

—¿Cuántos pintores conoces que se llamen David de nombre?

—No de nombre, de apellido. El más famoso es Jacques-Louis David, pintor de la época de la Revolución Francesa que luego hizo cuadros a la mayor gloria de Napoleón. ¿Dónde me has dicho que tenía la herida la víctima?

—Debajo de la clavícula derecha.

—¡No me digas más! Y el hombre estaba en una bañera.

—¿Una bañera?

—Sí, dentro de una bañera.

—Pues no. Estaba echado en un sofá. ¿Por qué dices lo de la bañera?

—El cuadro más famoso de David es el que hizo de su amigo el revolucionario Marat, asesinado en una bañera. Es un cuadro impresionante. El agua está teñida de rojo y el cuchillo que usó su asesina está en el suelo, ensangrentado. La herida está exactamente por debajo de la clavícula derecha.

—Pues Héctor Barboza estaba en un sofá. Lo apuñalaron en presencia de su mujer y su hijo.

—Ken, ¿el hombre se llamaba Héctor?

—Sí. Héctor Barboza. Era colombiano.

—¿Y con él estaban una mujer y un niño?

—Sí. Su mujer y su hijo.

Volvió a haber un silencio hasta que John Philbin dijo:

—Ken, este tipo es muy bueno. Pero que muy bueno.

—¿Por qué lo dices?

—David pintó un cuadro, que está en el Louvre, que se llama *Andrómaca velando a Héctor.*

—Suena a guerra de Troya.

—Exacto. Héctor era hijo de Príamo, rey de Troya. Mató a Patroclo, amigo de Aquiles. Éste se vengó y no sólo mató a Héctor sino que retuvo su cadáver. Príamo paga un rescate y suplica a Aquiles que le devuelva el cuerpo de su hijo. Finalmente, Aquiles le devuelve el cuerpo, recién lavado y envuelto en túnicas, y decreta once días de tregua. Expuesto el cuerpo del héroe troyano, su mujer Andrómaca lo vela. Éste es el momento que David inmortalizó en su tela. También hay un niño en la escena.

—Papá, es idéntica a la que me encontré en casa de Barboza. Lástima que no saqué una foto.

—A la cabecera del lecho donde reposa Héctor, David pintó su espada y su casco.

—¡Es increíble! Junto al sofá había un bate de béisbol y un casco.

—Bueno, no es exactamente lo mismo pero un bate de béisbol no deja de ser un arma, hoy en día. Lo sorprendente es cómo lo sabía el agresor.

—Este tipo es el mismísimo diablo en persona.

—Peor, Ken, peor. Es un íncubo.

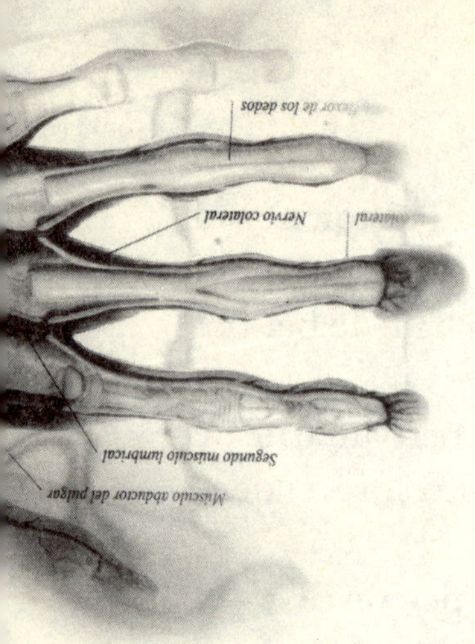

CAPÍTULO 32

La tan esperada cena se había fijado para el último viernes del mes de mayo. Aquella noche, ni Claudio ni Ken estaban de guardia. Las chicas trabajaban por la tarde pero habían acordado que irían directamente al restaurante al salir del trabajo. Se vestirían y arreglarían en el hospital y acudirían a la cita en un taxi. Claudio se había encargado de hacer la reserva en el Babylon, un restaurante en la calle Séptima, con decoración y ambientación orientales pero con una oferta gastronómica muy variada. Después de la cena, una bailarina amenizaba la velada practicando la danza del vientre.

Ken fue el primero en llegar. Vestía una americana de pana y unos pantalones de pata de elefante. Había decidido no ir demasiado elegante y había prescindido de la corbata. Al poco llegó Claudio en su moto. Él sí que había optado por ir elegante. Llevaba un traje gris claro de alpaca brillante, indudablemente hecho a medida. La camisa blanca hacía resaltar su preciosa corbata de seda azul oscuro con motivos florales amarillos. Los zapatos de charol negros tenían la punta cuadrada de acuerdo con la última moda.

—¡Caray, Claudio! Estás impresionante —dijo Ken.

—Es que esta noche tengo un proyecto importante.

—¿Ah, sí? ¿Y cuál es?

—Sandra, *of course*.

—¿Piensas conquistarla esta noche?

—Sí.

—¿Y qué te hace estar tan seguro?

—Recuerda que fue ella quien me propuso que saliésemos a cenar.

—Eso no quiere decir nada. También Eloïse me dijo ayer que le gustaría que os acompañásemos y sin embargo no tengo ninguna intención de conquistarla.

—Allá tú. Pero esta noche Sandra cae. Ya lo verás.

Las chicas se retrasaban, pero la espera en la puerta del restaurante no se hizo larga. A finales de mayo, Washington gozaba de una temperatura muy agradable, sobre todo por las noches. Al fin apareció el taxi. Eloïse bajó primero. Se había puesto una blusa blanca y una falda escocesa. Llevaba medias y unos zapatos marrones planos. Tras ella apareció Sandra. Al verla, Claudio sintió cómo los niveles de adrenalina y testosterona aumentaban súbitamente en su torrente sanguíneo. Se había vestido para gustar y había alcanzado resultados concupiscibles. Más que vestirse, se había desvestido, por cuanto el minivestido que llevaba mostraba más carne de la que ocultaba. Calzaba unos zapatos de tacón sin medias. La brevísima falda contribuía a magnificar la longitud de sus piernas. Por arriba, el generoso escote amenazaba con desbordarse. La larga cabellera rubia le llegaba a mitad de la espalda. Ken tuvo que reconocer que estaba impresionante. Al lado de ella, la modosita Eloïse parecía una alumna de internado de monjas. Sin embargo, su belleza natural la hacía muy atractiva aunque no se hubiese vestido para la ocasión.

—Chicas, estáis guapísimas —dijo Claudio.

—Sentimos llegar tan tarde. El trabajo se nos ha ido acumulando y no hemos podido salir antes —se excusó Eloïse.

—Venga, entremos —apremió Ken.

Tras la puerta les recibió el dueño, un individuo bajito, de nariz aguileña, tocado con un fez.

—Bienvenidos al Babylon —exclamó moviendo las manos exageradamente—. ¿Tienen ustedes reserva?

—Soy el doctor Simone. Hice una reserva para cuatro —contestó Claudio.

El hombre consultó el libro de reservas.

—Claro que sí, doctor Simone. Mesa para cuatro. Por aquí, por favor.

La mesa era la mejor del local y estaba ubicada al borde de la pista de baile. Era evidente que la identificación de Claudio como médico había surtido efecto y el dueño se había esmerado en satisfacer a unos clientes probablemente acomodados, sin sospechar que aquellos jóvenes eran unos residentes mal pagados.

Claudio se erigió en el portavoz del grupo. Después de ayudar a sentarse a ambas mujeres, pidió la carta y la repasó rápidamente.

—Hay un poco de todo. Desde carnes a la brasa a cuscús, pasando por pasta italiana —dijo.

El maître se les acercó.

—¿Desean beber algo mientras eligen?

Todos se miraron entre ellos.

—Yo quiero un *Americano* —dijo Claudio.

—¿Y eso qué es? —se atrevió a preguntar Ken.

—Mitad Campari, mitad vermú rojo con un toque de soda.

—Y el Campari ¿qué es? —preguntó a su vez Eloïse.

—Es una bebida italiana, a base de hierbas y plantas aromáticas con alcohol. Tiene un sabor un poco amargo. Y tú, Sandra, ¿qué quieres beber?

—Pues si tú te tomas un americano, a mí me gustaría un italiano —dijo, comiéndose con los ojos a Claudio.

Ken pensó que Claudio tenía razón, se lo estaban poniendo en bandeja.

—En serio, Sandra. ¿Quieres un combinado?

—¿Me pueden hacer un *Mai tai*? —dijo ésta dirigiéndose al maître.

—Naturalmente.

Esta vez fue Ken quien preguntó:

—¿Qué es un *Mai tai*?

—Un cóctel a base de ron blanco y ron negro, licor de naranja, zumos de frutas y un chorrito de granadina.

—Suena fantástico —dijo Claudio.

—Demasiado fuerte para mí —opinó Eloïse—. Tráigame un zumo de tomate.

Los tres se lanzaron sobre ella.

—Vamos, Eloïse. Ésta es una noche especial. ¿Cómo vas a tomarte un zumo de tomate? —dijo Claudio. Y volviéndose al maître le sugirió—: A ver si anima un poco ese zumo de tomate.

—De acuerdo, le serviré un *Bloody Mary*. ¿Y usted? —preguntó mirando a Ken.

—Tráigame un Martini con vodka. Agitado, no revuelto —dijo, remedando a James Bond.

Tras ordenar las bebidas se aprestaron a leer la carta. El plato estrella era el Châteaubriand, un enorme pedazo de filete de buey hecho al horno, acompañado de patatas, verduras y salsa bearnesa. Debido a su tamaño se debía compartir entre dos personas y se servía sobre una tabla de madera, ya cortado en rodajas.

—¿Qué os parece si pedimos dos Châteaubriands? —sugirió Claudio.

—Gran idea. Y antes podríamos pedir unas ensaladas César. ¿Os va bien, chicas? —preguntó Ken.

Ambas asintieron.

Al poco de haber pedido, llegaron las bebidas. Claudio propuso un brindis.

—Quiero brindar por mi futuro. Hoy el doctor Nichols me ha comunicado que el hospital me ha elegido como residente para los próximos cuatro años.

Las dos enfermeras estallaron en un grito de alegría y felicitaron a Claudio mientras Ken le decía por lo bajo:

—Qué callado te lo tenías.

—No lo he sabido hasta esta mañana —contestó Claudio.

Los vasos chocaron con la copa de Ken. Volvieron a brindar por la oportunidad de haber podido reunirse para cenar.

—Parece imposible que estemos todos aquí, relajados y pasándolo bien después de las veces que lo hemos pasado tan mal en Urgencias —dijo Claudio.

—Deberíamos haber invitado a miss Mullins —bromeó Ken.

—¡No, por Dios! —exclamó Sandra.

—Sandra, miss Mullins es una enfermera extraordinaria, que lleva muchos años haciendo su trabajo, que lo hace bien, que sabe mucho y que te puede enseñar mucho. No la infravalores.

—Pero es evidente que no le caigo bien.

—Si llevases un uniforme no tan ajustado y ropa interior más discreta, sería mucho más amable contigo.

Sandra se sonrojó y Ken sonrió. Las tensiones entre una enfermera *sexy* y su superiora eran tan antiguas como la profesión de enfermería.

Cuatro enormes platos de ensalada César, con los trocitos de pollo aún humeantes, llenaron la mesa.

—¿Desean vino para acompañar su cena? —ofreció el maître.

—Tráigame la carta de vinos —ordenó Claudio.

La bodega del Babylon estaba muy bien dotada. Había vinos franceses, alemanes, italianos e incluso un tinto de Rioja español. Los caldos americanos brillaban por su ausencia.

—Es increíble que un país tan grande y con un clima tan variado no produzca buenos vinos —observó.

—En California están comenzando a producir vinos excelentes. Estoy seguro de que en diez o quince años no tendrán nada que envidiar a los vinos europeos —replicó Ken.

Claudio se lo quedó mirando con sorna. Volviéndose al maître, le pidió una botella de Chianti Rufino.

—Os gustará, ya veréis —prometió.

Cuando llegó la botella, ambas enfermeras comenzaron a aplaudir.

—Es maravillosa. ¡Qué bonita!

Ken tuvo que reconocer por enésima vez que aquel italiano sabía lo que hacía. La elección no podía haber sido mejor. Casi toda la superficie de la botella estaba cubierta por rafia, confiriéndole un aspecto de garrafa.

—Esto es sólo el envoltorio. Esperad a que probéis el vino.

Al descorcharla, el camarero hizo ademán de servir el vino a las damas. Claudio le detuvo.

—Quiero probarlo antes —dijo.

El camarero le sirvió una pequeña cantidad que Claudio olió, bebió y paladeó.

—Muy bueno. Ya puede servirlo.

Sandra estaba subyugada por las formas de aquel médico. Apuesto, bien vestido, culto. Lo tenía todo.

Tras las ensaladas hicieron su aparición los Châteaubriands. Cortados en rodajas, cocidos por fuera y un punto crudos por dentro, revelaban la maestría de quien los había cocinado. Instintivamente, Claudio se dispuso a compartirlo con Sandra. Ken le sirvió dos rodajas a Eloïse.

—¿Quieres salsa?

—Un poco, gracias. Yo tomaré, como máximo, un pedazo más.

A Ken le iba bien la frugalidad de Eloïse. Estaba muerto de hambre. A medida que la noche iba avanzando, se daba cuenta de que estaba incómoda. No sabía si era por la presencia arrolladora de Sandra, por el regusto de su fracasada barbacoa o por algún otro motivo que se le escapaba, pero era evidente que Eloïse no se lo estaba pasando tan bien como su compañera. Decidió que debía intentar que la situación diese un giro.

—¿Te queda hambre para el postre? —le preguntó.

—Depende del postre —contestó Eloïse sonriendo.

—Claudio, ¿qué nos recomiendas?

—Me imagino que estaréis llenos, pero yo no dejaría pasar la ocasión de probar el *tiramisú*.

—¿Qué es?

—Un delicioso postre italiano. Quien lo prueba no lo olvida en su vida.

—¿Y engorda? —preguntó Sandra.

—¿Que si engorda, dices? Tiene unas mil calorías por cucharada.

—Pero ¿de qué está hecho? —preguntó Eloïse.

—De bizcochos empapados en café y brandy o vino de Marsala, queso mascarpone y huevos, todo ello espolvoreado con cacao.

—Suena maravilloso. Yo quiero uno —dijo Sandra.

—Y yo —replicó Eloïse.

—¿Y tú, Ken?

—No sé si me atrae un postre con un nombre tan raro.

—¿Raro? ¿Sabes lo que significa *tiramisú?*

—No.

—En italiano significa «levántame» porque este bendito plato lo consumían las cortesanas de Venecia cuando necesitaban algo que las fortaleciera entre sus encuentros amorosos.

—¡Oh! Todavía me apetece más —dijo Sandra con voz seductora.

Eloïse bajó los ojos como si se avergonzara de su desparpajo.

El festín terminó con cuatro raciones de *tiramisú* regadas con el resto de la botella de Chianti. El dueño se les acercó, obsequioso.

—¿Han cenado bien? —preguntó.

—Magnífica cena. Tan sólo me falta un buen café —dijo Claudio.

—Tenemos café *espresso.*

—¿Que tienen café *espresso?* Bendito lugar. Por fin he encontrado un sitio donde poder tomar buen café.

—¿Ustedes quieren también café *espresso?* —preguntó el dueño al resto del grupo.

—No, gracias. Tomaré un café normal —dijo Ken.

—Yo también —indicó Eloïse.

—Yo tomaré un *espresso* —apuntó Sandra—. Necesito algo que me mantenga despejada. El *Mai tai* estaba más fuerte de lo que esperaba.

—Muy bien. Sobre todo no se vayan. Ahora comienza el espectáculo.

Apenas acabados los cafés, un foco iluminó la pista de baile y apareció la *belly dancer*. Era una morena de cuerpo escultural que se cubría el rostro con un velo. Vestía un sostén de pedrería y una falda de gasa a juego con el velo. En su brazo derecho llevaba una cinta ancha adornada con la misma pedrería que el sostén y en sus muñecas lucían múltiples pulseras doradas. Comenzó a sonar una música oriental y la bailarina descubrió su rostro dejando ver unos ojos negros con largas pestañas. Era toda una belleza. Ken y Claudio se miraron en un gesto de aprobación. La bailarina comenzó su danza, moviendo sus caderas rápidamente al son de la música y ondulando el vientre con movimientos sugerentes. Recorría toda la pista de lado a lado, lanzando miradas lascivas a los hombres. Los giros elevaban la falda descubriendo unas piernas fuertes y bien formadas. La música iba *in crescendo* mientras los movimientos de vientre y cadera aumentaban de velocidad. El busto, bien encorsetado, los seguía sumiso. El número acabó con la bailarina tendida en el suelo boca arriba con la espalda arqueada y las piernas abiertas en un claro signo de provocación sexual. La actuación arrancó una ovación entre los espectadores, sobre todo entre los varones. La artista se levantó y saludó, agradeciendo los aplausos. Inmediatamente volvió a sonar la música. Tras unos pasos de baile, la bailarina se dirigió directamente hacia la mesa donde se hallaba Claudio y, cogiéndole por la corbata, lo arrastró hasta el centro de la pista de baile. Sus compañeros de mesa soltaron la carcajada. La danzarina elevó los brazos y contoneó las caderas, invitando a Claudio a que la imitase. Éste elevó sus brazos e hizo un remedo de contoneo. Ella le recriminó con el dedo su mal arte e hizo girar sus caderas al son de la música. Con otro signo, conminó a Claudio a hacer lo propio. Éste lo hizo todavía peor. La danzarina volvió a enfadarse y aumentó la dificultad del baile al añadir un movimiento reptante con el vientre. La imagen de Claudio intentando imitarla era patética. En la mesa, sus amigos se desternillaban de risa. Jocosamente contrariada, la bailarina castigó a su pareja, poniéndole de rodillas en medio de la pista, le pasó su velo por detrás de la cabeza y lo atrajo hacia sí con fuerza, encastrando la cara de Claudio en su abdomen. El público comenzó a aplaudir hasta que la música fue sustituida por el redoble de un tambor. La bailarina soltó a Claudio y comenzó a bailar frenéticamente delante de él. Flexionando las rodillas, fue bajando hasta que su busto quedó a la altura de la cara de Claudio. Entonces, se acercó y le restregó el sostén de pedrería por la cara entre los aplausos y risas del público. Claudio se puso en pie y fue despedido por la bailarina con un beso en la mejilla. Al llegar a su mesa le recibieron como un héroe.

—Claudio, si no sirves como cirujano ya sabes que te puedes ganar la vida bailando la danza del vientre —rió Ken.

—Has estado graciosísimo —añadió Sandra.

—Muy bien, Claudio —dijo escuetamente Eloïse.

Claudio siguió la broma.

—Esta mujer me ha hecho un *lifting* de la cara con sus pechos.

Sandra le pasó la mano por la cara.

—Está muy fina —dijo riendo.

El contacto de la mano de Sandra por su cara le aceleró el pulso. Estaba claro que estaba viviendo su noche y, si la cosa no se torcía, lo mejor estaba por llegar.

Terminado el espectáculo de la *belly dancer,* la pista se oscureció y comenzó a sonar una música suave.

—¿Bailamos? —invitó Claudio a Sandra.

Ésta se levantó y se dirigió al centro de la pista, seguida por él. Sandra le rodeó el cuello con sus brazos y comenzaron a bailar muy juntos. Ken y Eloïse los miraban de lejos.

—¡Qué buena pareja hacen! —comentó Eloïse.

—Sí. Claudio está loco por Sandra —contestó Ken.

—Pues a Sandra le gusta mucho Claudio, o sea que lo tiene fácil.

—No debería revelar sus planes, pero Claudio está seguro de que esta noche conquistará a Sandra.

—¿Qué quieres decir con que la conquistará?

—Me imagino que Claudio se refería a una conquista lo más carnal posible.

—Me parece que este italiano va muy deprisa. ¡Si es la primera vez que salen!

—Eso no tiene nada que ver. No han podido salir antes juntos pero creo que esta noche ambos lo están deseando.

—No sé, no sé —concluyó Eloïse.

—¿Quieres que bailemos? —le sugirió Ken.

—Bueno —contestó Eloïse encogiéndose de hombros.

Decididamente, a Eloïse le pasaba algo, pensó Ken. Nada mejor que la intimidad de un baile lento para averiguarlo.

Eloïse puso su mano derecha en la espalda de Ken y le ofreció su mano izquierda para comenzar a bailar. Con sus brazos tensos mantenía una distancia que Ken no intentó acortar por el momento. Inició la conversación.

—¿Cómo te lo estás pasando?

Bien —respondió Eloïse.

—Pues no pareces muy feliz esta noche.

—No estoy de humor.

—Pero ¿por qué? Creía que te hacía ilusión salir esta noche.

—Y me la hacía. Pero ayer tuve una discusión horrible con mi hermano que me ha amargado el día y también la noche.

Ken maldijo de nuevo a aquel imbécil.

—Cuéntame.

—Se me ocurrió comentarle que esta noche salía contigo y empezó a decir cosas horribles sobre los hombres en general y sobre ti en particular.

—Vaya. ¿Y qué más?

—Poco más. Es excesivamente protector conmigo y vigila mucho con quién salgo. Y como el otro día en la barbacoa no llegasteis a congeniar, te ve como un enemigo. Me llegó a prohibir que saliese hoy.

—¿No le has dicho que eres mayor de edad y estamos en un país libre?

—No vale la pena discutir con él. Su mentalidad es muy distinta a la tuya.

—Y a pesar de todo, has salido.

—Tenía dos motivos importantes. El primero es que tenía que reafirmar mi propia libertad. Si no hubiese salido, mi hermano habría ganado y me tendría siempre en sus manos. No es la primera vez que me monta un numerito cuando salgo con un chico, pero yo no quiero que me controle de esta forma.

—¿Y el segundo?

—Quería salir contigo esta noche.

Ken la miró fijamente y notó cómo la tensión de sus brazos desaparecía.

—Ken, me gustas mucho —confesó.

Él la atrajo hacia sí hasta que sus mejillas se tocaron. Súbitamente se dio cuenta de que a él también le gustaba Eloïse, pero se abstuvo de confesárselo.

Continuaron bailando en silencio, sus cuerpos apretados. La música no podía ser más romántica.

Strangers in the night,
exchanging glances.

Wondering in the night
what were the chances
we'd be sharing love
before the night was through,

cantaba Frank Sinatra. Eloïse y Ken se miraron y sonrieron.

En el otro extremo de la pista, Sandra continuaba prácticamente colgada del cuello de Claudio, mientras éste la atraía hacia sí, apretándole las nalgas.

Las dos parejas continuaron bailando a ritmo lento. Cuando se inició la música de rock, volvieron a la mesa.

—Sandra, ¿te apetece que bailemos un rock? —preguntó Claudio—. ¿O prefieres que continuemos la juerga en otro sitio?

Las dos chicas se miraron.

—Yo prefiero que la continuemos en mi casa —contestó Sandra invitadoramente.

A Claudio se le iluminaron los ojos.

—Yo también quiero irme a casa —dijo Eloïse—. He trabajado toda la tarde y estoy muy cansada.

—Te acompañaré —le dijo Ken.

Claudio insistió en pagar la enorme cuenta, para festejar su nombramiento y para impresionar a Sandra. Decididamente, pensó Ken, su idea de que Claudio podía llegar a ser el asesino era totalmente absurda. Los cuatro salieron a la calle.

La Guzzi estaba aparcada frente al restaurante. Claudio la puso en marcha e invitó a Sandra a subir. Ésta subió a la moto, pero en vez de montarse a horcajadas, lo hizo al estilo amazona, con las dos piernas cruzadas colgando del mismo lado. Con ello, la falda del brevísimo vestido subió todavía un poco más, mostrando parte de una de las nalgas.

—No se lo cuentes a mi abuela —dijo Claudio, guiñando un ojo a Ken, mientras arrancaba la moto.

Viéndoles alejarse, con el italiano conduciendo aquella potente máquina y con Sandra a su grupa, despechugada, exhibiendo pierna, muslo y nalga, Ken no pudo dejar de evocar el cuadro de Valerio Castello *El rapto de las sabinas,* cuya reproducción tenía su padre en el despacho. Sandra parecía una sabina recién raptada... aunque mucho más feliz.

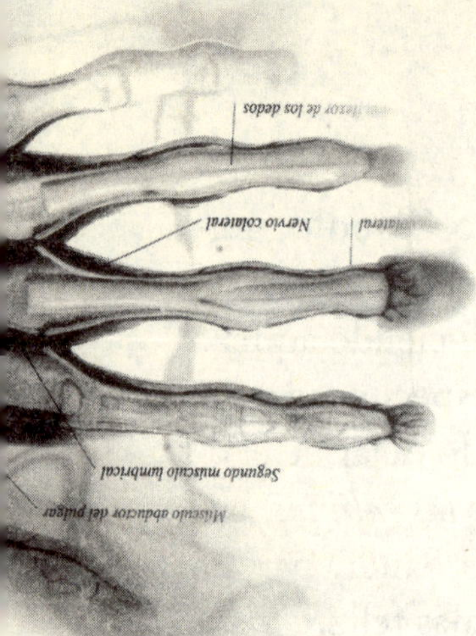

CAPÍTULO

33

Ken y Eloïse se quedaron de pie en la acera hasta que la moto se perdió de vista.

—Tengo el coche aquí cerca —dijo él.

Comenzaron a pasear lentamente hasta el Volkswagen. Eloïse se cogió de su brazo. Desde su confesión apenas habían intercambiado palabras, aunque durante el baile se habían dicho muchas cosas con las miradas, los roces y las caricias. Ken abrió cortésmente la puerta a Eloïse y se introdujo en el coche, partiendo hacia el apartamento de ésta, en la avenida New Hampshire.

Al llegar, Ken preguntó:

—¿Estás mejor?

—Mucho mejor. Me siento liberada.

—¿Liberada?

—Sí, liberada. Te he dicho lo que siento por ti. Ahora ya lo sabes. Es como si me hubiese quitado un gran peso de encima.

Ken guardó silencio.

—¿Quieres subir? —le invitó Eloïse.

—¿Y enfurecer de nuevo a tu hermano?

—No está. Está de guardia en el hospital Saint Elizabeth's.

Ken conocía el hospital. Era un enorme centro psiquiátrico al otro lado del río Anacostia.

—¿Pero no es residente de la Universidad George Washington?

—Sí, pero ahora está haciendo una rotación por Saint Elizabeth's. Aquí, en la universidad, no tienen muchos enfermos psiquiátricos crónicos y en cambio allí les sobran.

Conjurado el peligro del hermano, Ken sopesó la conveniencia de subir con Eloïse o despedirse. No deseaba involucrarse con ninguna mujer, pero consideró que todavía quedaban demasiados interrogantes en el aire.

—Subiré a tomar la última copa —dijo.

El apartamento de Eloïse y su hermano era amplio. Constaba de un salón, con una pequeña cocina al fondo, dos habitaciones y un baño. Estaba modestamente amueblado pero con gusto. El salón tenía un sofá, un sillón, un aparato de televisión y un equipo de música. En una de sus paredes se apoyaba un gran armario con puertas de madera.

—¿Qué quieres beber? —preguntó Eloïse.

—Tomaré una cerveza.

Mientras ella se dirigía a la cocina, Ken se paseó por la habitación. Se acercó al armario y observó que estaba cerrado con llave.

—¿Qué hay en este armario?

—Cosas de mi hermano —contestó Eloïse despreocupadamente.

Terminó de servir las bebidas y las trajo al salón, no sin antes poner la radio. Ambos se sentaron en el sofá. Ken decidió iniciar la conversación.

—Eloïse, respecto a lo me has dicho esta noche, quiero que sepas que tú también me gustas, pero en estos momentos no creo que sea bueno para mí y para mi carrera que comience un romance.

—Ken, yo sólo te he expresado mis sentimientos. Quería que lo supieras. No te pido nada. De hecho, tampoco a mí me conviene involucrarme sentimentalmente con nadie.

—¿Por qué?

—Cuando te conocí acababa de romper con una persona que me hizo mucho daño. Bueno, en realidad no rompí yo sino que me dejó tirada como un guiñapo.

—¿Quién era?

—No tengo ganas de contarte esta historia. Ya la estaba olvidando y no quiero estropear la noche recordando todo el dolor que sentí.

Ken la miró fijamente. En aquel momento sintió una inmensa lástima por aquella criatura que se había enamorado de él tras sufrir un desengaño sentimental. La atrajo hacia sí y la besó suavemente en los labios.

—¿Por qué has hecho eso? —inquirió sorprendida Eloïse.

—Porque me apetecía. Ha sido un impulso irracional, reflejo. Lo siento.

Eloïse se le acercó más.

—No lo sientas. Si supieras la de noches que me he dormido pensando en este momento.

Tras esta confesión se abalanzó sobre Ken y le besó en la boca con fuerza. Éste respondió, prolongando el contacto. Espoleadas por la pasión, las lenguas se entrelazaron mientras las manos, que comenzaron acariciando caras y cuellos, se dirigieron a otras zonas más erógenas. Las de Ken, a los pechos de Eloïse, mientras las de ella buscaban la entrepierna de Ken. La erección no se hizo esperar.

En la radio, Janis Joplin cantaba *I need a man to love* con su voz rasposa.

—¿Te gusta Janis Joplin? —preguntó Eloïse, interrumpiendo su recorrido por la entrepierna de Ken.

—Me encanta. ¿Sabes lo que dijo en un concierto, recientemente?

—¿Qué dijo?

—«Mi música no tiene que hacer que os desmadréis; tiene que haceros follar».

—Pues venga, no la decepcionemos —dijo Eloïse, tomando a Ken de la mano y llevándole al dormitorio.

Ken estaba atónito. Esto no era lo que tácitamente habían acordado, pero su erección cobró fuerza viendo cómo Eloïse se desvestía. Bajo su blusa y su falda llevaba un sostén y unas bragas de color blanco muy poco sexis. Pero cuando se despojó de ellos, la desnudez de Eloïse le sorprendió. Aunque baja de estatura, sus muslos y sus piernas estaban muy bien proporcionados. Sus caderas eran anchas, en parte magnificadas por la estrechez de su cintura. Sus pechos, grandes y erguidos, se remataban con unos pezones rosados. Ken se acercó a ella y la besó. El pelo moreno y los ojos claros le conferían una belleza especial. Estaba preciosa, pensó. Se desnudó y se tendieron en la cama, continuando las caricias que habían iniciado en el sofá. Era evidente que estaban abocados a una conquista carnal. Al pensar en eso, a Ken le vinieron a la mente Claudio y Sandra.

—Seguro que ya deben de ir por el tercer polvo —murmuró.

—¿Qué dices? —preguntó Eloïse.

—Nada. Pensaba en Claudio y Sandra.

—¿Y yo, qué?

—Ahora mismo te voy a hacer volar muy alto —le dijo mientras la penetraba.

—¡Si supieses las veces que también he soñado con este momento! —exclamó Eloïse exhalando de gusto.

Ken sintió la estrechez del órgano que le acogía. Se notaba que Eloïse no había procreado nunca. El roce continuo le estimuló todavía más. Se movía rítmicamente, con cuidado, notando los efectos que producía en su pareja. Tras unos minutos de cópula, Eloïse le rodeó las caderas con sus piernas y le empujó hacia el fondo de su vagina. Sus pezones se pusieron duros y erectos. Ken los lamió, lo que inmediatamente provocó un orgasmo en Eloïse. El de Ken no se hizo esperar.

Se separaron y ambos se tendieron en la cama, boca arriba. Ken comenzó a recapitular los disparates que había cometido aquella noche. En primer lugar, había bebido demasiado. Un Martini de vodka y tres vasos de Chianti amén de un pequeño sorbo de la cerveza que le había servido Eloïse. Es posible que todo ello hubiese podido influir en su comportamiento posterior. En segundo lugar, contraviniendo todo lo que había hablado, incluso pactado, con Eloïse, se habían acostado juntos. Y en tercer lugar, lo habían hecho totalmente desprotegidos. Por lo menos, él no se había puesto un condón. Cuando salió de su casa, poco se podía imaginar que la noche terminaría así. Por otra parte, no confiaba en que Eloïse, una canadiense católica, estuviese tomando esa nueva píldora que había aparecido para prevenir el embarazo. La placidez poscoital le invadió, durmiéndose a los pocos minutos.

Cuando se despertó, se volvió hacia Eloïse, pero encontró la cama vacía. Se levantó de un salto y comenzó a rebobinar en su cerebro lo ocurrido la noche anterior. Inmediatamente, recordó las palabras de Eloïse: «Mi hermano no está. Está de guardia en el hospital Saint Elizabeth's». Era sábado por la mañana y lo más seguro es que estuviese a punto de salir de la guardia. Se puso los pantalones y salió de la habitación. Eloïse estaba en la cocina. Llevaba un cortísimo *negligé* semitransparente.

—Buenos días. ¿Has dormido bien? —le saludó sonriente.

—Eloïse. Tu hermano. Debe de estar al llegar.

—No te preocupes. No sale hasta las doce del mediodía. Mira lo que te he preparado.

Sostenía ufana una bandeja con pastas humeantes.

—¿Qué son?

—Cruasanes. Son un típico desayuno francés.

Ken había oído hablar de ellos. Incluso en Saigón había visto algunas tiendas que los vendían, no en vano Vietnam había formado parte de la Indochina francesa hasta 1954.

—¿Cómo los has hecho?

—No soy pastelera. Venden la masa congelada, la arrollas, le das forma de media luna y la pones en el horno.

Ken probó uno.

—Está delicioso —dijo.

Eloïse le sirvió una taza de café.

—Después de una noche de amor, no hay nada como desayunar con cruasanes —comentó.

Ken decidió abordar el tema que le preocupaba.

—Anoche hicimos el amor y yo no usé un condón. ¿Te imaginas que te quedases embarazada?

—No te preocupes, yo estaba protegida.

—¿Cómo?

—Llevaba un diafragma.

—Pero ¿cuándo te lo pusiste? No nos separamos ni un momento desde que llegamos.

Eloïse bajó los ojos.

—Me lo puse en el hospital, antes de salir hacia el restaurante.

Ken se sintió víctima de una encerrona.

—¿Me estás diciendo que antes de empezar la noche ya pensabas en que acabaríamos en la cama?

—No te enfades. He salido con chicos lo suficiente para saber que no es posible adivinar cómo acabará la noche.

Pero, además, existía otro motivo. Para mí, era como llevar un talismán que haría que mi fantasía se hiciese realidad. Lo había deseado tantas veces que, inconscientemente, sabía que debía estar preparada. —Ken calló. Eloïse se le acercó—. ¿Y sabes otra cosa? Esta mañana me he lavado... y me lo he vuelto a poner.

Ken la rodeó con sus brazos. Sus manos se deslizaron hasta el borde inferior del camisón, que apenas cubría las nalgas de Eloïse. Ken las acarició y pudo notar a través de la casi transparente tela cómo sus pezones volvían a endurecerse. Con un rápido movimiento le quitó el camisón y él se despojó de los pantalones, quedándose ambos de pie, desnudos, en la cocina. Lentamente se dirigieron al dormitorio y se acostaron en la cama. Eloïse se puso a horcajadas sobre Ken, guiando su erecto miembro hacia su interior. De nuevo, la estrechez del paso volvió a estimular a Ken. Eloïse se movía imponiendo el ritmo que le causaba más placer. Ken levantó la cabeza y Eloïse bajó la suya hasta que sus lenguas volvieron a encontrarse. Con sus manos libres, Ken le acarició los pechos y basculó la pelvis hasta que el acoplamiento fue total. Entonces, Eloïse volvió a imponer su ritmo. Era un coito silente y reposado, totalmente opuesto al coito volcánico con Gladys. Ken miró a Eloïse, que había cerrado los ojos y sonreía sin dejar de moverse. Aquella mujer le gustaba cada vez más. Le acarició los pezones y Eloïse se estremeció de gusto. Indudablemente, había dado con una de sus zonas más erógenas. Siguió con sus caricias hasta que Eloïse alcanzó el clímax. Satisfecha, se dejó caer encima de Ken, quien no tardó en estallar en su interior.

La inminencia de peligro los despertó a ambos.

—Mierda. Son las doce menos cuarto. Tu hermano no tardará en llegar.

Se levantó y tras una rápida ducha se vistió. Eloïse continuaba en la cama, mirándole.

—Date prisa. A las doce, tu Volkswagen se convertirá en calabaza —bromeó.

—Mientras no sea mi cabeza la que se convierta en puré de calabaza —dijo Ken.

—Tranquilo. Esta vez, pienso mantener a mi hermano a raya.

—¿Qué quieres decir con «esta vez»?

—Que no dejaré que se interponga entre nosotros.

—No hagas planes de futuro, ¿quieres?

—No los haré, pero esto no cambia ni mis deseos ni mis sentimientos.

—Nos veremos el lunes en el hospital —se despidió Ken.

—Allí estaré —respondió Eloïse, besándole en la boca mientras, desnuda, le acompañaba hacia la puerta.

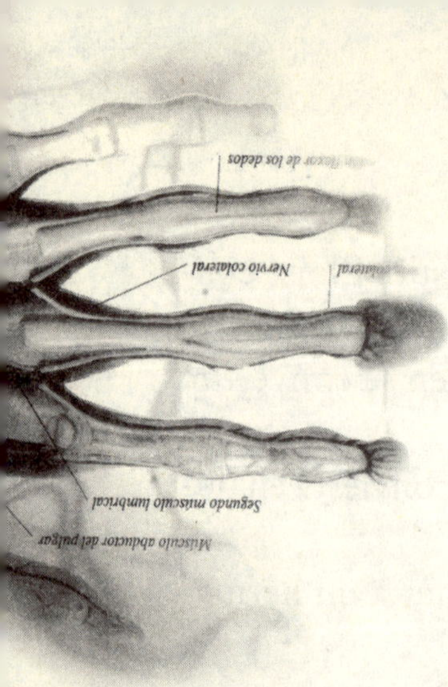

CAPÍTULO

34

Desde principios de junio, Claudio estaba haciendo una rotación por la Unidad Coronaria, la última en sus doce meses de internado. Una rotación muy distinta a la de Urgencias, sin ninguna actividad quirúrgica pero que el departamento de Docencia del hospital decretó obligatoria para todo interno. Al fin y al cabo, los infartos eran la causa más frecuente de muerte y se consideraba que todo médico debía tener unas nociones sobre electrocardiografía y saber detectar arritmias y otras complicaciones del infarto.

Aquella noche estaba de guardia y ya le habían llamado dos veces por el paciente del box 4, un tipo gordo que había sufrido un infarto mientras hacía el amor con su querida. La situación resultó comprometida cuando ésta le llevó al hospital y al poco rato apareció su esposa, que había sido avisada por la recepción del hospital. Claudio presenció la pelea entre ambas, pero lo peor fue que el hombre tuvo dos episodios de fibrilación ventricular que le habían obligado a aplicarle descargas eléctricas en el pecho. Cuando informó a la familia de que había sufrido dos paros cardiacos y que el pronóstico era grave, la esposa chilló:

—Si se muere, voy a denunciar a esta furcia por asesinato.

A las tres de la madrugada, a punto de conciliar el sueño, sonó de nuevo el teléfono.

—¿Doctor Simone?

—Sí. ¿Qué pasa ahora?

—Han disparado contra Kennedy.

Claudio dio un salto en la cama.

—Sí, hace varios años...

—No, doctor Simone. Ahora ha sido a Bob Kennedy.

Siguió un silencio.

—Voy inmediatamente —dijo Claudio.

Al llegar a la Unidad Coronaria, todas las enfermeras estaban apiñadas alrededor de un pequeño receptor.

—¿Qué ha pasado? ¿Quién ha sido? —preguntó Claudio.

—No lo sabemos muy bien —le contestó una de ellas—. Ha ocurrido hace muy pocos minutos. Estaba en California, en Los Ángeles, y al salir del hotel alguien le ha pegado un tiro.

—¿Ha muerto?

—No lo sabemos

Claudio miró el reloj. Las tres y veinte. Aun así, decidió llamar a Ken.

Éste dormía profundamente en su casa. No cogió el teléfono hasta el cuarto o quinto timbrazo.

—¿Quién es?

—Ken. Soy Claudio. Perdona que te haya despertado pero ha ocurrido algo que creo que deberías saber.

—¿Qué ha pasado, Claudio?

—Han disparado contra Robert Kennedy.

—¿Quién? ¿Dónde? ¿Lo han matado?

—No lo sé, Ken. Me lo han dicho las enfermeras de la Unidad Coronaria. No tenemos televisión.

—Gracias, Claudio. Te veré por la mañana —dijo Ken, colgando el teléfono.

Se levantó y puso la televisión. Una escueta noticia daba cuenta del atentado, del que no se conocían detalles. Ken ya no pudo dormir más, dándole vueltas en su cabeza a las consecuencias que podían derivarse de tal acontecimiento.

Se levantó temprano para ver las noticias de las siete. Robert Kennedy acababa de ganar las primarias de California, por encima de sus rivales McCarthy y Humphrey. Exultante, había declarado su intención de ganar en la convención demócrata de Chicago para representar a su partido en las elecciones presidenciales de noviembre. Estaba lanzado. Miles de seguidores se agolpaban a las puertas del hotel donde se habían celebrado las primarias. Para evitarlos, sus escoltas le recomendaron salir por una puerta trasera. Al atravesar la cocina, un individuo le disparó varias veces a la cabeza con una pistola. Kennedy fue trasladado al hospital del Buen Samaritano, donde estaba siendo intervenido. El pronóstico era gravísimo.

Al llegar al hospital, lo primero que hizo Ken fue dirigirse a la Unidad Coronaria para agradecer a Claudio que le hubiese informado al instante del suceso.

—Y ahora ¿qué va a pasar? —le preguntó éste.

—No lo sé, pero es evidente que, con varios tiros en la cabeza, Bob Kennedy nunca podrá presentarse como candidato demócrata.

—¿Y quién queda?

—McCarthy y Humphrey.

—Y a ti, ¿quién te gusta más?

—Evidentemente, McCarthy.

—¿Por qué?

—A pesar de ser muy ambiguo, está en contra de la guerra de Vietnam.

—¿Y Humphrey?

—Es el vicepresidente de Johnson. Obviamente, si sale elegido será una candidatura continuista. Estoy seguro de que el cabrón debe de estar muy contento hoy.

—¿Por qué?

—Había expresado en más de una ocasión que le aterrorizaba la idea de enfrentarse a un Kennedy. Y Nixon también. Su hermano ya le venció en 1960.

A lo largo del día se supo más sobre el autor de los disparos. Se trataba de un palestino de 24 años llamado Sirhan Sirhan. Al parecer, después de disparar había dicho: «Lo he hecho por mi país», lo que hizo que se especulara que su acción se debía al apoyo que Bob Kennedy había dado a Israel durante la guerra de los Seis Días. El asaltante usó una pistola calibre 22 con ocho balas. Todas ellas fueron disparadas. Tres de ellas alcanzaron a Kennedy, que se encontraba muy próximo a su agresor. Moribundo, tuvo fuerzas para preguntar si alguien más había resultado herido. En efecto, otras personas habían sido alcanzadas por las balas, aunque ninguna resultó herida de gravedad. Durante la mañana, líderes políticos de los dos partidos se deshicieron en elogios a Robert Kennedy. El presidente Johnson ordenó que todos los candidatos electorales fuesen protegidos por el Servicio Secreto. Por la tarde, la cadena de televisión ABC canceló la retransmisión de un partido de béisbol y lo sustituyó por un programa especial sobre el atentado. El prestigioso comentarista de televisión Walter Cronkite puso un toque de moderación al dirigirse a los que habían pretendido linchar a Sirhan cuando fue arrestado diciendo que éste era «presuntamente inocente hasta que se demostrase lo contrario». Ya de madrugada, Ken escuchó la noticia que no habría deseado oír: Bobby Kennedy había muerto.

El cadáver fue trasladado a Nueva York, de cuyo Estado Kennedy era senador. Tras un funeral en la catedral de San Patricio, viajó a Washington en tren para ser enterrado junto a la tumba de su hermano.

Aquel día, cuando Ken regresaba a su casa, vio a miles de personas alineadas a lo largo de las vías de tren por donde tenía que pasar el convoy fúnebre. Habían colocado monedas en los raíles para que el tren las aplastase. Un recuerdo demasiado barato para una pérdida tan cara, pensó Ken.

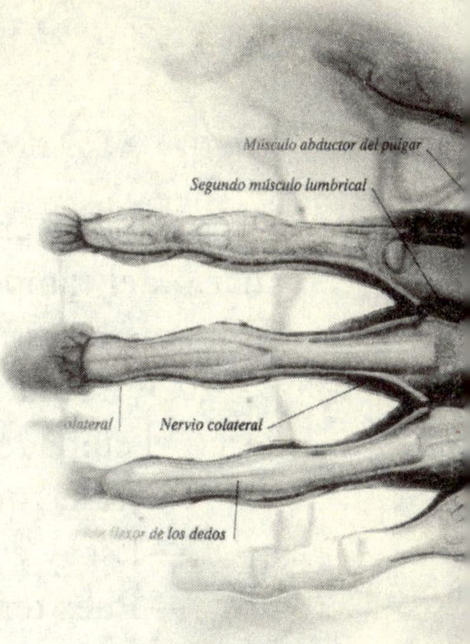

CAPÍTULO

35

Jack Bolton estaba en un aprieto. Se acercaban los exámenes finales y no había estudiado nada durante el curso. Su beca como deportista en la Universidad de Georgetown podía verse comprometida si no aprobaba el curso, a pesar de que era el capitán del equipo de fútbol americano de los Hoyas, el equipo de la universidad. Quedaban tres semanas y tenía que estudiar prácticamente todas las asignaturas. Los profesores apenas le conocían, pues había asistido muy poco a clase, pero algunos ya le habían advertido de que sus impecables pases de *quarterback* no le iban a eximir de conocer las asignaturas al dedillo. Tenía que recuperar el tiempo perdido. Y dejar de salir con chicas. En lo que llevaba de año ya había tenido tres novias y le bastaría con chasquear los dedos para que nuevas candidatas se arremolinaran a su alrededor. Era el hombre más deseado del campus y él lo sabía. Pero ahora se jugaba su futuro. Una llamada le había abierto un resquicio a la esperanza. Un desconocido le había ofrecido anfetaminas, garantizándole que le mantendrían despierto para poder estudiar noches seguidas. No era partidario del dopaje pero situaciones extraordinarias requerían decisiones extraordinarias.

Y allí se encontraba, a las ocho de la tarde, en el vestuario del campo de Kehoe, escenario habitual de sus múltiples victorias.

Oyó ruido. La puerta se abrió. En el umbral apareció Jerry, el cuidador de las instalaciones.

—Jack, ¿qué haces aquí? —le preguntó.

—Estoy esperando a alguien.

—Pues tendrás que esperar en otro sitio, porque debo cerrar el vestuario.

—Por favor, Jerry, déjame esperar aquí. Tengo una cita muy importante.

—Jack. Tengo que cerrar. Si no lo hago puedo perder mi empleo.

—Ya cerraré yo. Déjame la llave y te prometo que cerraré la puerta cuando me vaya —propuso Jack.

Jerry sopesó los riesgos y accedió. No había que enemistarse con la estrella del equipo.

—Está bien, aquí está la llave. Pero devuélvemela mañana por la mañana. Tengo que abrir de nuevo a las ocho.

—Aquí estaré —dijo Jack, tomando la llave que Jerry le entregaba.

Sentado en un banco del vestuario, ensimismado en sus pensamientos, Jack no se apercibió de que la puerta se abría, enmarcando una silueta corpulenta. El desconocido se acercó a él y le puso una mano en el hombro. Jack pegó un salto.

—¿Jack Bolton?

—Sí. Soy yo. ¿Me traes eso?

—Claro, pero ya sabes que te costará una pasta.

Jack no estaba en posición de regatear.

—Tú dámelo y te pagaré lo acordado.

—Antes tenemos que hacer una prueba —dijo el desconocido agitando un frasco de píldoras ante los ojos de Jack.

—¿Qué tipo de prueba?

—Bien, tengo conocimientos médicos y sé que en ocasiones las anfetaminas pueden ser muy peligrosas si el individuo es alérgico a ellas. Incluso puede morir.

Jack se asustó. No pensaba que la pequeña ayuda farmacológica que buscaba para estudiar pudiese poner su vida en peligro.

—No te preocupes —le tranquilizó el desconocido—. Como te he dicho, tengo conocimientos médicos y te puedo hacer la prueba para descartar cualquier tipo de alergia. Quítate la camisa y túmbate en esta camilla de masaje.

Jack hizo lo que aquel hombre le pedía. Con habilidad, éste le pinchó una vena del antebrazo derecho con una fina cánula.

—Ahora te voy a inyectar una mínima dosis de anfetamina. Si eres alérgico, tendrás una reacción que será muy leve porque la dosis es muy pequeña. Si no lo eres, no te pasará nada y te daré el frasco de pastillas. Después de cobrar, claro.

Mientras hablaba, el desconocido había cargado en una jeringa varios centímetros cúbicos de una solución de un frasquito de cristal que portaba en el bolsillo.

Jack estaba entre asustado e impresionado. Realmente, parecía que aquel hombre sabía lo que se llevaba entre manos. La necesidad de solucionar el problema de los estudios se sobreponía a su miedo. Decidió dejarle hacer.

La jeringa se acopló a la cánula y la solución comenzó a correr por la vena.

—Respira hondo —oyó Jack que le decían, antes de caer profundamente dormido.

—Pobre imbécil —soltó el desconocido mientras sacaba seis ampollas del bolsillo y las cargaba en una nueva jeringa. La mitad de su contenido entró en el cuerpo de Jack—. Y ahora, a trabajar —dijo, enfundándose un par de guantes quirúrgicos y abriendo una caja de instrumental.

Seleccionó un bisturí y unas pinzas provistas de dientes. Con destreza, el desconocido realizó una incisión desde la punta del dedo índice del brazo izquierdo hasta el pliegue del codo. Provisto de unas tijeras y con ayuda de las pinzas, fue despegando la piel de los músculos subyacentes hasta dejarlos totalmente a la vista. En la palma de la mano hizo unas incisiones radiales hacia los dedos que descubrieron todos los músculos y tendones de éstos. El Anatomista prosiguió la disección hacia el codo, separando los músculos superficiales del antebrazo. El palmar mayor. El palmar menor. El flexor común de los dedos. El supinador largo. Entre éstos apareció una estructura tubular, pulsátil. La arteria radial. Tuvo mucho cuidado en no lesionarla. No quería provocar una hemorragia que le perturbara la disección. Continuó profundizando. El pronador redondo, el flexor largo del pulgar, el flexor profundo, el cubital anterior. Entre ambos, otra estructura tubular. La arteria cubital. El cuerpo humano, ¡qué maravilla! Aseguraba la supervivencia de territorios importantes con una irrigación doble. Ocurría en el cerebro con las dos carótidas y en el corazón con las dos arterias coronarias principales. De esta forma, la obstrucción o sección de una arteria no acarreaba la muerte del órgano. La mano recibía la misma consideración. Demasiado importante para perderla por un problema arterial. Ensimismado en su trabajo, El Anatomista no se apercibió de un pequeño movimiento en las piernas de Jack Bolton. Cuando los movimientos fueron en aumento, miró al desgraciado al que estaba despellejando.

—Duele, ¿eh? Pues espera, que esto no es nada. Ya verás cuando llegue al nervio —dijo, mientras le inyectaba una segunda dosis de la solución.

Jack permaneció inmóvil, respirando superficialmente, sus ojos abiertos emitiendo una mirada aterrada. La disección prosiguió en la muñeca. En el plano profundo estaba el pronador cuadrado y junto a él una estructura plana y nacarada. El nervio mediano. Al tocarlo, el verdugo miró a su víctima, de cuyos ojos salieron lágrimas de dolor. El Anatomista se recreó en los músculos lumbricales, con su aspecto de lombriz, separándolos de los huesos y tendones de la mano, uno por uno. La poca sangre que salía de la herida comenzó a tomar una coloración oscura. Jack se estaba poniendo azul.

—Voy a tener que acabar —dijo mientras inyectaba a Jack el resto del contenido de la jeringa. A los pocos segundos, éste dejó de respirar.

El Anatomista miró su obra. Estaba satisfecho. Recogió el instrumental, las jeringas y las ampollas, se quitó los guantes y lo metió todo en la bolsa que portaba. A continuación, desvistió al cadáver, tapándole los genitales con una toalla. Al salir, vio en un rincón una gruesa cuerda que se utilizaba en los entrenamientos del equipo. Una idea cruzó su mente. Cogió la cuerda y la puso alrededor del cuello del desgraciado Jack Bolton.

A la mañana siguiente, Jerry se aproximó al vestuario y vio la puerta abierta.

—Este niñato, cabrón. Me va a oír cuando lo vea —masculló.

Jerry Thomas, veterano de la guerra de Corea, creía que ya había visto todas las cosas horribles que uno puede ver en su vida. Pero se equivocaba. Lo que vio en aquel vestuario era tan horrible que le hizo vomitar los huevos revueltos que se había tomado en el desayuno.

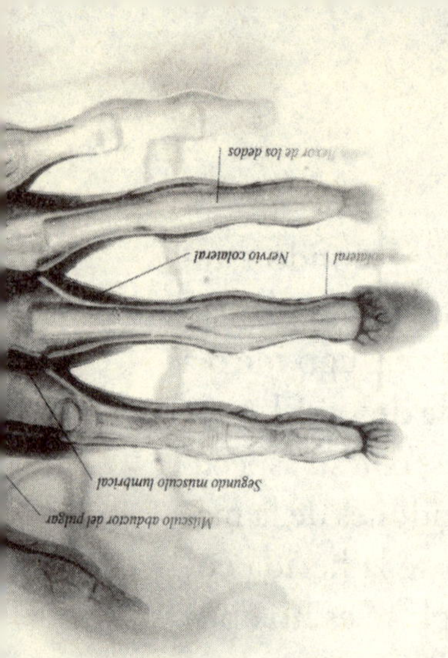

CAPÍTULO

36

El coche de policía se desplazaba a toda velocidad por Reservoir Road. En su interior, Ken no las tenía todas consigo. El conductor corría demasiado pero se abstuvo de hacerle ningún comentario. No tenía ni idea de adónde se dirigían. Nada más llegar al hospital, el coche le había recogido. El policía le conminó a subir.

—Dice el teniente Lyons que traiga su máquina de fotos —añadió.

Al llegar a las instalaciones deportivas de la Universidad de Georgetown, el coche giró a la izquierda y penetró por una de las puertas de la valla que las rodeaba. Se dirigieron hacia un edificio frente al cual había dos coches más de policía estacionados. Eran los vestuarios del campo de fútbol. El policía le guió hacia su interior. La escena le puso la carne de gallina.

—Pasa, Ken. Nuestro amigo ha vuelto a actuar. ¿Te importaría tomar una foto? —le saludó el teniente Lyons.

Todavía temblando por la visión, Ken disparó su máquina Polaroid. A los treinta segundos pudo ver el resultado. Esta vez no tendría que llamar a su padre, pues conocía la escena perfectamente. Era, sin duda, el cuadro más famoso sobre un tema médico. Encima de una camilla de masaje había un individuo desnudo. Tan sólo una toalla tapaba sus genitales. Estaba muerto. Alrededor de él estaban el teniente Lyons y un agente tomando notas en un bloc. Un segundo agente, un individuo barbudo que llevaba un sombrero, tocaba con su bolígrafo el antebrazo izquierdo del cadáver. Otro policía y un hombre que vestía un mono de trabajo completaban el cuadro. Lo horroroso era que tanto la mano como el antebrazo tenían la piel arrancada, dejando todos los músculos y tendones al descubierto. ¡Era una copia fiel de *La lección de anatomía* de Rembrandt!

—Ken, a este hombre lo han despellejado —dijo Lyons.

Ken se acercó con prevención. El bolígrafo del agente levantó un tendón y los dedos del muerto se flexionaron grotescamente.

—Éste es el flexor común de los dedos —diagnosticó Ken. Dirigiéndose a Lyons, continuó—: Teniente, esta vez se ha superado a sí mismo.

—¿Por qué lo dices?

—Es una copia macabra de un cuadro muy famoso de Rembrandt. Se llama *La lección de anatomía*. En él, el doctor Tulp está haciendo la disección de un cadáver y ha aislado uno por uno los músculos del antebrazo y de la mano. Está mostrando a su audiencia los movimientos que realiza el músculo flexor común de los dedos tal como ha hecho su agente. En el cuadro hay siete hombres observando la disección. Y uno de ellos lleva un papel escrito, como su otro agente —dijo Ken señalando al que llevaba el bloc de notas.

—¡Me importa un bledo que haya hecho una obra magistral! Este tipo ha vuelto a matar y no tenemos ni idea de quién es, ni por qué lo hace —gritó Lyons.

—¿Saben quién es el muerto?

Lyons señaló al hombre con el mono.

—Éste es Jerry Thomas, cuidador de las instalaciones deportivas de Georgetown. Él fue quien lo encontró. Dice que es Jack Bolton, el *quarterback* de los Hoyas.

—¿Estaba metido en drogas?

—Seguro que no —contestó Jerry.

—Estoy seguro de que ha sido El Anatomista pero esta vez el muerto no parece tener relación con los anteriores —añadió el teniente Lyons.

Ken se aproximó más. En el suelo había un charco de sangre. El cuerpo tenía una coloración pálidamente azulada.

—¿Saben cómo ha muerto?

—Sí. Estrangulado —dijo Lyons señalando el cuello del cadáver.

Ken se dio entonces cuenta de que, alrededor de aquel cuello, había una gruesa soga. La aflojó con cuidado. Por debajo de ella no había ninguna marca.

—Teniente. La coloración del cuerpo indica que pudo morir asfixiado, pero no estrangulado.

—¿En qué te basas, sabiondo?

—Recuerde lo que nos explicó el doctor Payton. La piel del cuello está intacta. No tiene la más mínima rozadura. Todo lo contrario que Jack Drummond. Tampoco tiene las hemorragias puntiformes en cara y cuello.

—Se llaman petequias. Ya te lo dije el otro día.

—Además, esta cuerda es demasiado gruesa para estrangular a nadie. Serviría para ahorcar, pero no para estrangular —prosiguió Ken.

—¿Y qué diablos hace alrededor del cuello, entonces?

—No lo sé, teniente. Usted es el policía —le dijo Ken sonriendo.

—¡Maldita sea! Lleva ya cuatro crímenes, los firma, se regodea y continuamos igual que al principio. ¡Ninguna pista!

—Pues me temo que se las van a tener que apañar sin mí. Éste puede ser mi último caso —declaró Ken.

—¿Qué diablos estás diciendo?

—Teniente, a finales de mes entraré a ser residente de tercer año. Mi compromiso con la policía acabará.

El teniente Lyons tomó aparte a Ken y le dijo:

—Ken, yo también voy a dejar el caso. Me han nombrado jefe de la sección de la policía del Distrito de Columbia que se ocupa de la seguridad del presidente.

—Pero ¿ésa no es una labor del Servicio Secreto?

—Por descontado, pero yo estaré al mando de la policía que le protegerá cuando esté en Washington. Ya sabes, inauguraciones, ruedas de prensa, manifestaciones, y cosas así. Con el Servicio Secreto no es suficiente —dijo, dándose importancia.

—¿Y quién llevará el caso?

—Esto no nos importa, ni a ti ni a mí.

Ken volvió a experimentar antipatía por aquel hombre.

—¿Han podido cotejar alguna de las huellas encontradas en los apartamentos de Jack Drummond o de Héctor Barboza?

—No. No dejó ninguna. Seguro que llevaba guantes.

Ken se reafirmó en que el teniente era un inepto y no tenía ni el más mínimo prurito profesional. Se iba del caso sin haber resuelto nada y no parecía importarle. No pudo menos que insinuárselo.

—Bien, teniente Lyons, parece que ambos damos un salto hacia arriba en nuestra carrera. Lástima que usted no tenga nada que ofrecerle al que le sustituya.

Lyons encajó mal la observación.

—Oye, que yo he trabajado como el que más en este cuerpo. Creo que merezco un ascenso.

Al decir esto, se tiró para atrás para dar más vehemencia a sus palabras. Un ruido de cristales rotos salió de debajo de sus zapatos.

—¿Qué diablos es esto? —dijo, mirándose la suela de su zapato derecho. Cientos de cristalitos finísimos estaban adheridos a ella.

—Me parece que ha pisado un cristal. Parecen restos de una ampolla de inyectable.

—¿Y tú decías que Jack Bolton no estaba metido en drogas? —acusó a Jerry Thomas.

Éste guardó silencio, pero comenzó a menear la cabeza, como reforzando su declaración. Ken se agachó y observó que en el suelo todavía quedaban restos de la ampolla. Algunos cristales estaban pegados a una pequeña etiqueta de papel. Ken la leyó.

—Teniente, ya sé cómo murió este desgraciado. Tal como le dije, no murió estrangulado sino asfixiado.

—No hay mucha diferencia.

—En este caso, sí. Murió asfixiado. Por anoxia. Falta de oxígeno. —Le enseñó la etiqueta—. Curarina.

—¿Y eso qué es?

—Curare. Paraliza los músculos respiratorios.

—Curare. ¿No es un veneno que empleaban los indios jíbaros para matar a sus enemigos antes de reducirles la cabeza?

—Exactamente. Ahora se usa en medicina. Sirve para relajar los músculos de los pacientes durante una intervención quirúrgica.

—¿Y no se mueren?

—Claro que no. Dejan de respirar y de moverse pero el anestesista los ha intubado y conectado a un respirador que respira por ellos. Además, se les da barbitúricos para mantenerlos dormidos. Cuando pasan los efectos, se despiertan y vuelven a respirar por sí solos. —Ken examinó el brazo derecho del cadáver—. Ahí está. La marca de la aguja. Por ahí le debieron de inyectar la curarina hasta que el hombre dejó de respirar. Se asfixió por imposibilidad de mover los músculos respiratorios. —De pronto, tuvo una horrible sospecha—. Oh, Dios mío...

—¿Qué pasa? —inquirió Lyons.

—Es demasiado horroroso para decírselo.

—Venga, suéltalo ya.

Ken vacilaba. Quería eludir la respuesta. Volvió a mirar la etiqueta. Se dio cuenta de que, aparte del nombre del producto y de los laboratorios que lo fabricaban, había unas letras y números escritos. Su actitud cambió.

—Teniente, le voy a hacer un regalo. Así podrá darle algo al que se encargue del caso a partir de ahora.

—¿Qué es?

—¿Ve estos números y letras escritos en la etiqueta?

El teniente Lyons tuvo que forzar la vista para verlos.

—Sí.

—Pues identifican el lote del producto.

—¿El lote?

—Sí. El lote. Se marcan en la fábrica y por el número de lote se sabe la fecha de fabricación y dónde ha sido distribuido.

Lyons mostró una amplia sonrisa.

—Y si contactamos con el fabricante podremos saber a qué hospital se ha suministrado. Esto reduce mucho el campo de búsqueda de la persona que lo ha traído hasta aquí. Gracias, Ken.

—De nada, teniente. Sabía que le gustaría mi regalo.

—Ken, dime lo que no te atrevías a contarme.

—Teniente, sospecho que la disección del brazo se hizo cuando Jack Bolton todavía estaba vivo.

—¿Por qué lo sospechas?

—Por el color de los músculos y la sangre que hay en el suelo y en la piel arrancada. Un muerto no sangra.

—¿Y se puede hacer una cosa así sin que la víctima se resista?

—Si está paralizada por el curare, sí. El individuo no puede moverse pero está despierto. Y siente el dolor.

—¿Me estás diciendo que le desollaron a lo vivo, sin que pudiese ofrecer resistencia?

Ken se encogió de hombros.

—No lo sé. Es tan sólo una suposición. Pero si es así, le doy la razón a mi padre.

—¿Qué dice tu padre?

—Que este tipo es un íncubo.

—¿Y eso qué es?

—Un diablo que se folla a las mujeres mientras duermen. El colmo de la perversión.

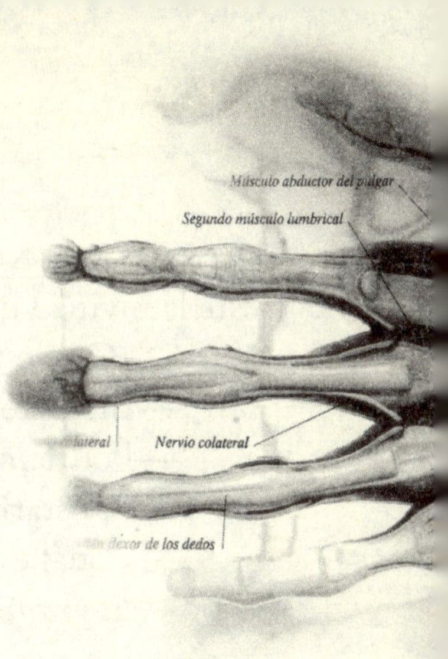

CAPÍTULO

37

La llegada del mes de julio produjo una serie de cambios en la dinámica del hospital y en la vida de Ken Philbin. Ya era residente de tercer año y, como tal, su ritmo de trabajo había aumentado. Estaba de guardia cada dos noches y durante el día asistía a la mayoría de las intervenciones quirúrgicas de envergadura que se realizaban en el hospital. Claudio era residente de primer año y continuaba viviendo en el hospital. Aprovechando que su compañero de habitación estaba realizando una rotación por el hospital infantil, Sandra le visitaba a menudo por las noches, contraviniendo todas las reglas del hospital. Y en cada ocasión, lucía un nuevo modelo de lencería que hacía enloquecer a Claudio. Sus relaciones, sobre todo las carnales, eran cada día más intensas. Por su parte, Ken mantenía cierto distanciamiento con Eloïse, quien continuaba trabajando en Urgencias. Era firme su propósito de no involucrarse con ninguna mujer, aunque a veces le resultaba difícil, dado que, con la llegada del calor, Gladys se paseaba por el complejo de apartamentos vestida tan sólo con unos *shorts* ajustadísimos y la parte superior de un bikini minúsculo. Seguía siendo una hembra apetecible.

Eloïse y Ken se encontraron en la cola de la cafetería y éste la invitó a que se sentasen juntos a comer.

—¿Cómo te va, Eloïse?

—Bien. Pero Urgencias ya no es lo mismo sin ti.

—Podríamos salir un día. Hay una película que quiero ver y me gustaría que me acompañases.

—¿Cuál es?

—*El graduado*. ¿La has visto?

—No, pero todo el mundo habla muy bien de ella. Creo que ganó el Oscar a la mejor película.

—No. La mejor película fue *En el calor de la noche*. El Oscar de *El graduado* se lo dieron a su director, Mike Nichols.

—Me encantaría acompañarte. Aunque creo que es algo subida de tono —dijo ella.

—¿Por qué lo dices?

—Porque he leído que un concejal del ayuntamiento de Nueva York ha hecho retirar los carteles de la película del metro. Al parecer, mostraban a un joven y una mujer madura en la cama.

—¡Bah!, son unos carcas. ¿Quedamos para el próximo viernes?

—¿El viernes, día doce?

—Sí.

—Trabajo hasta las ocho. ¿Podríamos ir a la salida? El cine está en Bethesda. Nos llevará media hora llegar hasta allí. Me parece que hay una sesión a las nueve. Podríamos tomar algo antes de entrar.

—Estupendo. Te pasaré a recoger por aquí cuando salgas de trabajar.

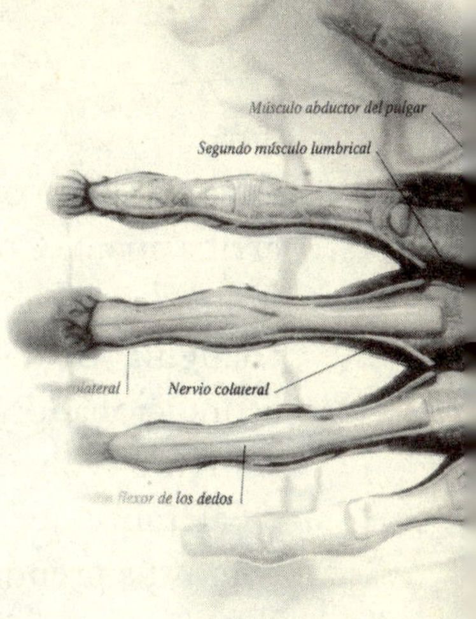

CAPÍTULO

38

El Anatomista cogió un libro de su magnífica biblioteca de arte. Se titulaba *Durero y la Naturaleza.* En su interior estaban representadas a todo color las acuarelas que Durero había pintado sobre animales y plantas. Pasó las páginas rápidamente. La soberbia liebre en la que se podían contar todos sus pelos, la morsa con enormes colmillos que pintó en uno de sus viajes al Norte, el ala de un ave azulada, con sus plumas increíblemente reproducidas, las flores y matas de arbustos rebosando vida. Y el enorme escarabajo con antenas parecidas a la cornamenta de un ciervo. Allí estaba. Justo lo que buscaba. Arrancó la página.

—Siento separarte de tus compañeros, pero te necesito —dijo con un brillo vesánico en sus ojos.

A continuación, se dirigió al botiquín, extrajo una botella de mercromina del mismo y dejó caer algunas gotas sobre la acuarela.

—Magnífico. Vaya susto se va a llevar el aprendiz de cirujano —masculló.

Salió de su apartamento y se dirigió al Washington Memorial Hospital. Aparcó el coche en el aparcamiento de visitantes y fue a pie hasta el de los facultativos. Le fue fácil encontrar el Volkswagen rojo de Ken. Lo inspeccionó de arriba abajo. Continuaba teniendo la suerte de cara. Aquel imprudente había dejado semiabierta la pequeña ventanilla triangular de delante. Seguro que aquel trasto no tenía aire acondicionado y a finales de junio el calor apretaba en Washington. Volvió a su coche y cogió del maletero una percha de alambre que le habían dado en la tintorería cuando recogió sus prendas por última vez. Volvió junto al coche de Ken y, con ayuda de la percha, a través de la ventanilla triangular, consiguió abrir el seguro del coche. Una vez dentro, accionó la palanca que abría el maletero, donde se alojaban la rueda de recambio y las herramientas. Cogió la llave tubular y se agachó frente a la rueda delantera derecha. Quitó el tapacubos y desenroscó las cuatro tuercas que fijaban la rueda, hasta dejarlas casi fuera de la rosca. Tras esta manipulación, volvió a colocar el tapacubos. Restituyó la llave a su sitio y depositó el dibujo de Durero en el maletero.

—Buen viaje —exclamó mientras se alejaba del coche.

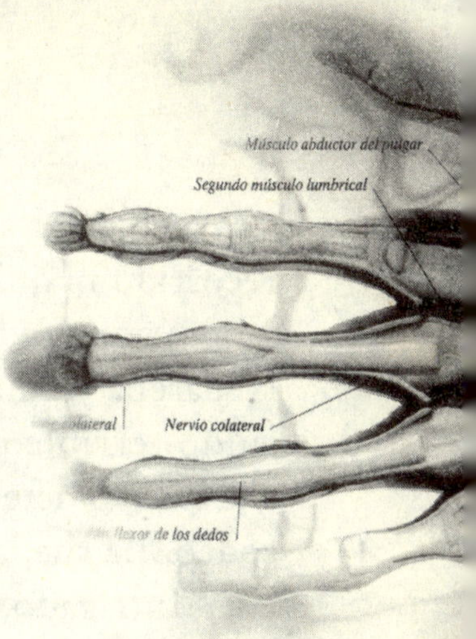

CAPÍTULO

39

Ken salía de guardia. Llevaba treinta y seis horas en el hospital y estaba deseando llegar a su casa. Al salir del hospital se encontró fuera a la mujer italiana que había sufrido la amputación de la pierna sentada en una silla de ruedas, fumando un cigarrillo.

—Hola, María. ¿Cómo estás?

—Mejor, doctor. La herida ya se me ha curado y me están haciendo una prótesis. Pronto podré volver a caminar.

—Llevas mucho tiempo ingresada. Seguro que ya tienes ganas de volver a casa.

—Muchas, doctor.

—Y lo de la niña ¿cómo lo llevas?

—Ya me he sobrepuesto. Mi marido me ha prometido que a la que llegue a casa encargaremos otro bebé —dijo María, brillándole los ojos ante la perspectiva.

—Estoy seguro de que lo haréis —dijo Ken.

Se dirigió al aparcamiento y subió al Volkswagen. El calor era asfixiante. Tras tantas horas al sol, el coche estaba caliente como un horno. Al salir del aparcamiento tomó una curva cerrada. El coche le hizo un movimiento extraño.

—Tampoco iba tan deprisa —pensó.

Al llegar a la ruta 50, apretó el acelerador. No había recorrido ni quinientos metros cuando el coche empezó a vibrar, con tendencia a irse hacia la derecha. Ken aminoró la marcha y la inestabilidad remitió. Volvió a acelerar. Un ruido terrible proveniente de la parte delantera del coche le hizo detenerse. Con precaución, bajó del coche y lo rodeó. La rueda delantera derecha estaba totalmente torcida. Intrigado, quitó el tapacubos. Al hacerlo, tres tuercas cayeron al suelo. La única que quedaba en su sitio estaba a punto de desprenderse. El ruido que le había hecho detenerse lo habían producido las tuercas sueltas dentro del tapacubos, a modo de enorme y ominoso sonajero. Ken recapacitó. Si hubiera seguido, se podría haber soltado la última tuerca y habría perdido la rueda. Podría haberse hecho mucho daño. Incluso se podría haber matado de haberse salido de la calzada. ¿Cómo podían desaflojarse las cuatro tuercas a la vez? Un pensamiento lo dejó helado. ¡Había sido intencionado! Pero ¿quién? ¿Por qué? Obviamente iba más allá de una broma pesada. Abrió el maletero en busca de una llave tubular. En su interior había un dibujo de un escarabajo. Ken lo tomó y lo examinó. Estaba manchado de rojo. Era un dibujo de un realismo casi fotográfico. Parecía antiguo. Vio que estaba firmado, aunque sólo con iniciales. Una A y una D. Ken cogió la llave y procedió a colocar todas las tuercas en sus correspondientes pernos y a apretarlas. Con el dibujo sobre el asiento del acompañante, prosiguió su camino en dirección a Dodge Park. Al llegar a su apartamento, puso el aire acondicionado en marcha. Se sentó en su sillón reclinable y miró fijamente el dibujo que se había encontrado en el maletero. El teléfono sonó.

—Hola, Ken. ¿Cómo estás? —se oyó al otro extremo del hilo.

—Hola, papá. Estoy molido. Salgo de guardia y, para acabarlo de arreglar, he tenido un pequeño incidente con el coche, ahora cuando venía a casa.

—¿Qué te ha pasado?

Ken se abstuvo de entrar en detalles e inquietar a su padre con algo que a él le parecía absolutamente intencionado.

—Simplemente me bailaba una de las ruedas delanteras. Pero ya la he apretado y he podido llegar a casa sin más. Por cierto, ¿hay algún artista que se te ocurra cuyas iniciales sean A y D?

—A y D. A ver, déjame pensar... Sí. Alberto Durero. Además, siempre firmaba sus obras con iniciales. Una A trapezoidal y, dentro de ella, una D.

Ken miró el dibujo. En efecto. Las iniciales eran tal como su padre las había descrito. Súbitamente, Ken sintió cómo un escalofrío le recorría la médula, desde el cogote hasta la parte inferior de la espalda. Guardó silencio.

—Ken, ¿estás ahí? —oyó decir a su padre.

Guardó silencio. Estaba tan asustado que no podía articular palabra.

—Ken, ¿qué te pasa?

—Papá. Creo que estoy en peligro —balbuceó.

—¿Por qué lo dices?

Ken decidió finalmente que debía contárselo a su padre.

—Papá. Cuando he ido a apretar las tuercas de la rueda, he abierto el maletero y dentro me he encontrado un dibujo de un escarabajo firmado por Durero.

—¿Es un escarabajo con unas antenas enormes, como cuernos de ciervo?

—Sí.

—Conozco el dibujo. Es una acuarela. El bicho se llama ciervo volador y Durero lo pintó creo que en 1505.

Ken miró el dibujo. Allí estaba la fecha. Desde luego, su padre sabía un rato de arte.

—Exacto. Éste es.

—¿Y por qué estás en peligro?

—El dibujo, que parece arrancado de un libro, estaba lleno de manchas rojas.

—¿Y...?

—¿No te das cuenta de la metáfora? Un escarabajo ensangrentado. Mi Volkswagen es el escarabajo y la sangre es la mía, después de sufrir un accidente. Estoy seguro de que el problema con la rueda fue intencionado.

—¿Y quién crees que pudo haberlo hecho?

—El mismo que se ha dedicado a ir matando gente, recreando cuadros. Ya ha matado a cuatro personas y me temo que yo puedo ser la quinta.

—Ken, esto es horroroso. Deberías hablar con la policía.

—Papá, lo de la rueda no era mortal. Este hombre no quería matarme hoy, tan sólo asustarme. No te preocupes, hablaré con la policía y te mantendré al corriente —dijo antes de colgar el teléfono.

Ken se quedó pensativo y preocupado. No era nada halagüeño saber que estaba en el punto de mira de El Anatomista.

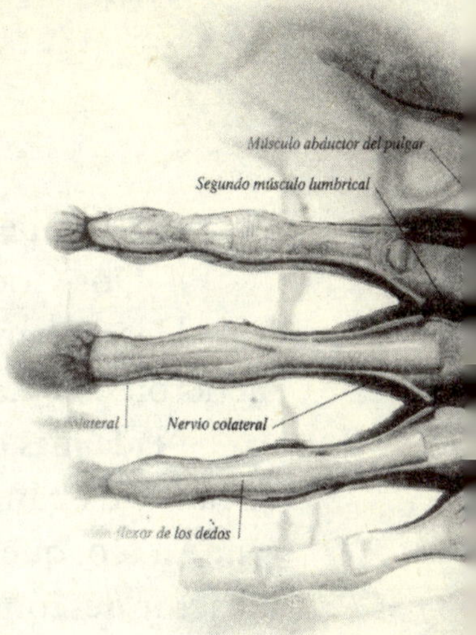

CAPÍTULO

40

El viernes siguiente, Ken estaba en su Volkswagen, esperando a Eloïse en el aparcamiento del hospital, tal como habían acordado. Aunque en ocasiones había comentado con ella situaciones relacionadas con El Anatomista, esta vez había decidido no hacerle ningún comentario sobre el asunto del escarabajo.

Eloïse subió al coche y le dio un beso en la mejilla.

—En marcha —dijo Ken.

Salió del hospital, tomó la avenida de New Hampshire y giró a la izquierda al llegar a la ruta 410, la autovía Este-Oeste. En menos de veinte minutos habían llegado a Bethesda. Compraron las entradas y se metieron en una cafetería cercana.

—¿Qué desean tomar? —les preguntó la camarera.

—Yo quiero una hamburguesa gigante, con queso, pepinillo, cebolla y un gran plato de patatas fritas —ordenó Ken.

Eloïse dejó de estudiar la carta y le miró con admiración.

—Menudo hambre llevas. A mí tráigame una ración de *quiche lorraine* —le dijo a la camarera.

—¿Para beber?

—Dos Coca-Colas.

Despacharon sus respectivos platos rápidamente y se metieron en el cine.

Nada más empezar la película, Ken temió haberse equivocado. La cámara enfocaba a un joven, inexpresivo, tirando a feo, que llegaba a la terminal de un aeropuerto. Era un actor desconocido, un tal Dustin Hoffman. Al poco rato comenzó a disfrutar. La trama era digna de un vodevil. El joven, Benjamin Braddock, recién graduado de la universidad, regresa a casa de sus padres en California. Todavía no sabe qué hacer con su vida. Empujado por su familia, acepta salir con Elaine Robinson, la hija del socio de su padre. La cita es un desastre. La trama se complica cuando el joven se lía con la madre de la chica, Mrs. Robinson. La chica se entera y se marcha a estudiar a Berkeley. El chico la sigue pero no logra convencerla de que su verdadero amor es ella. Las últimas escenas excitaron particularmente a Ken. Elaine se ha prometido con otro hombre y se va a casar. Benjamin se entera y corre hacia la iglesia donde se celebra la boda. Desde el coro grita el nombre de su amada. Todo el mundo se vuelve. Mrs. Robinson le mira con odio. Él baja al pasillo central y se lleva a su amada. Le persiguen. Benjamin coge una cruz y, cual moderno cruzado, empieza a repartir mandobles con ella, manteniendo a raya a cuantos se le acercan. Sale con Elaine de la iglesia y atranca la puerta con la cruz, dejando a los invitados dentro. La película acababa con la pareja huyendo en un autobús de transporte público.

Cuando se encendieron las luces de la sala, el público comenzó a aplaudir, Ken el que más.

—Veo que te ha gustado —le dijo Eloïse.

—Es fantástica —respondió Ken.

Recogieron el coche del aparcamiento y se dirigieron hacia la misma ruta 410 que les había llevado hasta Bethesda. Sin embargo aquella ruta les llevaba de nuevo al hospital, pero no al apartamento de Eloïse ni al de Ken. Éste estaba callado. Eloïse lo miraba preocupada.

—Ken, ¿qué te pasa? —se atrevió a decir finalmente.

Ken le sonrió pero no respondió. Estaba en un particular estado de excitación. La película le había impactado profundamente, le había abierto los ojos a lo que estaba pasando en el mundo en el que le había tocado vivir. Tomó conciencia de que estaba en una época de cambios, y que estaban ocurriendo cosas antaño inimaginables. Dos universidades centenarias —Columbia y la Sorbona— habían cerrado sus puertas durante unos días. Dos líderes políticos —Martin Luther King y Bob Kennedy— asesinados en el intervalo de dos meses y un día. Miles de jóvenes quemando su cartilla de reclutamiento. Hasta en Polonia y Checoslovaquia, donde cualquier signo de protesta era rápida y brutalmente yugulado, los jóvenes no dudaban en manifestarse.

Benjamin Braddock blandiendo la pesada cruz era el símbolo de toda una generación que se estaba levantando, que ya no tragaba más, que se oponía a ir a Vietnam, que quería cambiar las cosas, que se negaba a vivir encorsetada por unas normas injustas y arbitrarias que había impuesto una sociedad con la que no se identificaba. Benjamin Braddock era el Mark Rudd de Columbia, el Dany *el Rojo* de París, el Rudi Dutchske de Berlín. Dispuestos a luchar para conseguir lo que querían. Como dijo el héroe de la revuelta de Columbia: «Yo era el líder porque estaba dispuesto a asumir lo peor».

Ken vio claro que estaba a las puertas de una revolución social que no sabía en qué forma iba a modificar su vida, pero que, sin duda, iba a hacerlo. Porque detrás de Rudi, Dany y Mark había millones de jóvenes que demandaban lo mismo, que se negaban a obedecer a la autoridad establecida, de la misma forma que Benjamin se había rebelado contra la prohibición de Mrs. Robinson de que viese a Elaine.

Sí. Definitivamente la acción de Benjamin Braddock resumía el sentir general de millones de inconformistas. No era casual que en el cine el público hubiese arrancado en aplausos al terminar la película.

Por otro lado, ¿qué sociedad era aquella en la que los que proponían cambios acababan con una bala en el cuerpo? Martin Luther King y Robert Kennedy. Muertes absurdas. Mártires inútiles. Sacrificios estériles. Ken se excitó todavía más con el recuerdo de los dos líderes abatidos. Y, encima, estaba aquel loco que se regodeaba con sus crímenes, recreando escenas de cuadros famosos, que le había mandado un inequívoco y amenazador mensaje y que la ineptitud y despreocupación del teniente Lyons hacía que todavía anduviese suelto.

Sintió cómo la adrenalina le recorría todo el cuerpo y recordó la última vez que había hecho el amor con Eloïse. Súbitamente, tomó una decisión. Al llegar a la ruta 201 torció a la derecha.

—¿Adónde vamos? —le preguntó Eloïse.

—A mi casa.

Subieron las escaleras cogidos de la mano. Apenas habían traspasado el umbral de la puerta, Ken comenzó a desnudar a Eloïse. La llevó al dormitorio y se desnudó también. Su erección era inmensa. Eloïse estaba asustada. Sin ningún prolegómeno, la penetró. Aquella estrechez, de nuevo. ¡Cómo le excitaba! La adrenalina hacía bombear su corazón como un martillo pilón y se notaba la cara enrojecida. Las emociones de aquella noche se habían agolpado todas, de pronto, en sus genitales. Cuanto más evocaba sus pensamientos, más se excitaba. Eloïse gemía bajo él. Ken se sorprendió de su propia conducta. Pero no podía parar. La sensación de estar entrando en una nueva era ignota y excitante le había desinhibido. Toda su gentileza y ternura habían desaparecido. Se comportaba como una bestia en celo.

—Ken, más suave —le conminó Eloïse.

—Perdona, estoy muy excitado. Esta película me ha impactado mucho.

—¿Por qué? Cualquiera diría que era una película porno.

—Ya te lo contaré más tarde. Pero me ha hecho ver muchas cosas —dijo mientras continuaba haciéndole el amor.

A medida que los movimientos de Ken aumentaban en intensidad lo hacían también los gemidos de Eloïse. En esta ocasión, ambos orgasmos llegaron al unísono.

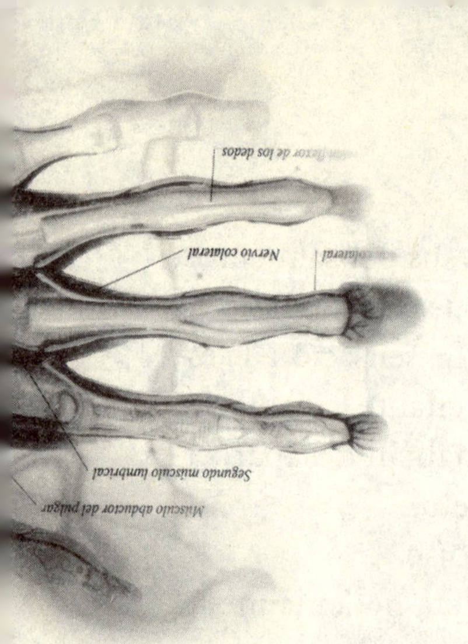

CAPÍTULO

41

Ken se presentó en el dormitorio con dos tazas de café humeantes y dos donuts.

—Lo siento. No tengo cruasanes —se excusó.

Eloïse se rió.

—No te preocupes —le dijo. Mordió un donut y sorbió parte del café—. Ken, quiero que sepas que, aunque mi experiencia amorosa es bastante limitada, ayer tuve el mayor orgasmo de mi vida. ¿Se puede saber qué te pasaba? Estabas hecho un animal salvaje.

Ken le relató sus pensamientos de la noche anterior, de su percepción de cómo estaba cambiando el mundo, de cómo se había identificado con la conducta de Benjamin Braddock, de su frustración por la muerte de Bob Kennedy, de su visión sobre la continuidad de la guerra de Vietnam, de la inoperancia policial ante unos asesinatos que él había vivido desde la primera fila. Se notaba más sereno pero eran tantas las cosas que estaban influyendo en su ánimo que notó que volvía a excitarse. Eloïse le cogió las manos.

—Serénate, Ken. Ya verás como todo se arreglará. Y ahora dime, ¿disfrutaste anoche?

—¿No lo notaste? Disfruté muchísimo. Como nunca.

—Y ahora, ¿qué tipo de relación nos espera?

Ken temía la pregunta.

—Bueno, podemos seguir saliendo, hacer cosas juntos, divertirnos. Ya sabes.

Eloïse se puso seria.

—No, no lo sé. Si te crees que voy a salir contigo y acabar en la cama cada vez, estás muy equivocado.

—Eloïse, no quiero hacer planes por el momento. Ya te lo dije el otro día.

La chica no se daba por vencida.

—No te pido nada. Sólo deseo que me quieras como te quiero yo a ti.

Ken se impacientaba.

—Mira, los sentimientos no se pueden imponer. Hay que dejar que las cosas fluyan solas. Si me enamoro de ti, serás la primera en saberlo. Pero no voy a poder hacerlo si no nos vemos, si no salimos juntos. ¿No te parece?

Eloïse le miró recelosa.

—¿Y qué sugieres?

—Para empezar, ¿qué te parece salir a cenar el sábado que viene? Podríamos ir al Babylon, pero esta vez solos.

—¿El sábado, día veinte?

—Sí. De hoy en una semana.

—De acuerdo.

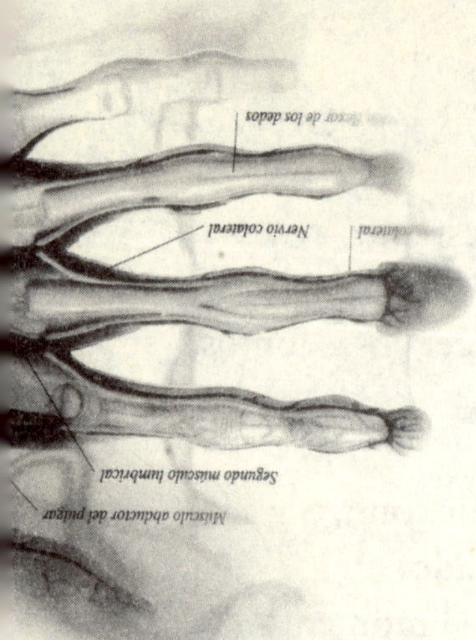

CAPÍTULO

42

El Anatomista tenía que viajar a Filadelfia. Para culminar sus planes, necesitaba algo que sólo podía procurarse allí. Sopesó las alternativas de viaje. Su desvencijado coche no era una opción válida. Los autobuses Greyhound tenían la terminal demasiado alejada de su destino. El tren era la forma más rápida y cómoda. Cogería el tren-bala que unía Washington con Boston, con paradas tan sólo en Baltimore, Filadelfia y Nueva York. A más de doscientos kilómetros por hora, en un vagón con aire acondicionado, el viaje sería una delicia. Siempre había deseado subirse a uno de esos trenes rápidos. Se dirigió a la estación de la calle Union y compró un billete para Filadelfia, ida y vuelta. Se sorprendió por lo elevado del precio, pero el motivo lo valía. Cuando el tren arrancó, sintió la misma sensación que se experimenta cuando un avión toma velocidad para despegar. La inercia le mantenía la espalda pegada al respaldo del asiento, pero, en esta ocasión, el medio de transporte permanecía pegado al suelo, sus ruedas girando vertiginosamente sobre los raíles. En poco más de media hora, el tren se detuvo en Baltimore. Luego continuó su marcha por la campiña de Maryland y, atravesando el río Susquehanna, se adentró en el Estado de Pensilvania. Poco más de una hora después, llegaba a la estación de la calle 30, en Filadelfia.

El Anatomista bajó del tren y observó, impresionado, el edificio en el que se hallaba. Construido en los años treinta, en plena Depresión, era una monumental obra de proporciones exageradas. Su techo se hallaba a treinta metros de altura y de él colgaban unas enormes lámparas de estilo *art déco*. Una Victoria alada, erigida en memoria de los trabajadores ferroviarios muertos durante la Segunda Guerra Mundial, daba la bienvenida a los viajeros. El exterior, construido en estilo neoclásico, estaba presidido por unas columnas enormes. Parecía un edificio más propio de la Italia fascista que de la Filadelfia en plena depresión económica.

El Anatomista se dirigió a una gasolinera Esso cercana y pidió un mapa de la ciudad. Tenía entendido que el lugar al que debía ir no estaba lejos, pero no sabía exactamente qué dirección debía tomar. Tras examinar el mapa comenzó a caminar. No tardaría ni quince minutos. Atravesó el puente sobre el río Schuylkill y torció a la izquierda por la calle 20. Cuatro manzanas más adelante topó con una amplia avenida que cortaba diagonalmente la cuadrícula de calles adyacentes. Era la Benjamin Franklin Parkway, a la que los habitantes de Filadelfia gustaban comparar con los Campos Elíseos. Se situó en el centro de la avenida y miró hacia delante. Allí, al fondo, se erigía imponente el objeto de su viaje: el Museo de Arte de Filadelfia. Continuó caminando. A su derecha, decenas de escolares zascandileaban a la entrada de un gran edificio, el Museo de la Ciencia del Instituto Franklin, ajenos a las llamadas al orden de sus profesores. Un poco más adelante, se topó con una señal de tráfico que señalaba con una flecha la dirección a tomar para acceder al puente Benjamin Franklin, que cruzaba el río Delaware, en el lado opuesto de la ciudad.

—Este Franklin está en todas partes —se dijo a sí mismo.

El Anatomista desconocía la importancia de este personaje en la historia de la ciudad. Y es que si existe una ciudad que esté orgullosa de uno de sus ciudadanos, ésta es Filadelfia. Benjamin Franklin fue el más famoso de los habitantes de Filadelfia en la época colonial. Impresor, escritor, inventor, diplomático y, sobre todo, patriota, Franklin escribió una de las páginas doradas de la historia de los Estados Unidos en su camino hacia su independencia de Gran Bretaña. Fue unos de los firmantes de la Declaración de la Independencia, en 1776, y el ponente de mayor edad de los que elaboraron la Constitución. Bajo su impulso se fundó en Filadelfia la primera biblioteca pública del país, así como el primer cuerpo voluntario de bomberos y el primer hospital. A él se deben el descubrimiento de la naturaleza eléctrica de los rayos, con su famoso experimento con la cometa, y un invento tan práctico como las gafas bifocales. Su influencia fue decisiva para que Filadelfia fuese la capital de la nueva nación entre 1790 y 1800, antes de trasladarse a la recién construida ciudad de Washington. Y para honrar la figura de este hombre tan notable, el Departamento del Tesoro decidió que su retrato apareciese en un billete —el de cien dólares—, distinción reservada a presidentes de la nación.

El Anatomista prosiguió su marcha. Muy cerca de su destino, a la derecha del paseo, estaba el Museo Rodin, que albergaba la mayor colección de esculturas de este artista, fuera de Francia. Tras bordear una fuente con una escultura de George Washington, El Anatomista llegó al museo. Era un edificio monumental, construido con ocasión de la Exposición del Centenario, la primera de las exposiciones universales, celebrada en 1876, para conmemorar los cien años del nacimiento de los Estados Unidos. Estaba construido siguiendo las pautas de un templo griego. Presentaba una columnata anterior y otra posterior, con ocho columnas de estilo corintio. De sus costados nacían unas naves en ángulo que unían este bloque con otros dos, orientados perpendicularmente, también a semejanza de un templo griego, aunque con sólo seis columnas frontales, rematadas esta vez por volutas jónicas. El tímpano de los frontones triangulares estaba vacío a excepción de uno, el del lado norte, que contenía una serie de esculturas policromadas, trece en total, presididas por Zeus, el dios de dioses. La visión era estimulante y novedosa, puesto que en la Grecia antigua ya se había empleado la técnica de pintar las esculturas de colores pero, al usar pigmentos naturales que se degradaban con el tiempo, pocas han llegado hasta nuestros días, mientras que en el museo se habían recubierto las esculturas con cerámica esmaltada, inalterable a la intemperie. Las referencias a la Grecia clásica se repetían en cada una de las esquinas laterales de los frontones, donde podía verse la figura de un grifo, ser mitológico con cabeza y alas de águila y cuerpo de león que, según la tradición, guardaba el ánfora de vino del dios Dionisos, y por extensión se le consideraba guardián de objetos valiosos. ¡Qué símbolo tan hermoso para un museo!

El Anatomista subió la escalinata, atravesó el patio frontal y penetró en el edificio. En el mostrador de información se procuró un plano del museo y consultó las distintas colecciones. Arte europeo de 1500 a 1850. Segundo piso. Aquí encontraría lo que buscaba. A través de una impresionante escalera central de mármol, accedió al segundo piso. Una vez allí, comenzó a deambular por las distintas salas que contenían cuadros de pintores europeos. En la tercera, halló uno que le hizo detenerse. Era de gran tamaño, casi dos metros de alto por tres de ancho, y mostraba a un hombre semidesnudo al que curaban unas mujeres. Era de Luca Giordano y se titulaba *San Sebastián curado por Irene*. Sonrió misteriosamente al leer el título. Prosiguió su camino. Entró en la sala de pintores ingleses. Había tan sólo ocho cuadros. Tenía que estar allí. El primero que vio le reafirmó en la obsesión de Filadelfia por Benjamin Franklin. Se titulaba *Benjamin Franklin atrayendo la electricidad del cielo* y estaba firmado por Benjamin West. Representaba el célebre experimento del polifacético personaje, quien, sentado cómodamente, en actitud de posar, sostenía una cometa en medio de una tormenta. El descubridor estaba rodeado por unos angelitos que daban al conjunto del cuadro un aire francamente cursi. Seguro que estaba allí por ser un homenaje a Franklin, no por su dudoso valor artístico. Continuó buscando. William Blake, John Constable, Turner. Sí. Allí estaba. Joseph Mallord William Turner. *El incendio de las Casas del Parlamento. 16 de octubre de 1834.* Un título largo pero explícito.

—Magnífico —dijo El Anatomista, haciendo chasquear su lengua contra el paladar.

El cuadro, de proporciones considerables, estaba dividido en dos partes bien diferenciadas. A la derecha se representaba el puente de Westminster sobre el río Támesis. A la izquierda, los edificios del Parlamento londinense aparecían envueltos en llamas. En primer término, podían adivinarse las siluetas de los curiosos que se agolpaban en la orilla opuesta para presenciar el terrible espectáculo. Unas cuantas embarcaciones que aparecían por los ojos del puente surcaban las aguas del río. Era un Turner diferente, desconocido, pues el pintor había dejado aquí los colores pálidos de sus neblinosos amaneceres venecianos y había llenado casi un tercio del cuadro con unas increíbles mezclas de amarillos y naranjas que se elevaban por encima de las siluetas de los edificios afectados, reflejándose también en el río. Era un cuadro impresionante, fuego en estado puro, salvaje y pavoroso. El Anatomista no podía apartar sus ojos de la pintura. Incluso se acercó más, creyendo que podría notar el calor que el fuego desprendía. El viaje hasta Filadelfia había valido la pena.

—Perfecto —dijo, y chasqueó de nuevo la lengua.

Abandonó las salas del segundo piso y se dirigió a la tienda del museo. En ella vendían reproducciones, tamaño póster, de los cuadros que se exhibían en las galerías. Las reproducciones estaban en unas carpetas enormes, separadas por unas hojas de papel blanco y clasificadas por estilos y épocas, como en las salas del museo. Abrió la carpeta de los pintores europeos y comenzó a pasar las hojas hasta encontrar el cuadro de Turner. Anotó el número de referencia y se lo pidió a la dependienta. Ésta se introdujo en una habitación posterior y al poco rato apareció con un rollo envuelto en plástico.

—Su cuadro. Son 5,99 dólares —le dijo mientras metía el rollo en una bolsa con el logotipo del museo.

El Anatomista abandonó el edificio, satisfecho con su compra. Aún quedaba una hora para que saliese el próximo tren hacia Washington, por lo que decidió volver a la estación dando un rodeo. Cruzó el río a la altura del museo por el puente Spring Garden y fue caminando por la margen izquierda hasta llegar a la estación. Fue un paseo muy agradable, que se sumó a la satisfacción que le había proporcionado la visita al museo. Sus planes se estaban cumpliendo.

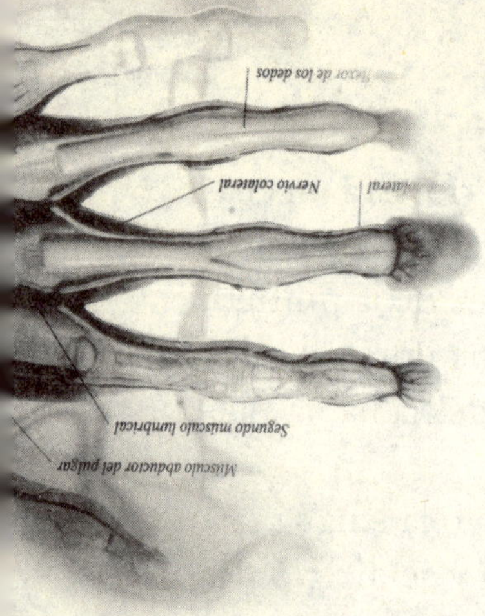

CAPÍTULO 43

Con su viejo coche, El Anatomista se dirigió hacia el centro comercial Prince Georges Plaza, en Hyattsville. Ahora le faltaba completar la segunda y definitiva parte de su plan. Había consultado las Páginas Amarillas y sabía que allí encontraría la tienda que necesitaba. Portando el rollo que había comprado en el museo de Filadelfia, entró en una tienda Frame-U-Self, un comercio franquiciado donde se podían enmarcar cuadros al momento. Existía una gran variedad de modelos, materiales y colores entre los que elegir. Las tiras se vendían a pares y no había más que medir la obra a enmarcar y comprar las tiras correspondientes al alto y al ancho, uniendo las esquinas con unos ángulos metálicos que se colocaban por detrás. Era un método rápido y barato. Justo lo que necesitaba. Extendió el póster en un tablero y lo midió. Noventa por sesenta centímetros. Era casi tan grande como la obra original. Al final se decantó por un perfil metálico dorado, que armonizaba con los amarillos del cuadro de Turner. Decidió no poner cristal. Las grandes obras se exhiben sin cristal, razonó. Para dar consistencia al conjunto, pegó el póster a un cartón grueso y lo enmarcó con las tiras doradas. El dependiente se sorprendió de que aquel cliente se hubiese puesto unos guantes de goma para enmarcar un simple póster, pero estaba curado de espantos y no le concedió mayor importancia. Tampoco se sorprendió cuando, acabado el enmarcado, le pidió poder colgar el cuadro de un clavo de la pared para ver el resultado final.

El Anatomista enfiló la carretera hacia Landover. Al poco rato llegó a Dodge Park, donde vivía Ken Philbin. A la puerta de las oficinas del complejo, una belleza morena se bronceaba. Llevaba tan sólo unos *shorts* y la parte superior de un bikini, a todas luces insuficiente para el tamaño de los ubérrimos senos que allí se alojaban.

—Traigo un encargo del doctor Philbin.

—No está. Está trabajando en el hospital —respondió Gladys.

—¡Qué raro! Me insistió en que debía traerle el cuadro esta mañana.

—¿Qué cuadro?

—Uno que compró ayer en mi tienda.

—Pues no está. Si quiere, me lo puede dejar a mí y yo se lo daré cuando vuelva.

—Es que me pidió que se lo colgase yo mismo. Él no tiene herramientas.

Gladys se acercó al coche y vio que en el asiento posterior había un cuadro. Ken se lo tendría que haber advertido.

—Pues no va a poder hacerlo. Déjemelo a mí y mi marido se lo colgará.

—Ni hablar. Si no lo puedo colgar, me lo llevo. Y estoy seguro de que el doctor Philbin se va a enfadar mucho. Me insistió en que se lo trajese hoy y que se lo dejase colgado. ¿No tiene usted las llaves de su apartamento?

Gladys titubeó. No quería que Ken se enfadase por su culpa. Tomó una decisión.

—Claro que las tengo. Soy su casera. Le acompañaré, pero me quedaré todo el rato con usted, mientras cuelga el cuadro. Sígame.

Gladys comenzó a caminar por la acera, contoneándose. El Anatomista la seguía despacio, conduciendo el coche a su lado. Se dio cuenta de que si la parte superior del atuendo de Gladys revelaba sus encantos frontales, la brevedad de sus *shorts* mostraba los traseros.

Llegaron al edificio donde vivía Ken. Gladys pasó delante, subiendo la escalera, el surco glúteo asomando por debajo del brevísimo pantaloncito. El Anatomista la seguía, cargado con el cuadro y una caja de herramientas, sin poder apartar los ojos de aquella línea que aparecía y desaparecía a cada escalón que subía Gladys. Ésta abrió la puerta y ambos entraron en el apartamento.

—¿Dónde lo va a colgar? —preguntó Gladys.

—Me dijo que lo pusiese en el salón.

Dando un breve repaso a las paredes, se decidió por una zona cercana a la puerta de entrada. Sacó un taladro eléctrico y realizó un orificio en el centro del lienzo de pared. Colocó un taco de plástico y a él atornilló una alcayata. De ella colgó el cuadro. Se alejó para ver el efecto.

—Queda muy bien, ¿no? —dijo.

—No sé. Es un cuadro bastante horripilante —dijo Gladys.

—El doctor lo eligió.

Gladys se encogió de hombros, concediendo que sobre gustos no hay disputas.

—¿Dónde está la cocina? Quiero lavarme las manos.

—Aquí, a la derecha.

El Anatomista entró en la cocina y abrió el grifo, dejando correr el agua. Abrió la puerta del horno y metió en él ocho ampollas de cristal que llevaba en su caja de herramientas. Eran de un tamaño semejante a un cigarro habano, pero más gruesas. Cerró el horno y el grifo y salió de la cocina haciendo ver que se secaba las manos.

—Ya estoy —dijo.

—Pues vámonos ya —respondió Gladys.

Mientras cerraba la puerta y se despedía del desconocido tuvo que admitir que aquel muchacho fornido no estaba nada mal.

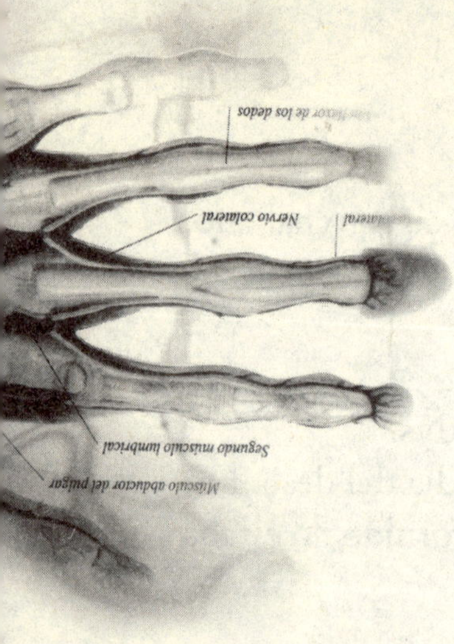

CAPÍTULO

44

Ken llegó a su casa, exhausto. Al pasar frente a la oficina, vio que Gladys le hacía señales para que se detuviese. No estaba para entablar conversación con nadie y menos con aquella mujer que no dejaba de acosarle. Lamentaba haber caído en su trampa hace unos meses, ahora lo estaba pagando. Sin embargo, por cortesía, detuvo el coche.

—Ken, te han traído el cuadro que compraste.

—¿Qué cuadro?

—Uno que compraste ayer.

—Yo no he comprado ningún cuadro.

—Lo ha traído esta mañana un hombre y me dijo que tú le habías pedido que lo colgase.

—¿Y...?

—Pues le he abierto la puerta de tu apartamento y lo ha colgado. Pero he estado con él todo el rato, vigilándole. Ha ido muy deprisa.

—¿Queeé? ¿Le has abierto la puerta de mi apartamento a un desconocido y le has dejado entrar? ¡No deberías haberlo hecho!

Ken se sorprendió de su propia respuesta violenta. ¿Se estaba volviendo paranoico o realmente iban a por él?

Gladys se quedó muda, haciendo un mohín de contrariedad. Ken se suavizó.

—Gladys, perdóname. Estoy muy tenso y muy cansado.

—Creía que te hacía un favor —dijo Gladys, dándose la vuelta y alejándose.

Ken condujo el coche hasta su edificio, preguntándose quién le habría traído un cuadro que él no había comprado, engatusando a Gladys para entrar en su apartamento.

Nada más entrar y mirar a su alrededor, lo vio. Un cuadro grande, colorista, que representaba un incendio. Se notaba que era una reproducción de un cuadro famoso, de buena firma. ¿De dónde había salido? Recordaba haber atendido no hacía mucho al dueño de una galería de arte que le había prometido un obsequio. ¿Sería de él? No recordaba haberle dado su dirección. ¿Por qué se habían valido de mentiras para entrar en el apartamento y colgarlo de la pared? Ken hizo una rápida inspección y no encontró nada a faltar. Además, Gladys había estado presente durante toda la visita del desconocido. Observó el cuadro con detenimiento. Seguro que su padre lo reconocería, pero a él no le era familiar. El tema no era precisamente el que él hubiese elegido para adornar una pared de su casa. Llamaradas enormes envolviendo unos edificios al borde de un río. Su contemplación no producía ni paz ni sosiego. No estaba muy seguro de que lo quisiese dejar allí para siempre. El asunto del cuadro le había hecho olvidar lo cansado y hambriento que estaba. Tenía doce horas para recuperarse, pues al día siguiente volvía a entrar de guardia. Una cena rápida y a la cama. Abrió el congelador y dio un repaso a la magnífica colección de comida congelada que guardaba. Pasta italiana, pizza, comida mexicana, *goulash,* verduras con salsa, hamburguesas. Todo preparado y a punto de meter en el horno. Se decidió por una pizza, por ser lo más rápido en calentarse. No se veía esperando cuarenta minutos mientras el delicioso *goulash* se descongelaba. Encendió el horno, recordando lo que le había dicho la abuela de un compañero de colegio: «El secreto de una buena pizza es un horno muy caliente». Mientras se calentaba, se tomaría una Budweiser bien fría acompañada por unas patatas *chip*. ¡Qué cortas eran las noches libres cuando se está de guardia uno de cada dos días! ¡Qué pocos placeres se podía permitir en sus días de asueto! Pero estaba comenzando su penúltimo año de residencia y estaba seguro de que todos los sacrificios se verían recompensados en el futuro.

Acabada la cerveza, se dirigió a la cocina. El horno ya debía de estar caliente. Lo entreabrió y puso la mano en la rendija. Sí. Ya estaba caliente. Era un método muy poco científico pero que, en sus muchos años de soltería, nunca le había fallado. Se volvió y abrió la puerta del congelador, buscando una pizza. De pronto, sonó una explosión. La puerta del horno se abrió violentamente, golpeando a Ken en la pierna mientras de su interior surgía una bola de fuego. Ken cayó al suelo con la pierna dolorida por el golpe. En pocos segundos las llamas se extendieron a los armarios superiores. Su revestimiento plástico producía un humo negro y denso al arder. Ken se levantó recordando que la mayoría de las víctimas de incendios no morían por quemaduras sino por inhalación de gases. Comenzó a toser. Debía salir de allí. Cruzó la cocina sin advertir que la puerta del horno estaba abierta. Tropezó con ella y volvió a caer. Cada vez le costaba más respirar. Comenzó a toser espasmódicamente. Intuyó que podía morir. Necesitaba oxigenar su sangre pero no había aire disponible. Por unos momentos, se imaginó su sangre con glóbulos rojos huérfanos de oxígeno, las venas llenas de una sangre oscura, negruzca, fruto de que sus tejidos hubieran extraído hasta la última molécula de oxígeno. Su espíritu de supervivencia, y tenía que dar gracias al ejército por ello, le hizo encontrar una solución.

—La nevera —pensó—. Debe de haber por lo menos trescientos litros de aire puro ahí dentro.

Reptó hasta la nevera, abrió la puerta e hizo varias inspiraciones con la cabeza dentro del receptáculo refrigerado. Notaba el calor de las llamas en su cogote y en su espalda. Ahora o nunca. Tomó aire de nuevo, abandonó la cocina y, abriendo la puerta del apartamento, salió al rellano de la escalera. Allí activó la alarma de incendios y salió a la calle. Se dejó caer en el césped cuan largo era. Los vecinos comenzaron a salir de sus apartamentos y se arremolinaban a la puerta del edificio. En menos de un minuto apareció Chuck, el marido de Gladys, portando un extintor. A pesar del humo, subió al apartamento, se adentró en la cocina y comenzó a rociar las llamas con la espuma blanca que eyaculaba el extintor. El fuego fue apagándose lentamente, aunque el humo persistía. Chuck abrió todas las ventanas del apartamento y el humo comenzó a disiparse. En la lejanía se oyó la sirena de los bomberos. Chuck palideció. Sabía que si el fuego no estaba apagado, sacarían sus mangueras, rociando todo lo que estaba ardiendo o susceptible de arder, y el apartamento quedaría hecho una ruina.

Cuando llegaron, se encaró con el oficial.

—Ha sido un fuego en una cocina, poco importante. Ya lo he apagado con el extintor.

—De todas formas, tenemos que ver los daños —le contestó el oficial—. Chicos, no saquéis las mangueras todavía. Vamos a ver lo que ha pasado.

Entretanto, Gladys había hecho su aparición. Llevaba un cortísimo camisón semitransparente y su presencia fue recibida con muestras de entusiasmo por parte de la dotación del coche de bomberos.

El oficial, Chuck, Ken y Gladys subieron al apartamento.

El bombero inspeccionó los destrozos, que estaban confinados tan sólo a la cocina.

—¿Un fuego poco importante? —dijo con sorna, dirigiéndose a Chuck.

—Lo importante es que ya está apagado —replicó éste.

—¿Cómo ocurrió?

Ken intervino.

—Estaba calentando el horno para hacerme una pizza cuando de pronto ha habido una explosión, la puerta se ha abierto y ha aparecido una llamarada que ha incendiado la cocina.

—¿Una explosión, dice?

—Sí. Justo antes de que se abriese la puerta del horno.

El oficial de bomberos se encaró con Chuck.

—Usted es el encargado, ¿verdad?

—Sí.

—Parece que haya podido haber un problema con el gas. ¿Ha pasado las inspecciones?

Chuck se indignó.

—Cada uno de los cerca de cien apartamentos que hay en este complejo ha pasado las revisiones preceptivas. No hay ni uno que se haya librado de ellas. Y todos las han pasado sin ningún fallo —apostilló ufano.

El bombero acercó su cabeza al horno. Metió la mano y sacó unos cristales finos.

—¿Ha metido algo en el horno? —preguntó a Ken.

—No. No he metido nada. Ni siquiera me ha dado tiempo de meter la pizza.

—Pues aquí dentro hay unos cristales que vamos a tener que analizar. Hasta que sepamos algo más, debo decirle que consideramos esto como un incendio intencionado. Y, obviamente, voy a tener que dar parte a la policía.

—Pero ¿qué dice de incendio intencionado? Casi me muero asfixiado en esta cocina y no pretenderá creer que lo hice a propósito —protestó Ken.

—Yo no he dicho que lo hiciese usted. Pero estos cristales podrían haber contenido un líquido que se habría inflamado al calentarse el horno. ¿Hay alguien más que haya podido tener acceso a esta vivienda, aparte de ustedes? —preguntó sin poder apartar sus ojos del camisón de Gladys.

Ésta y Ken se miraron. Ambos comprendieron enseguida que el misterioso portador de cuadros podía tener algo que ver.

—Nadie que se me ocurra, oficial —zanjó Ken.

—Bien. Necesito tomarle sus datos. ¿Cómo se llama?

—Me llamo Kenneth Philbin, soy médico y trabajo en el Washington Memorial.

El tono del bombero cambió y su suficiencia se trocó en respeto.

—Lo siento, doctor. Me sabe mal hacerle pasar por todo esto. ¿Cuál es la dirección de este apartamento?

—Es el 3410 de Dodge Park Road, en Landover, Estado de Maryland.

—Gracias, doctor. Recibirá usted una citación de la policía para declarar —se despidió el bombero.

Cuando los tres se quedaron solos, recorrieron la vista por el apartamento para valorar los daños. Las llamas habían afectado tan sólo a la cocina pero todo el apartamento estaba lleno de un humo irritante que comprometía su habitabilidad.

Gladys se acercó a Ken.

—De buena te has librado.

—Gladys, el individuo que vino a colgar el cuadro, ¿no lo perdiste de vista ni un momento?

—Estuve todo el rato presenciando cómo hacía el agujero y ponía el taco.

—¿Y no entró en la cocina?

—Ahora que lo dices, sí. Entró a lavarse las manos.

—¿Tú lo viste?

—No, pero no estuvo más de treinta segundos.

«Tiempo suficiente», pensó Ken.

—¿Cómo era?

—Raza blanca, de unos treinta años, bien plantado.

—¿Viste su coche?

—Claro que lo vi. Era un viejo cacharro de color azul.

—¿De qué marca?

—Y yo qué sé. Los únicos coches en los que me fijo son Porsches, Corvettes o Cadillacs.

—Eres una chica de gustos caros —le comentó Ken.

Ahora estaba convencido de que Gladys había estado frente a El Anatomista. Lástima que ya no pudiese llamar al teniente Lyons. Trabajo le iba a costar a Ken convencer a la policía, cuando lo llamasen a declarar, de todas sus sospechas y todos los crímenes en cuya investigación había participado.

Chuck intervino en la conversación.

—Doctor Philbin, no puede pasar la noche aquí. Todavía está lleno de humo. En el piso de arriba hay un apartamento libre. ¿Por qué no se va allí a pasar la noche y mañana comenzaré a arreglar todo este desaguisado?

—Buena idea, Chuck. Gracias. Cogeré algunos objetos de aseo y el despertador. Mañana tengo que madrugar.

—¿Te ocuparás de hacerle la cama al doctor Philbin? —preguntó Chuck a su mujer.

—Déjalo en mis manos, cariño —dijo ésta.

Los vecinos volvieron poco a poco a sus apartamentos.

Ken recogió algunos objetos personales y se dispuso a abandonar el suyo en compañía de Gladys.

—Te voy a hacer la cama y algo más —le susurró ésta.

Ken no estaba para nada más que no fuese descansar. El incendio era lo único que le faltaba después de un día de trabajo extenuante. Al salir por la puerta se fijó en el cuadro que le habían regalado aquel día. Un incendio pavoroso. El Anatomista había vuelto a actuar y había estado muy cerca de conseguir su propósito.

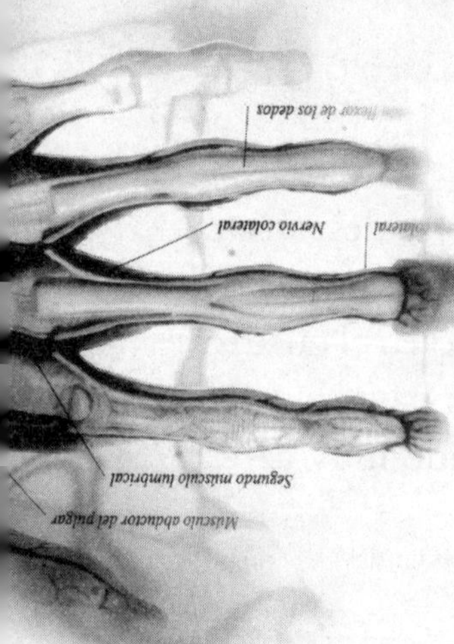

CAPÍTULO

45

Todavía quedaban dos horas para ir a recoger a Eloïse e ir a cenar juntos en el Babylon. Ken estaba relajado, viendo un partido de béisbol por televisión. Hacía dos días que había podido regresar a su apartamento. La verdad es que, aunque el marido de Gladys tenía fama de ser poco trabajador, en menos de cuatro días le había restaurado y pintado de nuevo la cocina y le había colocado un horno nuevo. Lo primero que había hecho a su regreso había sido descolgar aquel cuadro del incendio que le recordaba que El Anatomista iba a por él. En su declaración a la policía, se puso en evidencia que la fama del teniente Lyons traspasaba los límites de Washington. A su sola mención, comentarios sobre su holgazanería e incompetencia llenaron las oficinas de la comisaría de Landover. En general, los policías trataron bien a Ken aunque no se mostraron excesivamente preocupados por la posibilidad de que aquel médico en prácticas hubiese sido víctima de un acto premeditado. Escucharon cortésmente las historias que les explicó sobre un asesino que recreaba cuadros con sus crímenes, pero no se mostraron especialmente entusiasmados cuando Ken les entregó un cuadro que representaba un incendio para que buscasen huellas dactilares.

El recuerdo de El Anatomista le inquietó. Era evidente que la policía no tenía ninguna pista pero, en dos ocasiones, el asesino había estado muy cerca de él. Por un momento, la idea de mudarse pasó por su mente, pero la desechó. Era obvio que el asesino conocía su coche y dónde trabajaba. El lunes llamaría a la comisaría para ver quién se había hecho cargo de la investigación.

La cita con Eloïse le hacía ilusión, aunque tenía cierta prevención ante sus posibles presiones para iniciar una relación estable. Desde luego, no aquel año. Su compromiso con el hospital era total y sabía que tenía por delante dos años que podían ser los más fructíferos para su formación quirúrgica. La idea de comprometerse seriamente con una mujer no le atraía en absoluto, por mucho que Eloïse le agradase. No podía dejar de mirarla con otros ojos. Lejos estaban los días en que, trabajando juntos en Urgencias, a él le había llamado la atención su modosa actitud. Se había liberado, le había mostrado su parte femenina, de mujer enamorada. Incluso habían gozado en la cama. Desde luego, el cambio había sido radical.

El teléfono sonó y Ken se levantó para contestar.

—¿Ken?

—Sí, ¿quién es?

—Soy Philippe. Philippe Ferronier.

Ken se sorprendió. No esperaba que el hermano de Eloïse le llamase. ¿Tendría algo que ver con la cita?

—Dime, Philippe.

—Ken, tienes que venir enseguida. A Eloïse le ha ocurrido algo horrible.

—Pero ¿qué le pasa?

—Ya te lo explicaré cuando vengas. Por favor, date prisa.

—Philippe, dime si está bien.

—No muy bien. Venga, no tardes —dijo antes de colgar.

Cinco minutos después de que Ken dejase precipitadamente su apartamento, Eloïse se acercó a un teléfono del aeropuerto National de Washington. Metió una moneda de diez centavos en la ranura y marcó el número de Ken. No obtuvo respuesta. Volvió a marcar. Dejó que el teléfono sonara muchas veces.

—Venga, amor mío, coge el teléfono —decía para sus adentros. Finalmente, decepcionada, colgó.

Mientras esto ocurría, Gladys llegaba frente al apartamento de Ken. Llamó a la puerta. Llevaba puestos sus brevísimos *shorts* y una blusa muy transparente. En su mano llevaba un sobre con nuevas fotos. Llamó dos veces más, sin que la puerta se abriese. A través de ésta, oyó cómo sonaba el timbre del teléfono. En dos ocasiones.

—Si no coge el teléfono, es que no está. Este jodido pendejo se me ha vuelto a escapar —mascculló, dando media vuelta.

Ken conducía a toda velocidad. Enfiló la avenida New York, pasando por detrás de la Casa Blanca. En pocos minutos llegó a la avenida New Hampshire. Dejó el coche aparcado muy cerca del apartamento de Eloïse. Era sábado por la tarde y las calles de Washington estaban semidesiertas. Subió las escaleras y llamó a la puerta.

—¿Dónde está Eloïse? ¿Qué le ha pasado? —dijo Ken, entrando en el apartamento como una exhalación.

Philippe le señaló el dormitorio con la cabeza. Ken se dirigió a la habitación. Estaba vacía. De pronto, sintió un pinchazo agudo en el cuello. Se volvió y vio a Philippe con una jeringuilla en la mano.

—¿Qué haces? ¿Dónde está Eloïse?

—No está. Se ha marchado.

—¿Qué me has inyectado? ¿Estás loco?

La visión de un sonriente Philippe se desdibujó. Intentó mantenerse en pie pero no pudo. Cayó al suelo en redondo. Intentó hablar pero no logró articular palabra. Finalmente, perdió el mundo de vista.

Cuando despertó, estaba anocheciendo. Quiso levantarse pero se encontró totalmente inmovilizado. Su cuerpo le pesaba enormemente. Cada movimiento que intentaba iba acompañado de un ruido metálico. Se miró a sí mismo y vio que una cadena le envolvía por completo, desde los hombros a las rodillas. Sus antebrazos y manos estaban libres, pero tanto los brazos como el tronco, el abdomen y los muslos estaban rodeados por varias vueltas de cadena, en uno de cuyos extremos había un candado cerrado sobre otro eslabón. La inmovilización era perfecta. Podía mover las manos, ponerse de pie y caminar, aunque el peso que llevaba encima era tal que no podría dar cinco pasos sin quedar extenuado. Echó un vistazo a su alrededor. Estaba semirreclinado en el sofá, aquel sofá en el que Eloïse y él habían comenzado a besarse. Frente a él, sentado en el sillón, estaba Philippe.

—¿Por qué me has encadenado? ¿Qué me has inyectado? —le preguntó.

—Un cóctel lítico.

—¿Un cóctel lítico?

—Sí. El cóctel lítico de Laborit.

Ken no sabía de lo que le estaba hablando.

—Y eso ¿qué es?

—¿Cómo? ¿No conoces el cóctel lítico de Laborit? Parece mentira que hayas estado en Vietnam. Laborit era un médico francés que ensayó el cóctel lítico en soldados durante la vergonzosa retirada francesa de Dien Bien Phu. Salvó la vida a muchos.

—¿Qué tiene?

—Dolantina, fenergán y largactil. Tres potentes inhibidores del sistema nervioso central. Reduce las necesidades metabólicas del organismo y produce una especie de hibernación artificial. Bajo sus efectos, cientos de soldados franceses fueron evacuados y pudieron resistir el calor y las incomodidades de la selva indochina.

Ken comprendió la evanescencia de sus sentidos al recibir la inyección en el cuello. Su mente todavía no estaba del todo clara. Sentía una placidez que le hacía inconsciente de su propio peligro.

—¿Dónde está Eloïse? —preguntó a Philippe.

—La he mandado a Canadá para que nos dejase tranquilos esta noche.

—No te creo. Teníamos que cenar juntos. Me habría avisado de su viaje.

—No la dejé. Le dije que nuestra madre estaba muy grave en el hospital y que tenía muy poco tiempo para coger el avión. Yo mismo la puse en un taxi hacia el aeropuerto.

—Maldito seas. Le explicaste un cuento para evitar que saliese conmigo.

—Es más que eso. Ella ya no volverá. Y yo, cuando acabe lo que tengo que hacer, también me marcharé. Será el final de nuestra aventura americana, una aventura que ha sido desastrosa para ambos.

Ken comenzó a impacientarse. Philippe estaba llevando las cosas demasiado lejos.

—Venga. Suéltame y hablemos.

—No te pienso soltar. Primero vas a oír lo que te tengo que contar. Y, luego, te mataré.

—¿Pero por qué? ¿Qué te hecho yo?

—Lo mismo que los otros. Habéis hecho daño a mujeres a las que quiero.

—¿Los otros? ¿Qué otros?

—Jacob Jones, Ralph Strong y Héctor Barboza. Ellos mataron a Connie. Y Jack Bolton. Él hizo sufrir mucho a Eloïse. Ya sabes cómo acabaron todos —dijo esbozando una sonrisa.

Todavía bajo los efectos del cóctel lítico, se dio cuenta entonces de que estaba frente a El Anatomista.

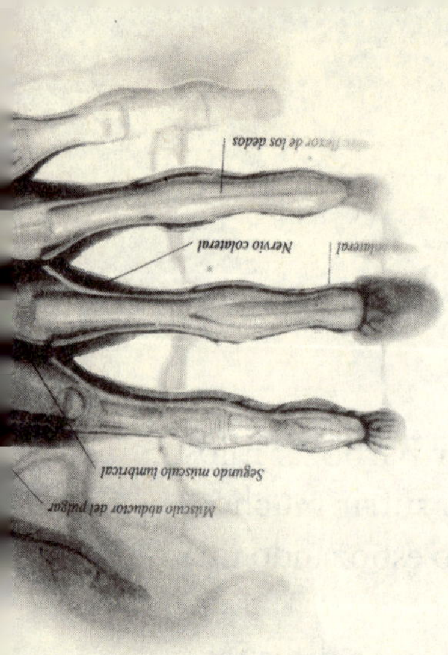

CAPÍTULO

46

Ken observó que el gran armario que había encontrado cerrado en su primera visita al apartamento estaba abierto de par en par. En sus estantes se amontonaban libros, algunos de gran tamaño. Reconoció los cuatro tomos de la *Anatomía Humana* de los anatomistas franceses Testut y Latarjet, la obra de Rouvière, con magníficas láminas anatómicas a todo color, y el *Atlas de anatomía* de Pauchet y Dupret. Sin duda, a Philippe le gustaba la anatomía y había demostrado que, además, la conocía bien. Algunos de los libros eran de arte. Destacaba un gran volumen del Instituto Geográfico de Agostini sobre Leonardo da Vinci, con sus láminas de más de cuarenta centímetros de alto. Aguzando la vista pudo ver el tratado de Jablin sobre crucifixiones que él había adquirido en Brentano's. También había muchos rollos de papel, como si fueran planos o pósteres. Una pluma Montblanc reposaba al borde de un estante. Era el sanctasanctórum de El Anatomista. Ken pensó que todo cuadraba con sus sospechas: alto y fuerte, culto, conocedor del arte, experto en anatomía y lo suficientemente relacionado con la medicina para poder sustraer curarina de un hospital. Y además estaba seguro de que, inintencionadamente, Eloïse le había mantenido al corriente de su colaboración con la policía.

Ken, por fin, tomó conciencia de la situación de peligro en la que se encontraba. Intentó moverse algo dentro de aquella envoltura férrea que le inmovilizaba pero la cadena no cedió ni un ápice. Había estado más de una vez en peligro de muerte, pero nunca tan cerca como ahora. Pensó rápido. Tenía que hacer hablar a Philippe, distraerlo, que corriese el tiempo. Cuanto más, mejor. Mayores serían sus probabilidades de que les viese alguien, de que Philippe cometiese un error, de que se presentase la oportunidad de escapar.

—Así que tú eres El Anatomista, ¿verdad?

—Ya me contó Eloïse que me habíais apodado así.

—¿Eloïse sabía que eras tú? —dijo Ken alarmado.

—Ella no tiene ni idea de todo esto. Pero el nombre me gusta. Quiere decir que he hecho bien el trabajo.

—Eres un asesino. Esto no es un trabajo.

—No me negarás que las puestas en escena me llevaron su tiempo.

—Has matado a cuatro personas. No creo que puedas sentirte orgulloso de ello.

—Cuatro no, cinco.

—Yo sólo recuerdo cuatro cuadros. ¿Cuál es el quinto?

—Jacob Jones, el camello de Connie.

—Yo no estaba aquí cuando ocurrió.

—Ya lo sé, llegaste al día siguiente.

—Si no recuerdo mal, me dijeron que había muerto por ingerir sosa cáustica. ¿Qué cuadro hay en que alguien esté tomando sosa cáustica?

—No va por ahí la cosa. Aquello fue un *divertimento.* Le corté la oreja como se la cortó Van Gogh. —Ken recordó que Claudio lo había mencionado—. Y lo del escarabajo ensangrentado, otro *divertimento* —prosiguió Philippe.

—Por cierto, gracias por el cuadro del incendio, pero me he deshecho de él. Se lo he entregado a la policía.

—Ha sido en vano. No encontrarán huellas dactilares. Es una lástima porque tuve que viajar hasta Filadelfia para comprarlo. Hay que reconocer que eres un bastardo con suerte. La explosión del horno tendría que haberte llevado por delante. Debería haber dejado más ampollas.

—¿Qué era?

—Cloruro de etilo. Es muy inflamable. Al calentarse explota.

Cloruro de etilo. Un anestésico volátil que apenas se usaba ya. Sin duda, Philippe tenía acceso a medicación poco habitual.

Ken decidió continuar tirándole de la lengua.

—Hay una cosa que no comprendo. ¿Qué tenías tú que ver con Connie?

—La conocí en el dispensario de drogodependencias del hospital donde yo hacía prácticas. Necesitaba mucha ayuda. Me identifiqué con ella y su problema. Era enfermera, como Eloïse. Intimamos. Me enamoré de ella. Odiaba que tuviese que hacer la calle para comprar droga. Así que decidí cortar por lo sano su hábito. Maté a su camello y le metí su oreja en el bolso.

Ken comenzó a rememorar el caso. El teniente Lyons había estado muy cerca de acertar con el planteamiento.

—¿Así que tú eras el hombre al que Connie le hizo la mamada por cincuenta dólares?

La expresión de Philippe se tornó grave.

—Fue un momento muy malo para mí. Tenía que pasar por aquello para poder ponerle la oreja en el bolso. No es nada agradable que la mujer a la que amas te haga una mamada sin que ella sepa quién eres y encima te pida cincuenta dólares por hacerlo. Pero todo era parte de un plan.

—¿Y ella no te reconoció?

—No. Iba disfrazado y estaba muy oscuro. Pero no sirvió de nada. La pobre se mató. Así que decidí ir a por el causante de todos sus males.

—Ralph Strong.

—Sí, Ralph Strong, su perversor.

—Lo mataste de una sobredosis de heroína.

—Sí, pero antes le había inyectado el cóctel lítico, como a ti. —Ken recordó entonces la pequeña marca de una aguja en el cuello que habían observado durante la autopsia—. Lo maté en su casa. Tuve que esperar a que oscureciese del todo y que cerrasen los puestos de pescado para llevar su cuerpo hasta el Wharf. Allí lo crucifiqué.

Ken pensó cómo Roddy Payton había acertado en todo el planteamiento. Ralph Strong murió en un lugar, estuvo tendido boca arriba por un cierto periodo de tiempo y luego trasladado y crucificado en el Wharf. Las livideces no habían mentido.

—¿Por qué lo crucificaste?

—¿No dicen que Jesús murió en la cruz por nuestros pecados? Pues él murió por los suyos.

—Y le clavaste los clavos en las muñecas.

—Claro. Como hicieron con Jesucristo. En la Sábana Santa de Turín se puede apreciar cómo la marca del clavo de la mano derecha atraviesa la muñeca. Concretamente entre los huesos escafoides, semilunar y grande del carpo. En el llamado espacio de Destot.

Ken no pudo dejar de admirar los conocimientos anatómicos de Philippe. Sin duda, habían acertado con el apodo. Éste prosiguió.

—Se ha demostrado científicamente, en la sala de autopsias, que si se clava un clavo en la palma, el peso del cuerpo desgarra la mano, mientras que si pones el clavo a través del carpo, o aún mejor, entre el radio y el cúbito, tienes un apoyo más sólido, que aguanta todo el peso.

—Como lo pintaron Rubens, Van Dyck, Langetti y Ge.

—¿Cómo sabes tú esto? —Philippe puso cara de sorpresa.

—Yo también he leído ese libro —contestó Ken señalando con su barbilla el tratado de Jablin.

Ken trataba de alargar la conversación al máximo. Philippe le leyó el pensamiento.

—Continuemos hablando. Tengo que esperar a que se haga noche cerrada antes de ajusticiarte.

Ken, asustado, prosiguió.

—Y Jack Drummond, ¿qué tenía que ver con Connie?

—Éste era el cabrón al que más odiaba de todos. No tenía nada que ver con Connie pero destrozó mi vida.

—¿Cómo?

—Si recuerdas, el día que nos conocimos en la conferencia del doctor Barnard, te dije que sentía una cierta afinidad por la cirugía.

—Sí, lo recuerdo.

—Bien, era más que eso. Era mi pasión. Por ese motivo vine a los Estados Unidos. Mi jefe en Quebec, el profesor Sarreau, me recomendó que viniese a la Universidad George Washington. Después del internado comencé como residente de primer año. Y allí estaba Jack Drummond para hacerme la vida imposible. Se acababa de separar, lo habían degradado en el hospital y la tomó conmigo. Me ponía más guardias y me hacía asistir a más operaciones que a los otros residentes. Siempre me criticaba, nunca hacía nada a su gusto. Un día me enfrenté a él y casi llegamos a las manos. Cuando llegó junio, me anunciaron que no iba a pasar a ser residente de segundo año. Y lo peor es que, sin recomendaciones, no pude cambiarme de hospital y seguir mi formación en cirugía. Se me cerraron todas las puertas.

—Y te pasaste a la psiquiatría.

—Sí. Además Eloïse acababa de llegar y no quise volverme a Canadá y dejarla sola aquí.

Ken volvió a impresionarse con el sobreproteccionismo de Philippe con su hermana.

—Era el hombre de Vitrubio, ¿verdad?

—Claro. El apartamento lo pedía. Yo había estado en su casa un par de veces y me había fijado en aquel marco del dormitorio, con el cuadrado y el círculo. Cuando decidí vengarme de él, inmediatamente pensé en el dibujo de Leonardo.

—Pero lo dejaste destrozado.

—Tan destrozado como dejó mi carrera quirúrgica ese hombre —chilló Philippe.

—Me refería a cómo lo mutilaste. Le sacaste un ojo y le cortaste una mano. Profanaste la belleza de la obra de Leonardo.

Philippe se levantó y se acercó a Ken, sus ojos traduciendo una locura vesánica.

—¡No me hables de la belleza de la obra de Leonardo!

—Pero ¿qué tienes tú contra Leonardo? El otro día, en la barbacoa, también reaccionaste así.

—Era un bastardo.

—Ya sé que sus padres no estaban casados, pero por eso no tienes que despreciarle.

—No. Me refiero a que era un hijo de puta. Hizo algo que yo nunca podré llegar a perdonarle.

—¿Leonardo da Vinci? —preguntó Ken incrédulo.

Philippe se levantó y tomó el enorme libro con las obras del pintor que estaba en el armario. Buscó una página y se la mostró a Ken. En ella estaba la reproducción de un cuadro en el que aparecía una dama con la cara ladeada y el pelo recogido por una cadenita que le cruzaba la frente. En la parte inferior, una especie de muro ocultaba las manos de la dama.

—Mira este cuadro. ¿Te gusta? —le preguntó a Ken.

—Es bonito.

—Ahora mira el título.

Ken leyó.

—*La belle Ferronière*. La bella Ferronière. ¡Se llama como tú! —dijo sorprendido.

—Exacto. Esta preciosa dama era la esposa de uno de mis antepasados, Charles Ferronier. Vivían en Francia, en la corte de Francisco I, uno de los reyes más despreciables que pueda haber habido. El rey se encaprichó de la dama y la obligó a trasladarse a palacio. Mi pariente, conocedor de lo que iba a ocurrir, le transmitió la sífilis a su mujer en una de sus últimas cópulas, sabiendo que, con el amancebamiento, el rey también contraería la enfermedad. Y así fue. Poco tiempo después, Francisco I contrajo la sífilis. ¡Qué venganza más sutil!

—¿Y qué tiene que ver Leonardo con todo esto?

—Leonardo pintó este cuadro por encargo del rey. Se sabe que lo tenía en su *appartement des bains*. Pero fíjate bien. ¿Qué tiene de extraño este cuadro, si lo comparas con otros de Leonardo?

—Es un poco... soso. No tiene la belleza que encuentras en otros cuadros suyos. Además, a la mujer no se le ven las manos.

—Exactamente. Leonardo hizo, por la misma época, otro retrato a Cecilia Gallerani en el que pintó una de las manos más maravillosas de la historia de la pintura, acariciando un armiño. Y no hablemos de las manos de la Gioconda. Y las de los personajes de *La Virgen de las rocas,* los niños con sus manos regordetas. Y el *San Juan Bautista,* con su dedo índice señalando al cielo. —Philippe iba enseñando a Ken las láminas de los cuadros que iba mencionando—. Y este bastardo, seguro que por orden del rey, ocultó las manos de mi antepasada detrás de este muro.

—Pero ¿por qué iba a hacer una cosa así?

—Porque estaban afectadas por la sífilis.

A pesar de lo angustioso de la situación en la que Ken se encontraba, soltó una carcajada.

—¿De qué te ríes? —le preguntó Philippe.

—Eres patético. Estás evocando una afrenta a tu familia, cometida hace más de cuatrocientos años, y te basas en un hecho improbable y médicamente falso.

—¿Cuál?

—La sífilis afecta la palma de las manos, pero no el dorso. Y tanto la dama del armiño como la Gioconda muestran el dorso de sus manos. Tu teoría no se aguanta.

Ken conocía muy bien las lesiones de las manos en la sífilis secundaria. Las había diagnosticado y tratado en soldados asiduos a los prostíbulos de Saigón. A la vez, se dio cuenta de la personalidad paranoica y obsesiva del individuo que tenía delante.

Desconcertado, Philippe desvió el tema.

—Te doy la razón. Convertí el hombre de Vitrubio en un guiñapo tuerto, con la cabeza colgando y sin mano izquierda.

—Se la desarticulaste, ¿verdad?

—Sí. Con un bisturí. Separé el carpo del radio y del cúbito. Una operación simple y rápida.

—Y le pusiste el ojo en la palma de la mano.

—Sí. Se lo enucleé con una cucharilla.

Ken había estado en lo cierto. Era un viejo truco.

—Y la mano cortada con el ojo destrozado encima era el símbolo de tu carrera quirúrgica destrozada. ¿No es así?

—Muy bien, profesor. Veo que pescaste bien el significado.

—Era una variante macabra del símbolo de Pere Virgili.

Philippe abrió los ojos desmesuradamente. Estaba impresionado.

—¿Conoces el emblema de Pere Virgili?

—Sí. Lo encontré en un opúsculo de simbología médica, en la Biblioteca Nacional de Medicina. Y tú, ¿de dónde lo sacaste?

—Lo vi en una medalla que le concedieron a mi jefe y lo encontré fascinante. Reúne dos de los requisitos que todo buen cirujano debe tener: ojo de águila y mano de dama.

A Ken le gustó la definición. Decidió profundizar en el tema.

—¿Y quién concedió la medalla a tu jefe?

—La Asociación de Cirugía de Barcelona. Había creado un premio internacional en memoria de Pere Virgili y el profesor Sarreau fue el primer galardonado en reconocimiento a sus aportaciones a la cirugía. Pero no pudo acudir a recogerlo en persona y el presidente de la asociación viajó expresamente a Quebec. Yo estaba presente en la entrega.

Ken continuó alargando la conversación.

—¿Ya sabes que este símbolo está presente en muchas culturas del mundo? Desde el Mediterráneo al Medio Oeste.

—Sí, lo sé. Pero reconoce que ninguno de los significados es tan adecuado como el de la cirugía. Ojo de águila, mano de dama, ojo de águila, mano de dama, ojo de águila, mano de dama...

Philippe se paseaba por la habitación, repitiendo el sonsonete. Ken decidió cortarle.

—Háblame de Héctor Barboza.

—Héctor Barboza era un intermediario en la cadena de distribución de droga. Les vendía a Jacob Jones y a Ralph Strong.

—Lo sé.

—Era tan culpable como los otros de la muerte de Connie, así que decidí ejecutarlo. Lo único es que fallé. Creí que moriría al poco rato de haberme ido porque estaba muy malherido. Si hubiese sobrevivido, habría tenido que volver a aquella casa a matar a la mujer. La mala puta me desobedeció. Suerte que tú y tus manazas acabaron el trabajo que yo había empezado. Eloïse me contó lo mal que lo hiciste, la bronca que te pegó el jefe de residentes y todo lo demás. Pero en el fondo te estoy muy agradecido —dijo Philippe.

—Sí. Pero si te pescan, te acusarán a ti de asesinato, no a mí.

—No me pescarán. Me voy del país esta noche. Quería escenificar un cuadro de Jacques-Louis David pero, al saber que vivía con su mujer y un hijo, tuve que cambiar de cuadro. La idea era matarle y meterlo en...

—¡La bañera! —le interrumpió Ken.

—Muy bien, chico. ¿Cómo lo sabes?

—Me lo dijo mi padre. Querías escenificar la muerte de Marat. El cuadro más famoso de David.

—Estoy viendo que te he infravalorado. Langetti y Ge, Pere Virgili, la muerte de Marat. Sabes más de lo que me imaginaba. Pero, como te he dicho, decidí cambiar de tema y representar el cuadro de Héctor y Andrómaca. Aunque creo que mi mejor obra fue con Jack Bolton.

—¿Qué te había hecho ese desgraciado?

—Salió con Eloïse. Ella se creyó que iba en serio y él la dejó tirada. La abandonó por otra en menos de un mes. Igual que tú pensabas hacer con ella.

Ken recordó que en aquel mismo sofá, donde él estaba ahora, Eloïse le había confesado que acababa de salir de una relación sentimental muy dolorosa. Sin embargo, aquella acusación no podía quedar sin respuesta.

—Oye, Philippe. Yo estoy empezando a salir con tu hermana. Sé que le gusto, pero yo nunca le he prometido nada. De hecho, no estoy enamorado de ella.

—Pero te la has tirado, ¿verdad?

—Esto son cosas entre ella y yo.

—Déjate de bobadas. ¿Te la has tirado o no?

—Sí.

—¿Cuántas veces? —gritó Philippe.

—¡Vete a la mierda! —le contestó Ken.

—Y a aquella putita de Dodge Park también te la has tirado, ¿verdad?

—¿Quién?

—Tu casera. La que me abrió la puerta de tu apartamento.

Ken pensó que reconocer que había hecho el amor con Gladys no iba a mejorar las cosas.

—Parece una hembra tentadora —continuó Philippe—. Su cuerpo es sinuoso y calipigio.

—¿Calipigio?

—De culo bonito. Es una palabra que no se usa mucho pero muy descriptiva. Viene del griego. De *kallos,* belleza, y *pyges,* nalgas. En el Museo Arqueológico de Nápoles hay una estatua de la Afrodita Kallipygos, una preciosa Venus con un culo soberbio, de diosa.

Ken constató la personalidad esquizoide de su captor. Un maniaco que tenía intención de matarle y que, sin embargo, se entretenía dándole lecciones de etimología y de arte.

—Continúa con Jack Bolton —le apremió.

La mirada vesánica de Philippe se suavizó. Prosiguió con su relato.

—La lección de anatomía de Rembrandt. El cuadro médico más famoso del mundo. Y yo hice de doctor Tulp. Le disequé, uno a uno, todos los músculos del antebrazo izquierdo. Porque sabías que Jack Bolton era zurdo, ¿no?

—No lo sabía.

—Sí, sus pases de *quarterback* con el brazo izquierdo eran legendarios. Y me recreé disecando todos los músculos de su antebrazo.

—Sé cómo lo hiciste. Y por esto te pescarán.

—¿Qué quieres decir?

—Curare.

—¿Cómo lo sabes?

—Encontramos una ampolla en el suelo. Y se podía leer el número de lote. Lo trazarán y sabrán de dónde ha salido.

Philippe palideció.

—¡Maldita sea! Recogí cinco ampollas pero me faltaba una. ¿Dónde estaba?

—En el suelo, cerca de la camilla. Dime, ¿cómo conseguiste reducirle?

—Le dije que tenía anfetaminas que le mantendrían despierto para poder preparar sus exámenes. El muy imbécil se dejó inyectar un barbitúrico en la vena. Le dije que le tenía que hacer una prueba de alergia antes de venderle la mercancía. Cuando despertó ya le había inyectado una pequeña dosis de curare, la suficiente para que se mantuviese inmóvil. Y comencé a disecarle el antebrazo, músculo a músculo.

—¿A lo vivo?

—Claro, quería que sufriera.

—¡Estás loco!

—Alto. No hagas diagnósticos, que, aquí, el psiquiatra soy yo.

—¡Eres un monstruo!

—Soy un genio monstruoso, que no es lo mismo. Le di la dosis de curare adecuada. El desgraciado no podía ni gritar. Abría la boca grotescamente, pero no le salía ningún sonido. Pero sé que lo sentía porque comenzó a llorar de dolor.

Las sospechas de Ken se confirmaron. Philippe había despellejado a Jack Bolton mientras todavía vivía, sin ningún tipo de anestesia. Debió de ser una agonía horrible.

—Cuando hacía la disección de los planos profundos, comenzó a mover las piernas, así que le inyecté más curare —prosiguió Philippe.

—¿Y todavía respiraba?

—Tras esta segunda dosis, comenzó a respirar con dificultad y a ponerse azul. Decidí dar por terminada la disección y le inyecté curare de nuevo, hasta que dejó de respirar.

—¿Y la soga? Si le mataste inmovilizando sus músculos respiratorios, ¿por qué le pusiste una soga al cuello?

—Lo hice cuando ya estaba muerto. Era un guiño al cuadro de Rembrandt. ¿No sabías que el cadáver que disecaba el doctor Tulp era el de un ahorcado?

Ken no contestó. Estaba demasiado concentrado, pensando en su propia suerte. Se encontraba encadenado, frente a un asesino sádico, un paradigma de crueldad. Y él era el siguiente en su lista. Intentó de nuevo moverse, pero la cadena se lo impedía. Tenía que quitársela. Recurrió a un viejo ardid.

—Philippe, me estoy meando. Sácame la cadena y déjame ir al lavabo, por favor.

—Háztelo encima. El forense, cuando te examine, creerá que te has meado de miedo —contestó Philippe sin dejarse engañar.

La situación se estaba volviendo desesperada. Decidió continuar alargando el tiempo.

—¿Y qué tienes pensado para mí? ¿Otro cuadro? —le preguntó.

Sin responder, Philippe se dirigió al armario. Retiró los rollos que se amontonaban allí y apareció con un arco en la mano.

—Voy a recrear el martirio de san Sebastián —fue su respuesta.

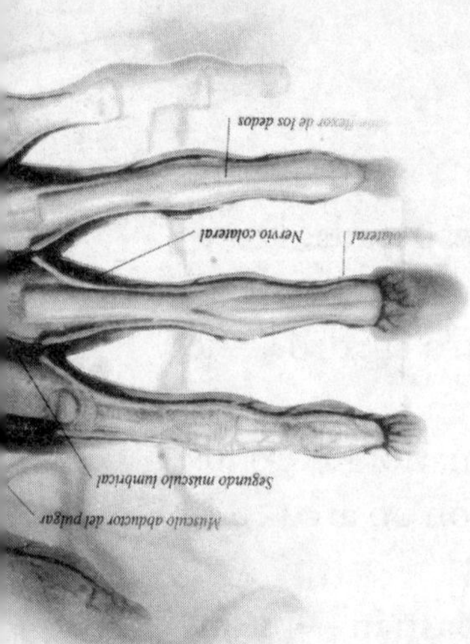

CAPÍTULO

47

Fuiste tú! ¡Tú fuiste el que disparó la flecha a aquel hombre que paseaba por Rock Creek Park! Ahora comprendo por qué te interesaste tanto por el caso, el día de la barbacoa.

—Claro, quería saber el dolor que había sentido, si existió peligro de hemorragia, en fin, todos los detalles del caso.

—¿Y tú vas a matarme a flechazos, como a san Sebastián?

—Sí y no.

—No te entiendo.

—Te voy a matar con flechas, pero san Sebastián no murió asaetado.

—Yo creía...

Philippe le interrumpió.

—Tú y todo el mundo lo cree. Pero san Sebastián murió apaleado. Era capitán de la guardia personal del emperador Diocleciano y era cristiano. Cuando se enteró el emperador, lo condenó a morir. Lo ataron a una columna y los arqueros comenzaron a disparar flechas sobre él.

—¿Y no lo mataron?

—No. Sus verdugos lo abandonaron creyéndolo muerto, pero aún vivía. Una santa mujer, Irene, viuda del mártir Cástulo, lo recogió y lo curó. —Philippe recordó en este punto el cuadro de Luca Giordano que había visto en el museo de Filadelfia—. Recuperado, Sebastián se presentó ante Diocleciano reafirmando su fe y recriminándole su crueldad. El emperador, aterrado, pues lo creía muerto y enterrado, lo condenó de nuevo a muerte, esta vez apaleado. Para evitar que los fieles le sepultasen, su cuerpo fue arrojado a la Cloaca Máxima. Sin embargo, su martirio ha sido representado miles de veces a lo largo de la historia de la pintura. Después de Cristo crucificado, es el personaje sagrado que más veces ha sido pintado. ¿Sabes por qué?

—No tengo ni idea.

—Pues porque permitía al pintor mostrar su dominio en reproducir la figura humana. Con la excusa de pintar un cuadro religioso, se representaba a un joven semidesnudo, musculoso y doliente. Un tema realmente morboso. Pero en casi todos los cuadros, las flechas no atraviesan zonas necesariamente letales. Esto indica que los pintores conocían la historia.

Philippe se acercó de nuevo al armario y cogió un libro de arte. Se lo enseñó a Ken. Éste leyó el título: *Les martyrs dans la peinture*. Un soberbio ejemplar de Éditions Phaidon.

Philippe comenzó a pasar páginas con rapidez. Ken creyó reconocer fugazmente algunos cuadros que su padre le había mostrado de pequeño. *El martirio de san Andrés* de Rubens, con el santo colgado de una cruz en aspa, *El martirio de san Mateo,* cuadro tenebroso de Caravaggio, y *El martirio de san Bartolomé* de José de Ribera, en el que la cara del santo, lejos de mostrar el estoicismo de un mártir, traduce un innegable miedo a la muerte.

Finalmente, Philippe se detuvo en el capítulo dedicado a san Sebastián.

—¿Ves lo que te decía? Botticelli, seis flechas, sólo dos en el tórax. Perugino pintó seis cuadros de san Sebastián. En éste sólo pinta dos flechas, y una de ellas atraviesa el brazo. El Greco. Tres flechas... y dos en el árbol donde está atado el santo. Guido Reni tiene cuatro cuadros de san Sebastián. En uno pinta sólo una flecha; en otro, dos, una en el flanco y la otra en la axila. Obviamente, ninguna mortal. El gran Rubens. Pinta cinco flechas y de ellas sólo una potencialmente letal, en el tórax. Dos de ellas atraviesan el brazo y la pierna. Podríamos continuar pero el resultado siempre sería el mismo: pocas flechas y muy pocas letales.

—Y tú ¿qué cuadro vas a usar conmigo?

—Ninguno de éstos. Mi san Sebastián favorito es el de Mantegna. No el del Louvre sino el que está en Viena.

Al decir esto, Philippe pasó otra página y Ken pudo ver, con horror, el martirio que aquel loco le había reservado.

—Fíjate cuántas flechas. Quince en total. Y algunas de ellas mortales de necesidad. Comencemos por abajo. Una en la pierna izquierda, dos en el muslo derecho, otra en el muslo izquierdo, ¡cinco en el abdomen!, ¡cuatro en el tórax! Y la apoteosis final. Una en el cuello, a nivel de la carótida derecha, y la última en la frente, en pleno lóbulo frontal. ¿Qué te parece?

—Poco creíble. No creo que los arqueros de Diocleciano tuviesen flechas capaces de atravesar el hueso frontal.

—Ellos no, pero yo sí. Este arco está hecho con fibra de vidrio y las flechas tienen la punta de grafito. Es una combinación tan mortífera como un rifle.

Las esperanzas de Ken se desvanecían. Y más cuando Philippe dijo:

—Ya es noche cerrada, vámonos.

—¿Dónde me llevas?

—A pesar de que has visto que algunos pintores han pintado a san Sebastián atado a un árbol, la tradición dice que fue atado a una columna. Y así lo voy a hacer yo. Te voy a llevar a un sitio solitario donde hay muchas columnas.

—¿Dónde está?

—Lo vimos desde el sitio de la barbacoa, al otro lado del río. El monumento a Jefferson. —Acercándose a Ken, le susurró—: Tiene cincuenta y cuatro columnas.

Absolutamente impotente, Ken se levantó trabajosamente y comenzó a caminar hacia la puerta. Phillipe asía la cadena por detrás, llevando el arco y el carcaj con las flechas. Bajaron lentamente las escaleras. Ken deseaba que se abriese alguna puerta, que se cruzasen con algún vecino, pero no ocurrió nada. Bajaron hasta el sótano y atravesaron un cuarto con lavadoras de ropa. Aquel sábado por la noche, nadie hacía la colada. Salieron a la parte posterior de los apartamentos, donde había un pequeño callejón con coches aparcados. Philippe hizo subir a Ken a la parte posterior de un viejo Corvair azul oscuro. Connie y Gladys no se habían equivocado en su descripción. Cuando se hubo sentado, Philippe le empujó. Ken cayó al suelo, como un saco de patatas, inerme, boca arriba. Su tiempo se estaba agotando. Su salvación pasaba por poder realizar una llamada de auxilio. Pero Philippe no se iba a detener delante de ninguna cabina telefónica. Tenía las manos libres y podía acceder a su bolsillo, pero nada que llevase en él le podía ayudar. ¡Ojalá tuviese uno de esos teléfonos inalámbricos que aparecían en las historietas de Dick Tracy! ¿Cuándo inventarían un teléfono móvil, alimentado por pilas, que pudiese funcionar sin estar conectado a una línea telefónica?

El coche arrancó. Bajó por la calle 23 y, rodeando el monumento a Lincoln, giró a la izquierda para tomar la avenida de la Independencia, que les llevaría hasta el Tidal Basin, un recodo artificial del río Potomac en cuya orilla se encontraba el monumento a Jefferson. Tumbado en el suelo del coche, Ken veía los distintos edificios gubernamentales por los que iban pasando. Muy próximos a su destino, pasaron por delante de la Oficina de Grabados e Imprenta. Ken la había visitado en su primer año en Washington. Era donde se imprimían los billetes de banco, desde los de un dólar hasta los de cien.

—Debe de haber cientos de policías ahí dentro, vigilando todos esos billetes. ¿Por qué ninguno es capaz de ayudarme? —se preguntó a sí mismo.

Philippe llevó el coche hasta el aparcamiento e hizo bajar a Ken. Éste se movía cada vez más torpemente. Todo aquel peso encima le extenuaba. Se dirigieron hacia el monumento. Ken subió a duras penas la escalinata y, seguido de Philippe, entró en el interior del monumento, una espectacular rotonda rodeada de columnas en cuyo centro se erigía una imponente estatua de Thomas Jefferson, el tercer presidente de los Estados Unidos.

Ken intentó una solución desesperada.

—Déjalo, Philippe, por favor. No me mates. No vas a ganar nada. Si me atas a una columna y empiezas a disparar flechas, te van a ver...

—No me verán. Te voy a encadenar a una de las columnas laterales, las que veíamos el otro día desde la orilla de enfrente. Nadie nos podrá ver, a no ser que lo haga un pescador que navegue río abajo. Pero para cuando pueda avisar a alguien, yo ya habré acabado contigo —dijo mientras situaba a Ken de espaldas a una columna.

Philippe abrió el candado, deshizo algunas vueltas de la cadena y la pasó alrededor de la columna en la que Ken se apoyaba. Entonces se dio cuenta de que el cuerpo de Ken estaba prácticamente recubierto por una coraza férrea que iba a imposibilitar su plan.

—Tengo que dejar algo más de tu cuerpo al descubierto, si no no te voy a poder clavar las quince flechas —dijo.

Ken volvió a vivir un momento de esperanza. Philippe le liberó de parte de su envoltura para dejar zonas de su abdomen y tórax expuestas, pero con tal habilidad que Ken no tuvo tiempo ni de intentar escabullirse.

El arquero se alejó de Ken y montó una flecha en el arco.

—La primera, en la pierna izquierda, como Mantegna —dijo mientras disparaba.

Ken ni siquiera vio venir la flecha que le atravesó la cara externa de la pierna. Sintió un dolor agudísimo. Chilló.

—Seguro que te he atravesado el músculo peroneo lateral largo —proclamó ufano El Anatomista.

Hasta entonces, Ken había creído en sus posibilidades de salvación, pero al recibir la primera flecha tuvo el convencimiento de que iba a morir asaetado a manos de aquel loco. Sólo un milagro del cielo podía salvarle.

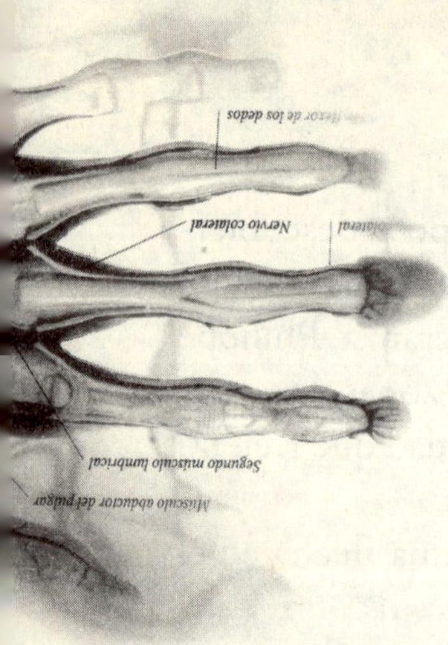

CAPÍTULO

48

El helicóptero presidencial salió de Camp David llevando a bordo al presidente y a su esposa. A ambos les encantaba pasar los fines de semana en este lugar, refugio de presidentes y al que Eisenhower había bautizado con el nombre de su nieto. Por desgracia, sólo habían podido permanecer allí veinticuatro horas. Tenían que regresar a Washington, pues al día siguiente habían invitado a la Casa Blanca a un dignatario oriental.

Lyndon Johnson decidió aprovechar el corto vuelo —tan sólo veinte minutos— para cerrar los ojos y repasar mentalmente su situación. Le quedaba muy poco en el cargo. En cuatro meses el país iba a votar un nuevo presidente y no iba a ser él. Estaba harto. A pesar de que Camp David estaba en un paraje montañoso, algo imposible de encontrar en Texas, contaba los días que le faltaban para regresar a su rancho. Había tratado de ser un buen presidente pero sabía que su impopularidad iba en aumento. Sus logros estaban muy por encima de sus fracasos. Su victoria electoral había sido histórica. Más de 15 millones de votos le había sacado a su rival Goldwater. Se había sacudido el yugo de ser el vicepresidente de John Fitzgerald Kennedy y había entrado en la historia como el trigésimo sexto presidente de los Estados Unidos por méritos propios. Su programa «La Gran Sociedad» había beneficiado a muchos de sus compatriotas. En poco más de cuatro años había firmado leyes que habían cambiado la vida de millones de personas. La ley de Derechos Civiles, que Kennedy no tuvo tiempo de promulgar; la Ley de Igualdad de Oportunidades, un paso decisivo contra la pobreza; la Ley de la Seguridad en las Calles, destinada a controlar y prevenir la violencia y el crimen; el establecimiento de Medicare, un seguro médico destinado a proporcionar cobertura sanitaria a las personas de edad; leyes para proteger el derecho a voto, que los negros no podían ejercer en algunos estados del sur; el decreto de ayuda a la región de los Apalaches, una zona muy deprimida, cultural y económicamente; programas de conservación y desarrollo de áreas geográficas en peligro de deterioro, impulsados por su esposa, Lady Bird, una ecologista convencida. Después de todo esto, ¿por qué no le querían? ¿Por qué era tan impopular? Humildemente, reconoció que dos hechos habían marcado su presidencia y ambos le amargaban. A pesar de las leyes sobre derechos civiles, los programas contra la pobreza y el derecho a voto, los ciudadanos de color, como ahora se les llamaba, habían protagonizado disturbios en varias ciudades: Nueva York, Watts —un distrito de Los Ángeles—, Milwaukee, Detroit, Newark y, más recientemente, Washington, tras el asesinato de Martin Luther King. Estaba visto que, hiciese lo que hiciese, los negros no estaban contentos con él.

El segundo hecho todavía le angustiaba más. La guerra de Vietnam. Lo que había empezado como un programa de asistencia militar al Gobierno de Vietnam del Sur durante la presidencia de Kennedy había ido escalando hasta el desembarco de dos batallones de marines en 1965. Y desde entonces, su país se había involucrado de lleno en una lucha que había provocado la desunión entre sus conciudadanos. Si bien es verdad que los más de nueve mil estadounidenses muertos el año anterior era una cifra muy alta, él estaba convencido de que la guerra debía proseguir hasta la victoria total. No obstante, se enorgullecía de haber propiciado la iniciación de las conversaciones de paz con el Vietcong que se estaban celebrando en París. Su secretario de Defensa, Robert McNamara, le apoyaba y el general Westmoreland no dejaba de decir que ya veía la luz al final del túnel, pero su postura belicista acarreaba medidas impopulares. Por de pronto, ciento cincuenta mil estudiantes graduados iban a ser reclutados durante el próximo año. Las protestas estudiantiles, por tanto, no iban a disminuir, sino todo lo contrario. Pero a él esto ya no le importaba. Desde aquel día de marzo en que había decidido y anunciado que no se presentaba a la reelección, dormía mucho más tranquilo. Bien era cierto que algunos de su gabinete le habían advertido que una escalada en la guerra sería políticamente inasumible y militarmente imposible. Pero fue la súplica de su esposa de que no se presentase lo que pesó más en su decisión.

Johnson miró enternecido a su esposa, que dormitaba en el asiento frente a él. Tenían todavía bastantes años por delante. Ya se encargaría el vicepresidente Humphrey de vencer a aquel liberal McCarthy, que se oponía sin ambages a la guerra, y presentarse a las elecciones presidenciales como candidato demócrata.

El presidente dejó de cavilar. Echó un vistazo a su alrededor. Dos agentes del Servicio Secreto estaban unas filas más atrás. El helicóptero, un Sikorsky «Sea King», tenía todas las comodidades dignas de un presidente y estaba dotado de un sistema de comunicación que se conectaba directamente con la centralita de la Casa Blanca. Más de una llamada importante había hecho desde el aire, viajando a más de doscientos kilómetros por hora. Miró a través del amplio ventanal del aparato. Comenzaban a verse luces debajo de ellos. Se acercaban a Washington. Como si le hubiese leído el pensamiento, el piloto anunció por los altavoces:

—Señor presidente, en cinco minutos estaremos en la Casa Blanca.

El helicóptero sobrevolaba el río Potomac. Aminoró la velocidad y comenzó un lento descenso.

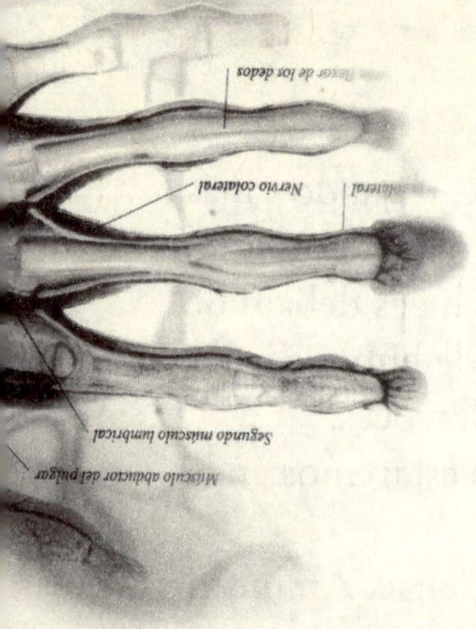

CAPÍTULO

49

Ken había recibido ya cuatro flechas. La segunda y la tercera se habían clavado en su muslo derecho. La cuarta, en el izquierdo. Sentía un dolor atroz. Aterrorizado, oyó cómo su verdugo le anunciaba la quinta diana.

—Ahora, vamos a por el abdomen.

Philippe cargó otra flecha y, tensando el arco, la soltó. Al llegar al cuerpo de Ken, chocó contra la cadena y se desvió.

—¡Maldición!, tendré que afinar más la puntería —profirió Philippe, mientras sacaba otra flecha de su carcaj. Su atención se distrajo por un ruido que provenía del cielo.

—¿Qué es esto? ¿De dónde sale este ruido? —dijo desconcertado.

El presidente miraba por la ventanilla. El helicóptero pasó a menos de cien metros del monumento a Jefferson que estaba tenuemente iluminado. Por consejo de su esposa había sugerido al Departamento de Parques que redujesen la iluminación de los monumentos emblemáticos de la capital con el fin de ahorrar energía. Sin embargo, la blancura del edificio contrastaba con la oscuridad que lo envolvía. Excepto en un punto. Parecía una mancha negra junto a una de las columnas. Aunque no se movía. Aguzó la vista. Había algo o alguien más, cerca de la mancha. Cogió el teléfono que comunicaba con la cabina.

—Steve —ordenó al piloto—. Baja más y dirige tu foco al monumento. He visto algo raro.

Inmediatamente, la columnata quedó iluminada por un potente haz de luz. Johnson volvió a mirar y vio que la mancha negra tenía alrededor algo que brillaba bajo la luz del foco.

—¡Dios mío, es una cadena! ¡Hay un hombre encadenado a una columna!

Los hombres del Servicio Secreto se levantaron y miraron hacia abajo. Uno de ellos fue corriendo hacia la cabina del helicóptero.

—¡Rápido, conecta con la Policía Metropolitana! ¡Hay un hombre encadenado en el monumento a Jefferson! —dijo al piloto.

Éste tomó la radio y puso en el dial la frecuencia de la policía.

—Aquí Marine One, aquí Marine One, ¿me reciben?

—Adelante, Marine One, le recibimos.

—Tenemos al presidente con nosotros. Hemos avistado un hombre encadenado en el monumento a Jefferson.

—Les habla el teniente Lyons. Ahora mismo vamos para allí.

—Roger, corto y cierro —dijo el piloto.

El teniente Lyons todavía no se había estrenado desde que había pasado a formar parte del cuerpo especial de la Policía Metropolitana al servicio del presidente. Deseaba entrar en acción.

—Vamos —ordenó a sus hombres.

La patrulla salió a toda velocidad en dirección al monumento a Jefferson.

Philippe estaba furioso. En ningún momento su plan había previsto la aparición de un helicóptero. Además, se estaba acercando. La semioscuridad que le había protegido hasta ahora había quedado rota por un tremendo foco que venía de lo alto. Lanzó de nuevo otra flecha, pero ésta volvió a rebotar en la cadena.

—Me voy a saltar el abdomen y el tórax. Voy a ir directamente a las dos últimas flechas —anunció a Ken.

Éste no entendía muy bien lo que estaba pasando. Había perdido bastante sangre, estaba desfallecido, pero no lo suficiente como para no darse cuenta de que el milagro del cielo que le podía salvar estaba a punto de producirse.

Philippe cargó nerviosamente su arco. El helicóptero estaba encima de ellos, a menos de cuarenta metros. Una sirena comenzó a escucharse, cada vez más cerca.

Desesperado, Philippe miró hacia arriba. La luz le cegó. Aun así, pudo distinguir el enorme aparato de seis toneladas que sobrevolaba por encima de su cabeza. Apuntó al helicóptero y disparó la flecha. Ésta llegó a contactar con el fuselaje sin apenas fuerza, pero produjo un ruido sordo.

El piloto tomó de nuevo la radio.

—¡Aquí Marine One, aquí Marine One! ¡Nos han disparado! ¡Nos han disparado una flecha! —oyó el teniente Lyons cuando llegaba al aparcamiento del monumento. Sacó del maletero del coche un rifle Remington 700, un modelo especial para la policía, y corrió hacia donde se concentraba el haz de luz. Vio en medio de él a un individuo alto y fornido, que, armado con un arco, apuntaba hacia el helicóptero presidencial. Lyons se detuvo. Apuntó con el rifle y disparó. La bala, calibre 22, salió del cañón a más de novecientos metros por segundo e impactó en la espalda de Philippe, destruyéndole dos costillas y medio pulmón izquierdo. Sorprendido, se volvió y apuntó su arco hacia Lyons, quien no dudó en dispararle por segunda vez. La nueva bala penetró en el pecho de Philippe atravesando el esternón y reventándole el cayado de la aorta. Cayó al suelo. Muerto. El Anatomista había sido abatido.

—¡Por Dios! Pero si es Ken —dijo el teniente Lyons acercándose a la columna—. ¿Qué te ha pasado?

Ken esbozó una sonrisa y se desmayó sin enterarse de que el presidente Johnson, aquel hombre al que despreciaba, le había salvado la vida.

elecciones presidenciales, dimitió tras perder un referéndum en el que proponía reformas constitucionales.

Los Juegos Olímpicos de México fueron precedidos por la masacre de docenas de estudiantes durante una manifestación en la plaza de las Tres Culturas en Tlatelolco. Tropas del ejército abrieron fuego contra los manifestantes, en una acción totalmente premeditada. En el estadio, los ganadores de las medallas de oro y bronce de los doscientos metros, ambos atletas de color, dieron la espalda a la bandera estadounidense durante la interpretación del himno de su país y levantaron su puño enguantado en negro, identificándose con el movimiento Black Power.

El vicepresidente Humphrey ganó la candidatura del partido demócrata frente a McCarthy, en una convención en Chicago plagada de protestas y disturbios y en la que la brutalidad policial volvió a manifestarse.

En las elecciones presidenciales de noviembre, Richard Nixon había salido elegido presidente por un estrecho margen.

Precisamente en aquel momento, aparecía en televisión hablando con los astronautas.

—Os hablo desde el Salón Oval de la Casa Blanca y, sin duda, ésta debe ser la más histórica de las llamadas telefónicas que se hayan realizado jamás. Gracias a lo que habéis hecho, los cielos son hoy parte del mundo de los hombres.

Ken miró a Eloïse y le dijo:

—¿Sabes? A pesar de que sea republicano, me gusta este tipo. Estoy seguro de que será un buen presidente.

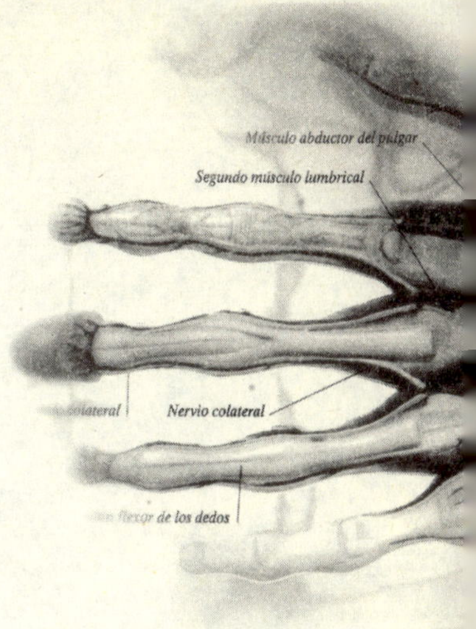

A excepción de los relacionados con los crímenes, todos los casos clínicos descritos en este libro son verídicos, la mayoría de ellos vividos personalmente por el autor.

Las citas históricas son también sus recuerdos personales, aunque han sido ampliadas según el documentadísimo libro *1968, el año que conmocionó al mundo* de Mark Kurlanski (Ediciones Destino, 2004).

Los cuadros que se nombran en el relato de *Los cuadros del Anatomista* pueden ser vistos en la página web www.sumadeletras.com.

Este libro
se terminó de imprimir
en los talleres gráficos de
Unigraf, S. L. (Mostoles, Madrid)
en el mes de abril de 2007